不等辺三角形

目次

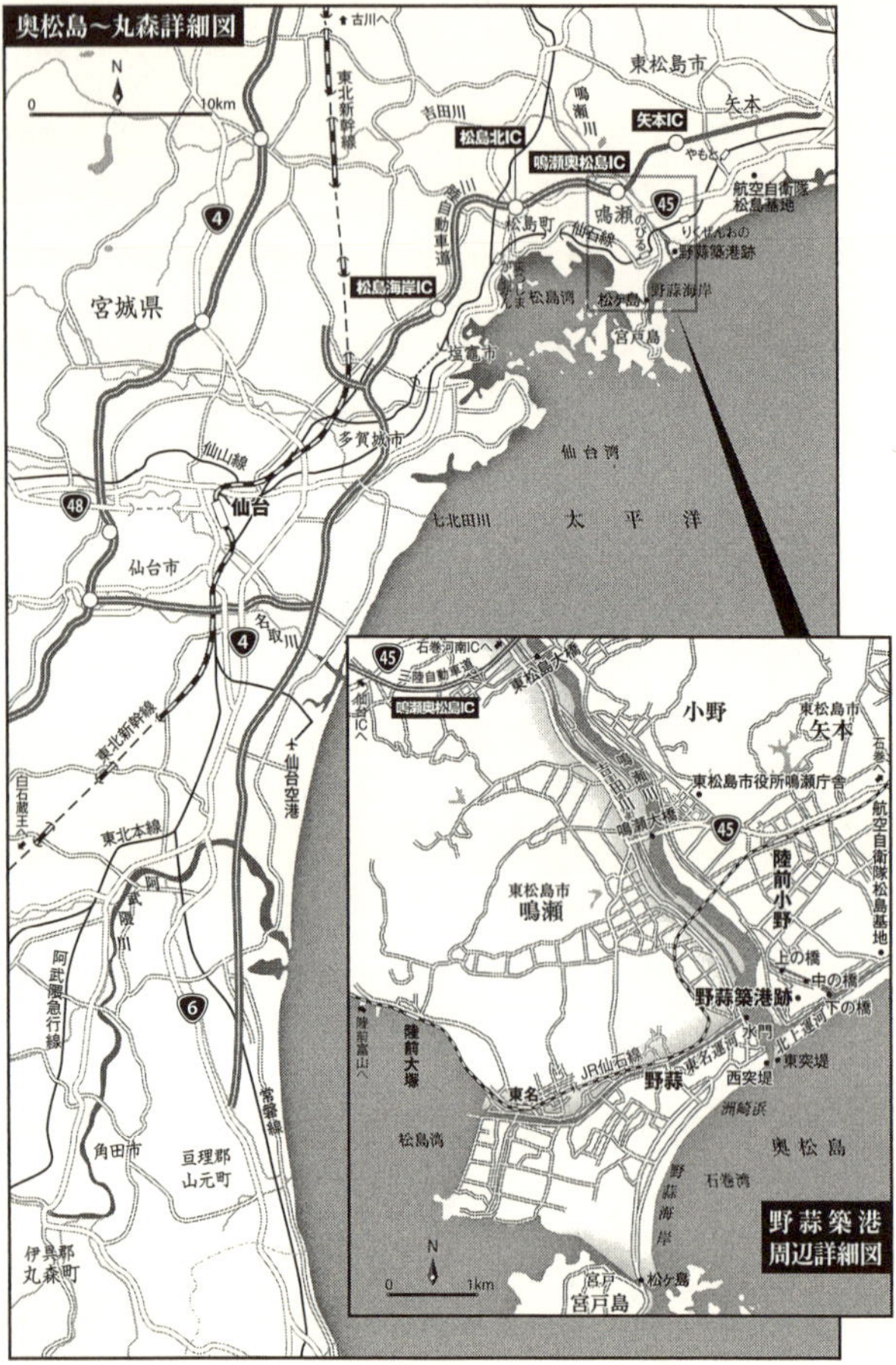
奥松島〜丸森詳細図
N
0
10km
古川へ
東北新幹線
東松島市
矢本
鳴瀬川
吉田川
矢本IC
松島北IC
やもと
鳴瀬奥松島IC
航空自衛隊松島基地
松島町
鳴瀬
のびる
仙石線
りくぜんおの
野蒜築港跡
松島海岸IC
松島湾
松ケ島
野蒜海岸
宮戸島
宮城県
塩竈市
多賀城市
仙山線
仙台
仙台湾
七北田川
太平洋
仙台市
名取川
東北新幹線
仙台空港
白石蔵王
東北本線
阿武隈川
阿武隈急行線
常磐線
角田市
亘理郡
山元町
伊具郡
丸森町
石巻河南ICへ
東松島大橋
鳴瀬奥松島IC
仙台ICへ
小野
東松島市
矢本
石巻へ
吉田川
鳴瀬川
東松島市役所鳴瀬庁舎
鳴瀬大橋
航空自衛隊松島基地
陸前小野
東松島市
鳴瀬
上の橋
中の橋
野蒜築港跡
下の橋
水門
北上運河
東名運河
東突堤
西突堤
JR仙石線
野蒜
陸前富山へ
陸前大塚
東名
洲崎浜
奥松島
松島湾
野蒜海岸
石巻湾
野蒜築港
周辺詳細図
N
0
1km
宮戸
宮戸島
松ケ島

地図作成　ジェイ・マップ

プロローグ

　あれからもう、かれこれ二十年になるが、陽奇荘《ようきそう》のお手伝い・志賀康代《しがやすよ》が、名古屋《なごや》市中川《なかがわ》区を流れる運河に身を投じて自殺したのは、幽霊を見たからだ——という噂は、もともとは彼女自身が広めたものである。

　康代は生前、近くのコンビニに買い物に出掛けた時など、その話をしては「私は幽霊に取りつかれているから、きっと自殺するにちがいない」と言っていた。彼女の虚言癖《きよげん》と放言癖は有名だったから、誰もまともに聞く者はいなかったのだが、それが彼女の言葉どおり現実になった。

　そのことについては、警察が事情聴取に来た際、陽奇荘の管理人が、「ばかげた話ですが」と前置きして、証言している。

「確かに、彼女は幽霊を見たと言ってましたよ。行ってはいけないと禁じられていた地下室に下りて、使っていないはずの部屋を覗《のぞ》いたら、そこに女性が佇《たたず》んでいて、ジロリと恐ろしい目でこっちを睨《にら》んだ――と言っていたのです。私が、そんなところに女がいるはずはないだろうと言ったら、志賀さんは、それじゃあれは幽霊だったのかもしれないって、本当に怯《おび》えていましたよ」

陽奇荘は正岡《まさおか》家という、名古屋で一、二を争う富豪の別荘で、戦災で本宅が焼失して以来、正岡家は四十数年にわたって住居として使用していた。その後、新たに本宅が再建されて、家族全員が移転した。

以来二十年間、空き家状態になっているのだが、移転後しばらくのあいだだけ、後片付けとセキュリティのために、管理人やお手伝いなど数名が、陽奇荘に居残っていた。志賀康代が死んだのは、その間のことである。

康代はコンビニで、「あれはたぶん、先々代の奥様の幽霊にちがいない。仏間に掲げてある、お若い頃の故人の写真にそっくり。細面《ほそおもて》で目の大きな美人だった」と言っていたことも分かった。先々代夫人は四十歳代の半ばで他界しているので、若い頃の写真しか残っていないのだという。

その「幽霊」は箪笥《たんす》の抽《ひ》き出《だ》しを開けて、着物を手に取り、いかにも懐かしそうに眺め入っていた。その着物は先々代夫人の大のお気に入りで、嫁入り道具の箪笥の中に、ほかの衣服や装身具などとともに残されていたものだ。「幽霊」はそれを闖入者《ちんにゅうしゃ》に邪魔されたので、怒って睨みつけたというのだ。

死んだ時、康代の服のポケットから、遺書らしきものが出てきた。「申し訳ありませんでした」とだけしか書いてなかったので、遺書と断定はできないものの、彼女が死ぬほど悩んでいたことは間違いない。

以後、幽霊話は長いこと、関係者のあいだで囁《ささや》かれていた。誰言うともなく、幽霊は先々代夫人が愛したあの箪笥に取りついているにちがいない——と尾鰭《おひれ》がついた。陽奇荘周辺にマンションが建つなど、街の様子もだいぶ変わって、当時のことを知る住人も少なくなったが、コンビニなど、地元に定着している人々の記憶に、その「怪談」はいまも残っている。

第一章　幽霊簞笥

1

井上孝夫《いのうえたかお》が名古屋へその箪笥を取りに行ったのは、九月十二日、この年、最後の「真夏日」が記録された翌日のことだから、よく覚えている。

四日前、「中沢茂夫《なかざわしげお》」と名乗る、見ず知らずの相手から電話で、古い箪笥を修理して貰《もら》いたいのだが——という依頼があった。いいですよと気楽に引き受けたのだが、住所が名古屋と聞いて驚いた。

その手の依頼は、ほとんどが旧家からのものであり、先祖代々の屋敷を守り、古い家財道具を大切にする家が多い。山間の鄙《ひな》びた村の庄屋——といった、三百年も続くような家もあり、そろそろ解体工事をしなければならず、ついては家具の手入れも——という必要に迫られる事情が背景にあったりする。そういう要望に応えて、時には県外まで出掛けることも珍しくないが、それにしても名古屋とは、あまりにも遠隔の地だ。

「名古屋にも箪笥屋はあると思いますが」

井上は、やんわりと断りたい意思を示したつもりで、言った。名古屋まで片道七百キロはありそうだ。手間ヒマ、それに高速自動車道の料金、ガソリン代などを考えると、頼むほうも頼まれるほうも、どちらにとっても得な話とは思えなかった。

「いや、ぜひともお宅に頼みたい」

中沢は、真摯《しんし》な口調で言った。

「ネットで、仙台《せんだい》箪笥ではお宅が随一というのを見て、そう決めたのです」

「はあ、そういうことでしたか」

だからインターネットみたいなもん、やめろと言ったのだ――と、井上は八つ当たり気味に思った。

ネットに紹介記事を載せようと言いだしたのは娘の邦香《くにか》である。井上はすぐに、余計なことをするなと言った。

だいたい、インターネットなるものが、世の中を狂わせている。テレビや新聞に出るニュースに、「出会い系サイトで知り合った……」というのが多い。あれもインターネットが生み出した犯罪だ。あんな安直なものに頼るから、人間と人間の繋《つな》がりも安直になり、無責任な行動に走る風潮が生まれてくる。職人の仕事は、そういう軽薄さとは馴《な》染《じ》まない。注文がくるのは、おれの腕前を理解するお客からだけで、おれもお客の気持ちを理解できるような時しか、仕事をしないのだ――と言いたい。

「そんなことを言ってるから、ちっとも注文がこないのよ」

邦香はあっさり、井上の矜持《きょうじ》を片づけた。そう決めつけられても否定できない現実がある。井上箪笥工房にくる「新作」の注文は、年に二棹《ふたさお》程度。一棹が百五十万円からせいぜい二百万円。それも、一般に市販されている、大量生産の品に飽き足らない、趣味人のようなお客にかぎられるから、それだけでは家計が成り立たない。妻の智子《ともこ》がパートに出て、その上、邦香の給料の「分け前」をあてにしなければならないのは事実なのだ。

邦香は仙台市内にあるコンピュータ会社に勤めている。奥松島《おくまつしま》にある井上家からは、仙石線《せんせき》で約一時間かかる。「勤めなんか辞めて、早く嫁に行け」と強がりを言うけれど、井上の本音は、いつまでも邦香を離したくない心境だ。そのくせ、邦香の嫁入りのために、精魂込めた箪笥を作ってやりたいと、いつも思っている。

井上が作るのは「仙台箪笥」と呼ばれるものである。

いわゆる和箪笥は日本各地で作られていて、岩手《いわて》県の「岩谷堂《いわやどう》箪笥」、山形《やまがた》県米沢《よねざわ》市の「米沢箪笥」、福島《ふくしま》県相馬《そうま》市の「相馬箪笥」、東京の「東京箪笥」、岐阜《ぎふ》県高山《たかやま》市の「高山箪笥」、広島《ひろしま》県府中《ふちゅう》市の「府中箪笥」等々がある。

意外にも、和箪笥の歴史は浅く、古いものでも江戸時代。ほとんどが明治、大正期に作られている。とくに、大正時代、東京中心に製造された「桐箪笥」は、爆発的な人気を博し、大量生産されるようになり、和箪笥といえば桐箪笥が主流となった。

その中では、仙台箪笥は古いほうに属し、伊達政宗《だてまさむね》の頃に発祥したといわれる。仙台箪笥の材料はケヤキやクリで、桐は抽き出しの内部や側面など、目立たない部分に使われている。ほかに米沢箪笥、佐渡《さど》箪笥など、大都市に属さない地方にも、これと同様、ケヤキやクリを素材にした製品が残っていて、根強い愛好家が少なくない。

仙台箪笥の特徴は重厚な金具にある。唐草や龍の文様《もんよう》を打ち出して浮かび上がらせた豪華なもので、実用性はもちろんだが、装飾的な価値も大きい。井上が得意とするのは、この金具作り。仕上がりの全体像を思い描いた時点で、どういうデザインの金具を作るかを決めている。

箪笥に限らず、一般的な家具は九十九パーセント、工場生産がふつうだ。和箪笥作りもいまはほとんどが分業化されている。井上のように木地造りから漆《うるし》塗り、飾り金具まで一貫して手掛けるような職人は、日本全国でも数人を数えるにすぎない。「その点に惚《ほ》れたのです」と、中沢は、少し名古屋訛《なま》りのある口調で言った。そのひと言で、井上の気持ちはいっぺんに軟化した。

「ふつうの運送屋に頼むのは心配だで、ご足労ですが、井上さんご本人に運んでもらえんでしょうか。遠路だもんで、泊まり掛けということになりましょう。宿泊費はもちろん、往復の交通費に日当、いわゆるアゴアシ付きでお願いしたいのです」

そうまで言われると、もはや断れない。運搬にまで気を遣うというからには、相当、値打ち物の箪笥なのだろう。となると、修理再生だけでも、数十万。物にもよるけれど、新品の箪笥を買うほど、費用がかかる場合もある。その点を確認すると、「大切な品だもんで、料金のほうはご懸念なく、お願いします」と言っている。

「分かりました。それでは、次の土曜日でよければ、伺えますが」

「それで結構です。住所は名古屋市——」

土曜日と言ったのは、邦香の休みの日だからだ。急に手助けを頼めるような知り合いはいない。邦香なら日当もタダだし、それに、久しぶりで娘とのドライブも悪くない。もっとも、邦香本人の意向を聞いていないので、その点が不安だったが、案外簡単に、

「いいわよ」と引き受けてくれた。

「ふーん、たまの休みだというのに、デートの相手もいないのか」

「いないわよ、そんなの」

「威張ることはない。いい歳をして、ボーイフレンドの二人や三人、作っておけ」

「ばかねえ。そんなんだったら、掃いて捨てるほどいるわ。そうじゃなく、特別な相手

はいないってこと」

「特別な相手か……」

何だか生々しい連想が働いて、井上は柄にもなく、照れた。

一泊する予定で、帰路、浜名湖《はまなこ》の舘山寺《かんざんじ》温泉の宿に寄ることにした。「母さんも一緒に行くか」と誘ったのだが、智子は「私はいいわよ、もったいないもの」とあっさり断った。

「それに、パート、休めないし」

倹約家で律儀《りちぎ》なのが彼女の長所だが、そういう暮らしを長年、強いているのではないか――と、井上は内心、忸怩《じくじ》たるものがある。

2

昨日の猛暑が嘘のように、空は雲に覆われ気温も下がって、道中はクーラーがいらないほど快適だった。途中、邦香が交代してハンドルを握った。サービスエリアで二度、休憩と食事をした以外は、走り詰めに走る。住所は名古屋市千種《ちくさ》区法王《ほうおう》町――と聞いている。東名《とうめい》高速道路の名古屋ICで降りて、都心部へ向かって間もなく、中沢と約束した午後四時前には目的地に着いた。

広い表通りに面して新しいマンションがいくつも建っている。この付近一帯は、ごく最近になって再開発されたようだ。マンションの背後には、楠《くすのき》の大木を中心にした小さな森があって、かつてここが広大な森林であったことを物語る。

大通りからマンションの脇を折れ、「森」を迂回《うかい》するように裏手の道を行くと、左折して「森」の奥へ向かう道がある。突き当たり右手は、森に抱かれるように建つ高級マンション。左手には厳めしい鉄格子の扉を備えた門があり、門から五十メートルほど奥まったところに、近代的マンションとは対照的に、古色蒼然《こしょくそうぜん》とした洋風の大きな屋敷が建つ。

石造りの門柱には「陽奇荘」と彫られた大理石の表札が嵌《は》め込まれている。中沢から聞いていた目的地の名前がこれだ。「荘」というイメージは、アパートか社員寮か別荘を想像させるけれど、外見から言って、アパートや社員寮には思えないから、たぶん金持ちの別宅なのだろう。

屋敷に人気《ひとけ》は感じられず、門柱にはインターホンや呼び鈴のたぐいは設置されていないが、客の訪問を予定しているように門は開いていた。

井上は車を乗り入れ、建物のかなり手前に停めた。辺りはシーンと静まり返っている。

近づいてみて分かったのだが、建物全体は三階建てで、スイスの山荘のような造りだ。白壁と柱や梁《はり》の褐色が、あざやかなコントラストを見せている。エントランスの部分は二階建て。階下の車寄せの柱は、川原の丸石を積み上げたものだ。

外観を見るかぎりでは、壁も汚れてなく、クモの巣も張ってないから、かなり手入れはよさそうだが、何しろ古い。古い箪笥を扱うことに慣れた者の目から見ると、築百年近くは経過しているだろう。

「なんだか、幽霊が出そう」

邦香が囁いた。

「ばかなことを言うな」

反射的に叱《しか》ったが、井上も同じことを考えていたところだった。だいたい、この静けさが異様であった。長いこと空家になっているのではないかと思わせる。

とにかく車を出て、玄関に近づいた。

玄関扉は紫檀《したん》のムクを使った、間口が一間《いっけん》の観音開き。豪勢なものである。脇に古風な呼び鈴があるので、恐る恐る押した。はるか遠くのほうでブザー音がしている。

それからしばらく待たされて、ギーッという不快な音とともに扉が開き、銀髪のヒョロッとした男が現れた。黒っぽい紺色のスーツに同系色の紺地に細かい白い水玉の入ったネクタイ。黒縁の遠近両用眼鏡をかけ、かなり白いものの混じった頭髪の様子から見て、還暦は過ぎていそうだが、皮膚の色つやなどからすると、意外に若いのかもしれない。
「井上さんですね、中沢です。どうぞ入ってください」
それから背後の邦香に気づいて、「あ、こちらさんは助手の方で？」と言った。
「はい、娘の邦香と言います」
「そうですか、お嬢さんですか……」
中沢は小首を傾げるような仕種《しぐさ》をした。
「大丈夫です。女ですが、けっこう力がありますから」
井上が言うと、「いや、そういうことではなくて、女の人が入るのはあまりね……」
と言葉を濁して、それ以上のことは言わずに、背を向けた。何となく女人禁制みたいな
言い種に聞こえる。ずいぶん失礼だな――と思ったが、邦香を見ると、それほど気にし
ていない様子だ。
玄関は三和土《たたき》がホールほどもある広いもので、その先に沓《くつ》脱ぎがあり、スリッパが用
意されていた。トイレのスリッパのようなビニール製の安物なのが、この建物に似つか
わしくない。いかにもその場凌《しの》ぎに、雑貨店で仕入れてきたという感じだ。実際、この

屋敷には人が住んでいないどころか、使われてさえいないのかもしれない。

建物の古さは、外観よりも、中に入ってはっきりした。とくに床を踏むとよく分かる。根太《ねだ》が相当、傷んでいるらしく、廊下を歩くたびにギシギシと鳴った。

いくつか扉の前を通り過ぎ、正面のドアを開けると、ホール様の八角形の部屋になっていた。広さは三十畳ほどもあろうか。四つの壁には仏画のような絵が描かれ、四ヵ所にドアがある。正面と左右どのドアを選ぶのかで、運命が決まりそうな、まるで迷路の始まりのような構造になっている。

中沢は躊躇《ちゅうちょ》なく正面のドアを開けた。そこは地下室へ下りる階段に通じていた。ホールの明かりは階段の下のほうまでは届かない。中沢は床に転がっている大型の懐中電灯を拾うと、先に立って階段を下りて行く。

ドアの幅はせいぜい一メートル程度だったが、階段はそれより広い。井上と邦香、二人が並んで下りても、十分、ゆとりがある。邦香は井上の腕にしがみつくようにして、おっかなびっくり、歩を進める。こんなことは、邦香が小学校の頃に、夜祭の露店を冷やかして歩いて以来だ。井上は久しぶりに父権を意識した。

地下のホールに着くと、気温が五度ほど下がったのではないかと思えるような寒さと湿気が襲ってきた。階上のホールよりはかなり狭いが、壁には同じような仏画風の絵が描かれている。ただし、湿気のせいか保存状態が悪く、ところどころ壁が剝《は》げ落ちた箇所もある。

　地下ホールには正面と左右、三つのドアがあり、正面のドアを開けるとその先には長い廊下が続く。廊下の行く手は深く、懐中電灯の光も届かない。中沢は廊下に面した最初のドアを開けた。

　明かりを持った中沢がドアの中に入ると、廊下は途端に真っ暗になる。井上と邦香は、慌《あわ》てて中沢の後を追った。

　部屋は一見した感じは洋間で、広さは十畳くらいか。床は大理石。天井から小ぶりのシャンデリアが下がっている。窓がないことを除けば、ここが地下室であることを忘れてしまいそうだ。右手奥に簞笥があった。洋風のチェストではなく、だいぶ色があせてはいるが、明らかに仙台簞笥だ。これがあるために、この部屋は洋間になりきれないでいる。

「これなんですがね」

　中沢は簞笥にライトを向けた。

「どうでしょうか、きれいになりますか」

　井上はしげしげと簞笥を眺め、漆塗りの面に触れた。埃《ほこり》か黴《かび》か、表面をうっすらと曇らせている。しかしハンカチで拭《ぬぐ》うと、あざやかな艶《つや》が蘇《よみがえ》る。これだけの湿気にも耐えているのは、かなりしっかりした仕事をしたものと思われる。飾り金具の結構は、それを得意とする井上の目から見ても、なかなかのものだ。ただし金具を留めているクギが老朽化して、多少のガタが生じている。穴を木クギで埋めて、クギを打ち直す必要がある。

正面と天板の材質はおそらくケヤキと思われる。簞笥の側面は桐材である。こっちのほうは黒ずんで、修理だけではなく、磨きか、場合によっては鉋《かんな》を使わなければならないかもしれない。

簞笥は二層で、下層は左右一杯までの大抽き出しが三段。上層は中抽き出しが一段と、二連の小抽き出しが一段あり、その横に開き戸の物入れ、さらにその上に引き違い戸の物入れがついている。仙台簞笥としてはかなり大型で、開き戸や引き違い戸などを備えているのは、かなり珍しいタイプといっていいだろう。

「中は空っぽですね？」

井上は訊いた。

「空っぽです」

中沢はおうむ返しに答えた。

念のために抽き出しを開け、戸を開け、ひと通り確認する。後で何か入っていたなどといちゃもんをつけられては困る。

さすがに、抽き出しのすべりは渋い。古いせいばかりでなく、湿気を帯びているためと思われる。それでも、造りはしっかりしたものだ。桐材も厚手の材料を使っている。

「これはなかなかいいお品ですよ。修理し甲斐があります。どんな方が使っていらしたのでしょう？」

「この屋敷の先々代の奥様が、お嫁入りの時にお持ちになったと聞いております」

「先々代とおっしゃると、五、六十年前になりますか？」

「いや、もっと昔、戦前のことです。この地下は戦時中、防空壕として使われとったそうですから、その時、このお部屋で過ごしてみえたのではないでしょうか」

「名古屋で、仙台簞笥は珍しいですよね」

「そうですな。総桐の名古屋簞笥が主流のようです」

「仙台簞笥になさったのは、何か理由があるのですか？」

「先々代の奥様は東北のご出身と聞いております。その関係ではないでしょうか」

「そうなんですか……そうそう、こちらのお屋敷の方は、いまはどなたも住んでおられないのですか？」

　この家に着いた時からの疑問だった。

「ええ、いまは住んでおりません。私はこの屋敷の管理を任されとるんです」

「陽奇荘というのは、別荘という意味なんですか？」

「そうですな、そういう意味に解釈していただいてよろしいでしょう」

　中沢は微妙な言い回しをしている。ということは、別荘ではなかったかもしれないのだろうか――と勘繰りたくなる。

「お屋敷の持ち主の方は、何とおっしゃる方ですか？」

「それは……」

　中沢は当惑げな顔になった。

「……知る必要はないでしょう」

「しかし、ご依頼主のお名前は一応、知っておかないと」

「依頼主はあくまでも私、中沢だと思ってもらって結構です」

　何か言いたくない理由があるのだろう。気にはなったが、それ以上、無理強いして訊き出さなければならないことでもない。

3

「ところで、予算はどれくらいでお考えですか？」

井上は仕事の話に入った。

「それは、井上さんのほうの見積もりをおっしゃってください」

「そうですねえ……もう少し子細に見ないと何とも言えませんが、ざっと見た感じでは、七十万ほどみてもらえますか」

井上はいくぶん余裕のある数字を示したのだが、中沢はあっさり、「それで結構」と言った。

「旅費その他の雑費は別にお支払いします。差し当たり、前金として三十万、用意しておきました」

上着の内ポケットから、銀行の名前の入った封筒を出した。手渡された感触は、ずっしりとして、中身を確かめるまでもなく金額を推量できる。井上はそのままバッグに仕舞いかけたが、中沢に「一応、お確かめください」と言われて、そうした。金額に間違いはなかった。井上は領収証を書いて、もう一度、「宛て名はどなたに？」と訊いた。

中沢はかすかに不快感を見せて、「上様でよろしい」と言った。

「なるべく急ぎますが、仕上げの期日は半年ほどかかってもよろしいですか？」

井上は訊いた。

「いや、急ぐ必要はありません。ゆっくり時間をかけて、井上さんのペースでいい仕事をしてください」

「分かりました。仕事の進み具合は、ときどきご連絡させてもらいますが、あの電話番号でよろしいですか？」

「いいですよ。ただし、午後二時から三時までのあいだにお願いします。こちらからも、たまにお電話しますがね」

井上は邦香に合図して、簞笥の上半分から運びにかかった。抽き出しを抜き、空になった状態だから、それほど重くないはずだが、やや湿気を帯びているのか、予想よりは重量がある。しかし、邦香は存外、平気な顔で相棒を務めた。

中沢は運搬には手を出さず、通路と階段を懐中電灯で照らす役割を担っている。

ライトバンに簞笥を積み終え、ひと息ついたところで、井上は気になっていることを訊いた。

「このお屋敷の中には、見たかぎり、この簞笥の他に家具や調度品類は何もないように思えたのですが、この箪笥だけが、なぜあそこに残されていたのですか?」

玄関先だったのが具合が悪いのか、中沢は辺りを気にしながら、「中へ入りましょう」と、そそくさと建物に戻った。

玄関ホールに佇む中沢は、言いにくそうに口を開いた。

「じつは、このことは前もって話しておくべきか、迷ったのですが」

「この箪笥にはいわくというか、ちょっと悲しい話がありましてね。さっきお話しした先々代の奥様は戦時中、あの部屋で防空壕生活をしとる時に体調を崩され、一時期、東北のご実家のほうで静養してみえたのです。名古屋が空襲に遭い、ご本宅が焼けてしまったので、終戦後、名古屋に戻られてからもこちらの屋敷で暮らしてみえとったのだが、その後も体調は思わしくありませんでした。夏の盛りにはご実家で静養されることが多く、十三年後に亡くなられました。亡くなったのはあの部屋の真上にあたる一階の部屋です。その奥様はあの箪笥が大変お好きで、ときどき地下に下りては、箪笥の中の着物などを出し入れされていました。亡くなられるまで、箪笥には誰も触ってはならないと、そのことばかりを気にしてみえとったそうです。亡くなられた後、お嬢様が、あの部屋をお母様の生前の様子のままにしておきたいとおっしゃって、箪笥はもちろん、部屋の造作には一切、手をつけずにおきました。二十年前にご本宅が再建されて、ご家族も使用人も陽奇荘を出ることになって、ほとんどの家財道具はご本宅のほうへ移されたのですが、あの箪笥だけは手をつけないほうがいいと、先々代のご主人の言いつけで、あの部屋に残されました。かいつまんでお話しするとまあ、だいたい、そういったような事情です」

「つまり、あの箪笥には先々代の奥様の思いが籠もっているので、そっとしておきたいと、そういうことですか」

「まあ、そうですね」

「その箪笥を、いまになって運び出して、修繕しようとなさるのは、またどういう事情なのでしょうか？」

「井上さん」

中沢はあからさまに眉《まゆ》をひそめた。

「そんなこと、あなたが知る必要のないことでしょう」

「あ、そのとおりですね。失礼しました」

相手の機嫌を損ねたことに気づいて、井上は謝った。確かに中沢のいうとおり、こっちは頼まれた仕事を無事にこなせばいいだけのことである。

外に出ると、急に陽が翳《かげ》って、辺りは夕闇のように薄暗くなってきた。

「雲行きがおかしいが、道中、くれぐれもご無事で、気をつけて行ってくださいよ」

中沢はそう言って見送ってくれた。もっとも、「無事」を願ったのは井上親娘のことなのか、それとも箪笥のことなのか、よく分からなかった。ともあれ、明日まで天気がもってくれればいいがと念じながら、陽奇荘を後にした。

表通りに出て、井上は飲み物を仕入れようと、コンビニに立ち寄った。運転を任せている邦香が「私が行くわよ」と言ってくれたのだが、「いいからいいから」と気軽に手を振った。

自分用のお茶と、邦香のためのカルピスウォーターを取ってレジに行くと、経営者らしい、かなりの年配の女性がいたので、陽奇荘のことを訊いてみた。

「あそこの持ち主はどなたですか？」

「ああ、正岡さんのところですか。いまは住んどらんですけど」

「正岡さんですか。どういう方なんですか。ずいぶん大きなお屋敷だけど」

「ほりゃあんた、正岡さんと言ったら、名古屋でいちばんの大金持ちだがね。ほうはいっても、いまはちいと小《ち》っこくなったけど、昔はデパートやら銀行やら、会社をいくつも持っとったもんです。陽奇荘のあるあの一画は、全部正岡さんの土地だったんです。マンションやらビルやらが沢山建っとるでしょう。それが全部、陽奇荘の敷地で、ほりやもう、大変なもんでしたよ」

そこまで喋《しゃべ》って、女性はふと気がついたらしい。

「お客さん、陽奇荘へ行ってみえたんですか？」

「ええ、ちょっと、仕事でね」

「仕事って……ほしたらやっぱり、解体工事が始まるんですか？」

「解体工事？　じゃあ、あの屋敷は壊されてしまうの？」

「ああ、お客さんは違うんですか。いえね、いま揉《も》めとるみたいですよ。陽奇荘を壊してまって、大きなマンションを建てるっていうのと、陽奇荘を残して、敷地全体を歴史公園にするほうがいいというのと。市役所や市議会でも大騒ぎ。お客さんはそれで見えたんじゃないんですか？」

「いや、私は箪笥の直しを頼まれて、今日、初めてお邪魔したところだけど」

「えっ、箪笥って、まさか、あの幽霊箪笥じゃないでしょうね？……あっ……」

女性は慌てて口を塞いだ。どうやら、まずいことを口走ってしまったようだ。

「幽霊箪笥ねえ……そういえば、確かにあの屋敷は、幽霊が出そうな雰囲気でしたが。箪笥もそう呼ばれているんですかね」

「屋敷でなく、箪笥に幽霊が取りついとるっていう話ですよ。何代か前の奥さんが、陽奇荘で亡くなって、その執念が箪笥に籠もっとるんだって。お客さん、なるべくだったら、あの箪笥には関わらんほうがいいんじゃないですか」

「ふーん、そんなことがあるんですか。先々代の奥様が、あの箪笥が好きだったたってことは聞いたけど、幽霊が取りついているとはねえ」

井上は笑ってしまった。

「お客さん、笑っとる場合じゃないですよ。ほんとに、幽霊を見たっていう人を知っとるんだから」

「見たって……誰がです？」

「陽奇荘で働いとった、お手伝いさん。正岡さんのご一家がご本宅のほうに引っ越された後、地下室のお部屋を掃除しようとしたら、部屋の中に女の人がおって、ジロッとこっちを睨んだんですって。箪笥の抽き出しを開けて、着物を見とったところだったみたいです。それで、お手伝いさんは失礼しましたって、掃除を止めたんだけど、後で執事さんにその話をしたら、あの部屋には誰もおらんはずだって言われて、ゾーッとしたって、うちに来て話しとったんです」

執事というのは、さっきの中沢という人のことだろうか。

「ははは、それだけじゃ、ほんとに幽霊かどうか分からないじゃないですか。もしかしたら、たまたま奥さんか娘さんか誰かが、そこにいたのかもしれない」

「だから、そういうような女の人は、陽奇荘にはおらんかったんですよ。それにね、もっと不思議なことがあるんです。そのお手伝いさんは、陽奇荘を辞めて一ヵ月後に自殺しちゃったんです」

「ほうっ……」

こっちの話のほうが、真実味があって、ゾクッときた。

「自殺の原因は何だったんです？」

「そこまでは知らんけどね。悪いことは言わんから、とにかく、あの簞笥には近づかんほうがいいですよ」

「そう言われてもねえ」

井上は頭を掻《か》いた。

「もう頼まれてきちゃったからなあ」

「お断りすればいいじゃないですか」

「いや、問題の簞笥を車に積んで、運んでる途中なんだけど」

「えーっ、そうなんですか？」

女性は井上が指さした駐車場に、ライトバンが停まっているのに気がついて、恐ろしそうに肩をすくめた。運転席には邦香がいて、たぶんいらいらして待っていることだろう。この話を聞いたら、どんな顔をするか、井上は急に気になってきた。

4

案の定、邦香は不機嫌そのもののような顔で父親を迎えると、すぐに車を動かした。

「ずいぶん遅かったわね。ビールでも飲んでたの？」

「ばか、これから車を運転するかもしれないのに、酒なんか飲むわけないだろ」

「車は私が運転するからいいけど、時間が遅くなるじゃない」

「まあいいさ。晩飯に間に合いさえすれば。それより、コンビニのおばさんから、面白い話を聞いてきた。あの陽奇荘の持ち主は、正岡っていう、名古屋きっての大金持ちなんだそうだ。いまはそうでもないが、昔はデパートや銀行や会社をいくつも持っていて、大変なものだったんだと」

「そんなの、面白くも何ともないじゃん」

「いや、面白いのはこれからだけど……しかし止めといたほうがいいかな。邦香が怖がるといけない」

「やあねえ、思わせぶりな。私が怖がるわけないでしょう。言いなさいよ。気になって運転もできないわ」

「だったら言うけど。あの箪笥は幽霊箪笥って呼ばれているんだってさ」

「えーっ……」

邦香は喉《のど》の奥で、引きつった悲鳴のような声を立てた。ハンドルが細かく左右にぶれ、車のスピードが鈍った。

「おい、しっかり運転しろよ!」

井上は怒鳴った。

「だから言わんこっちゃない。だいたいおまえは、大きいことを言う割に臆病《おくびょう》なんだ。やっぱり女なんだな。それはそれでいいことだけどさ」

「やめてよ、そんな言い方。だけど、びっくりするわよ。いきなり幽霊箪笥だなんてさ。だって、そのものズバリを後ろに載せて走っているのよ。言ってみれば、幽霊と一緒にドライブしてるってことじゃないの。いやだー」

「ははは、まあ、幽霊でも何でも、賑《にぎ》やかでいいじゃないか」

「ばか言わないで。幽霊が背中にに取りついてるみたいで、気味が悪いわ」

「そうそう、おばさんの話によると、箪笥に幽霊が取りついているんだそうだ。中沢さんが言ってた、先々代の奥様っていうのが、幽霊の正体みたいだけどな」

「よくそういう、平気な顔をしていられるわね。まったく、男なんて、デリカシーがないんだから」

「へえっ、おまえが付き合ってる男は、デリカシーがないのか」

「そういう、普遍化するようなことを言わないでもらいたいわ」

「ふん、旗色が悪くなると、難しい言葉を使って誤魔化《ごまか》す。おまえの悪い癖だよ」

「だけど、どうするの、あの箪笥。このまま持って帰るの？」

「ほかにどうしようもないだろ。もう積み込んで来ちゃったんだからな。いまさら引き返して、これには幽霊が取りついているから、お引き受けできません、なんて、そんなばかなことは言えないだろ。第一、内金ももらっちゃった。それも三十万。母さんが見たら喜ぶぞ」

「そりゃそうだけど……何か悪いことが起きそうな気がするなあ」

邦香は浮かない顔で、それでも車を走らせた。

その夜は浜名湖の舘山寺温泉に泊まった。邦香がネットで、安くて料理が旨《うま》いと評判の宿を見つけていた。土曜日で混んでいたが、湖の見えるいい部屋だった。

同じ部屋で娘と寝るのは久しぶりだ。邦香がいやがるかと思ったが、そうでもないらしい。それよりも、駐車場に置いてある車の中の箪笥が気になると、寝床に入ってからも愚痴り続けた。

「なんだか、私まで幽霊に取りつかれそうで眠れやしない。早いとこ修理して、さっさと返してね」

「ばか、そう簡単にゆくかよ。修理だけでも一ヵ月はかかる。漆を補修するとなると、それだけで三ヵ月、いや、もっとかかるな。下手すりゃ、半年以上っていうのは、オーバーな話じゃねえぞ」

「やだなあ、そのあいだずっと、幽霊と同居してるってわけ」

「箪笥は仕事場のほうに置いとくよ」

「仕事場って言っても、屋根続きじゃない。夜になったら、天井裏伝いにやって来るかもしれない。いまだって、この上まで来てるかもしれないわ」

「ばか。よくそんなくだらないことを考えつくもんだ」

「想像力が豊かってことよ」

翌朝はどんよりと曇って、いまにも降りだしそうな雲行きだった。天気予報も曇り後雨を伝えている。予定より少し早めに出発することになった。東へ、そして北へ進むにつれて天候は回復し、仙台を通る頃には快晴に近く、クーラーを入れたほどだ。

無事に奥松島に帰り着き、簞笥を仕事場の二階に運び上げた。二階への上げ下げにはリフトが使える。仕事場の真ん中に鎮座した簞笥を見て、智子は「立派な品だわねえ」と感嘆した。簞笥屋に嫁いで四半世紀も経つと、簞笥を見る眼力もいっぱしのものになってくるらしい。

「ああ、立派だな。もしかすると、先々代の尾崎《おざき》さんの仕事かもしれない」

尾崎というのは、井上が修業した仙台簞笥職人の家だ。代々「亥之生《いのお》」を名乗り、仙台簞笥の伝統を受け継いできたが、先代までで男子が絶え、いまは女性の店主が、辛うじて衣鉢《いはつ》を継いでいる。ひと頃、井上のところに「亥之生」の跡を継がないかという話が持ち込まれたのだが、井上もすでに一家をなしていたので、断った。

尾崎簞笥店は、現在の井上が踏襲しているように、木地造りから飾り金具まで、一人の職人が一貫して仕上げるのが伝統だった。

先々代の亥之生は傑出した名人と言われ、中学を出たばかりの井上が就職した時は、すでに古希を越えていた。しかし仕事ぶりは歳を感じさせず、円熟した技術の見事さに、井上は驚嘆した。その師匠につきっきりでコツコツと働く傍ら、技を盗んだものである。その亥之生の技量を受け継ぎ、仙台簞笥作りの本流をゆくのは、いまや名実共に井上孝夫だと言っても、言い過ぎではない。井上自身もひそかにそう思っている。

ひとしきり箪笥を鑑賞し終えると、智子は母屋のほうに行ってしまい、仕事場には井上が独り、残った。

仕事場に運び込むあいだいったん引き抜いてあった抽き出しを、元に戻し、抽き出しの滑り具合や、材料の劣化状態を確かめているうちに、井上は妙なことに気づいた。上層の小抽き出しの奥に手を突っ込んで、天井板の様子を探った時、挿入口から少し入ったところから先が、不自然に分厚いのだ。そういえば、抽き出しの背板が側面の板より二センチほど低くなっていた。引き抜く際に引っ掛からないように設計されているのだ。

（ひょっとすると隠し棚があるかもしれないな――）

そう思って、一段上の引き違い戸を開け、下板を調べると、壁板とのあいだに、ちょっと覗いただけでは分からない、かすかなアソビがある。井上は隙間《すきま》に爪を立てて、板を引き起こした。思ったとおり、下板の一部が蓋《ふた》になっていて、その下に薄い空間が設えてある。そこに何やら封筒らしきものが入っていた。

恐る恐る取り出してみると、少し大きめの角封筒で、かなりの年月が経っているのか、薄茶色に変色している。上書きは何もない。封はしてないので、中身を覗いてみた。二つ折りにした紙が入っている。紙を開くと、見事な楷書文字で、漢詩のようなものが書かれていた。

春水満四澤
夏雲多奇峰
秋月如陽輝
冬嶺秀孤岩

（何だ、これは？――）

中学校までしか行ってない井上は、どうもこの手のものに弱い。邦香なら解読できるだろう。ちょうど夕飯どきも近かった。仕事場を片づけて、母屋へ帰った。

「あの箪笥の隠し棚から、こんな物が出てきたんだけど」

邦香に見せると、「なあに、これ？」と、井上と同じような反応を示した。それでも、

「いわゆる五言絶句じゃないかしら。漢文でこんなのを習ったことがあるわ」と、多少の心得はあるらしい。

「春は水が四つの澤に満ち、夏は雲が奇峰に多く湧き、秋は月が太陽のごとく輝き、冬は嶺の上に立つ孤岩が秀でている……みたいな意味じゃないの」

「ふーん、そういう意味か」

「それと、ここに『陽』と『奇』という文字が使われているから、あの陽奇荘っていう名前はここから取ったものなのよ、きっと」

「なるほど、そうだな、確かに」

わが娘ながら、大したもんだ――と感心した。

「だけど、こんな物が、どうして隠し棚なんかに隠されていたのかなあ？」

邦香は首をひねった。

「中沢さんに電話して、聞いてみようか。あの人も、箪笥の中にこんな物があるなんて、気づいていないのかもしれないから、教えてあげたほうがいい」

「だめよ、こんな時間に電話しても。電話は二時から三時のあいだにしてくれって言ってたじゃない」

「あ、そうか。明日にするか」

それでこの話題は打ち切りにして、夕食が始まった。しかし、食事中もふっとこのことが思い浮かぶ。

「ふつうは、隠し棚って言ったら、貴重品を隠しておくもんでしょう？　へそくりとか株券とか」

智子が箸を止めて言った。ふだん、仕事のことには口を出さない智子までが、「幽霊箪笥」は気にかかるようだ。

「そう言うところを見ると、うちの箪笥にもへそくり、かくしてあるのか？」

井上が茶化した。

「ばかねえ、隠し棚どころか、隠すお金もありゃしないわよ」

それで大笑いになった。

5

翌日、午後二時になるのを待って、井上は中沢に電話をしてみた。しかし相手は電話に出ない。それから三時までのあいだ、何度か試してみたが、ベルの音だけが空しく聞こえるばかりだ。そうしてみると、毎日、必ずその時間にいるというわけではないのかもしれない。

次の日も、またその次の日も、二時になると電話をかけた。しかし、相変わらず電話は繋がらない。四日目になって諦《あきら》めた。考えてみると、どうでもいいことなのだ。得体の知れぬ四行詩——らしきものだが、べつに重要な物ではなく、陽奇荘の語源というのか由来のようなものにすぎないのだろう。そう決めてしまえば、いつまでもかかずらっているのもばからしい。それはそれとして、仕事に取りかかることにした。

しかし、邦香のほうは吹っ切れないものを感じるのか、勤めから帰るといの一番に「電話、どうだった？」と訊く。三日間、電話しても応答がないと聞くと、「変ねえ」と、浮かない顔になった。

「やっぱりあの簞笥、何かあるんじゃないのかな？」

「何かって、何だ？」

「だからぁ、幽霊簞笥って言われるだけの何かってことよ。何か祟《たた》りみたいなのがあるとか。中沢さんだって、厄介払いのつもりでうちに運ばせたのかもしれない」

「おいおい、気味の悪いことを言うなよ。毎日、簞笥と付き合っているおれの身にもなってくれ」

井上は冗談めかして言ったが、本心、いささか不気味な気分ではあった。

土曜日、勤めが休みの邦香が電話してみたが、やはり繋がらない。そして日曜日、邦香が性懲りもなく受話器を握った。今度は繋がったらしい。邦香は思わず「あっ」と言い、すぐに「中沢さんですか？」と言った。

「こちら、仙台簞笥の井上ですけど」

そう言った後、邦香の様子がおかしくなった。すぐに「あ、間違えました。どうも失礼しました」と、慌てて受話器を置いた。

「なんだ、番号、間違えたのか。しようがないな」

井上は笑ったが、邦香は眉をひそめ、父親を睨みつけた。

「おかしいわねえ。番号を間違えるはずないのになあ。とにかくすっごく感じ悪いのよ。『おたく、どちらさん？』だって、ごつい声で言って、こっちが名乗ると、『どういう用件？』って訊くのよ」

「なんだ、それで電話、切っちゃったのか。それじゃ、何の役にも立たないじゃないか。中沢さんはいるのかいないのかぐらい、訊いたらよかったのに」

「ううん、そんな雰囲気じゃないのよ。ぜんぜん様子が変なの。ヤクザみたいな感じ。やっぱり番号を間違えたんだわ」

「そうだろう。だから電話なんかしなきゃいいって言うんだ。仕事をする上では、べつにどうってことないんだから、当分、放っておこう。何かあったら、中沢さんのほうから電話がくるだろう」

それが結論になった。例の妙な「漢詩」らしきものが書かれた紙は、邦香が中学の時から使っている勉強机の抽き出しに入れたまま、忘れられた。

四日経った木曜日、井上のところに二人の若い男が訪れた。一人が「愛知県警の者」

と名乗り、金ぴかのバッジを示した。

「ちょっとお訊きしますが、井上さんは柏倉《かしくら》さんという人をご存じですか？」

いきなりそう訊いた。

「いえ、知りませんが」

「本当に知らないんですか？　柏倉哲《てつ》さんというのですがね」

「知りません。どこの人ですか？」

「名古屋市の人です」

「名古屋？　名古屋にはこのあいだ行ったばかりですが、そういう人は知りませんね」

「おかしいですねえ。そんなはずはないんだけど。あなた、柏倉さんと会っているでしょう？」

「だから、知らないって言ったでしょう。知らないのに会ってるわけがない」

井上は「そんなはずはない」と言われて、少しムッとした。だいたい警察があまり好きではない。とくに刑事の、疑り深い性格は大嫌いだ。

「じゃあ、訊きますがね。あなた、九月十二日に名古屋へ行ってますよね？」

「ああ、行きましたよ。さっきも言ったじゃないですか」

「名古屋のどこへ行きました？」

「千種区の陽奇荘っていう屋敷に行きましたよ。あの辺じゃ有名なでかい屋敷だから、刑事さんも知ってるんじゃないですか」

「もちろん知ってますよ。で、そこで誰と会いました？」

「中沢さんという人です」

「中沢？　嘘でしょう」

「嘘？　なんで嘘なんです？　なんで嘘をつかなきゃならないんです？」

井上はカッとなって噛《か》みついたが、相手はシラッとした顔をして笑っている。

「中沢なんて人は、あそこにはいませんよ。そうではなく、柏倉さんじゃなかったんですか？」

「だからぁ、柏倉なんて人は……」

言いかけて気がついた。

「もしかすると、その中沢さんてのが、本当は柏倉っていう人だったってことですか？　いや、中沢さんとは電話では話したけど、会うのは初めてだったもんで、偽名だなんてことは想像もしてませんでしたから」

「この人なんですがね」

刑事は写真を見せた。井上は驚いた。まさにあの中沢に間違いない。痩《や》せ型で、銀髪で、眼鏡をかけていて……。

「ああ、この人ですよ、中沢さん……いや、柏倉さんっていうんですか？　だけど、何だって偽名なんか使ったのかな？　そんな悪い人には見えなかったけどねえ」

「そうですか、やはり柏倉さんと会っていたのですか。しかし、そのことは井上さんは知らなかったのですね」

刑事は丁寧に確かめて、手帳に書き込んでいる。

「会ったのは九月十二日でしたね。何時頃でした？」

「確か、午後四時頃だったと思いますよ」

「それで、どういう用件で会ったんです？」

「箪笥の修理を頼まれました」

「箪笥の修理？　そのためにわざわざこんな遠くから？　おかしいですね」

「おかしくたってしようがないでしょう。先方さんがそう希望したんだから。どうしても私のところに頼みたいって」

「なぜですかねえ？　たかが箪笥の修理に、なぜこんな遠くまで運ばせる必要があったんですかね？」

粘っこい口調がたまらなく不愉快だ。

「たかがとは何ですか。仙台簞笥をばかにしてもらっちゃ困る。名古屋では適当な職人がいないから……いや、そんなふうにおかしいと思うんだったら、理由を直接、その柏倉さんに訊いてみたらいいじゃないですか。ついでに、何で偽名なんか使ったのか、その理由も訊いて欲しいもんです」

「ところがですねえ、柏倉さんには訊けない事情がありましてね」

「どうしてですか。それこそ、こんな遠くまでわざわざ来るより、ご本人に訊くのがいちばん手っとり早いでしょう」

「ふーん……ということは、あなたは何もご存じないってことですか」

「知らないって、何をです？」

「柏倉さんは亡くなったんですがね」

「えーっ……いつ？　どうしたんです？　事故ですか？　それとも……」

「驚きましたねえ。あなた、新聞やテレビのニュースを見ないんですか？　かなり報道していたはずですがね」

「たまには見るけど、気がつきませんでしたねえ。それに、中沢っていう名前ならともかく、柏倉という名前で出ていても、気づかないでしょう」

「なるほど。確かにそうですね」

「そうですよ。しかし、ニュースになっていたんですか。ということは、亡くなったのは事件……それも殺人事件ですか？」

「そうです。柏倉さんは九月十二日の深夜から十三日の未明にかけて殺害され、遺体が九月十四日に発見されました」

「なんてこった……で、殺されたのはあの陽奇荘で、ですか？」

「いや、遺体が発見されたのは、中川区にある松重閘門《まつしげこうもん》というところです。運河みたいなところの水に、なかば沈んでいるのを、近くの施設の職員が発見しました」

「十二日の深夜っていったら、あの日の、おれたちが舘山寺温泉に泊まっていた頃ってことじゃないですか……」

井上は慄然《りつぜん》とした。自分と邦香が、湯に漬かったり、くだらないお喋りをしたりしている時に、あの中沢――柏倉は何者かに殺されていたというのだ。井上の脳裏に、「幽霊箪笥の祟り」という意識が流れた。

第二章　運河殺人事件

1

九月十四日の朝九時頃、名古屋市中川区山王《さんのう》――にある松重閘門の運河に、男性の死体が浮いているのを、隣接する施設に勤める市職員が見つけ、一一〇番通報した。

松重閘門は市内を流れる堀川と、水運事業のために掘られた中川運河とを繋ぎ、水位の調節を目的に、一九三〇（昭和五）年に造られた水門である。堀川と中川運河とのあいだには、およそ一メートルの水位差があるため、その間に閘門を設置して、船の行き来を可能にした。閘門というのは、パナマ運河の方式を思ってもらえばいい。水上交通が盛んだった時代は、伊勢《いせ》湾と内陸とを結ぶ輸送の主役として利用され、多くの船が行き交った。しかし、自動車による運輸事業が発達するとともにその役割を終え、一九七六（昭和五十一）年に使用が停止された。

閘門建設当時に、水門を開閉する施設として建てられた、煉瓦《れんが》色の二つの尖塔《せんとう》がいまも残る。本来の機能とは関係のない、ヨーロッパの中世の城を思わせるデザインの美しい尖塔である。それを象徴とする松重閘門は、名古屋市指定文化財となっている。さらに名古屋市は松重閘門全体を、市の都市景観重要建築物に指定し、親水《しんすい》公園として再整備する計画を進めつつある。

とはいえ、公園化を進めようとするには、問題があった。松重閘門を挟む二つの「川」のうち、堀川のほうは緩《ゆる》やかな流れがあり、屋形船が運航する程度には、水もきれいだが、中川運河の側はほとんど水の動きがない。ヘドロが溜《た》まり、夏など、水面から悪臭が湧き上がる。岸辺には雑草が生い茂り、あまり人も寄りつかない。まずこれらの問題を片づける必要がある。

松重閘門の運河の畔《ほとり》には、かつて閘門の開閉を管理していた建物があり、現在も閘門や運河周辺の管理と、市の倉庫として使われている。かなり大きな建物だが、老朽化しており、勤務する職員の数も十名足らず。そのうちの一人がこの日、出勤して間もなく、二階の窓からなにげなく水面を眺めていて、死体を発見した。

十分後には、中川警察署から署員が駆けつけた。実況見分の後、ゴムボートを出し、死体を収容するとともに、付近一帯の捜索が開始されている。

死体は建物とは運河を挟んで反対側の岸辺近くに浮いていた。水はほとんど動いていないので、おそらくその真上の道路際から転落したか、あるいは何者かによって遺棄されたものと考えられる。

二、三日前からいくぶん気温が下がり、天候も曇り空だったせいで、水温はさほど高くなく、残暑の時期の割には、思ったより腐敗は進んでいなかった。検視の結果、死後二日ほど経過していることが分かった。周辺の状況から推し量って、前々日の九月十二日の深夜頃に「事件」は発生したものと見られた。

死因は鈍器様の物で殴打されたための脳挫傷《のうざしょう》。着衣等に争ったような乱れがないことから、殴打された時点で失神したか、ほぼ即死状態だったと思われる。転落時に受けたと見られる擦過傷に生活反応がないので、少なくとも死後、遺棄されたものであることははっきりしている。警察はただちに殺人死体遺棄事件として、中川警察署内に捜査本部を開設した。

スーツの内ポケットにあった免許証によって、男性の身元はすぐに判明した。そのことも含めて、犯人には死体や犯行を隠す意思は、まったくなかったと思われる。

名古屋市千種区――柏倉哲　六十四歳
驚いたことに、事件発生直後に捜査員が柏倉の免許証にあった住所を訪ねたところ、そこは柏倉の住居ではなく、当該住所地には「陽奇荘」というなかば廃墟のような建物があるだけだった。むろん、居住者は一人もいない。近所での聞き込みによると、陽奇荘には二十年ほど前までは、確かに人が住んでいたが、家族全員が引っ越して、空家になったはずだというのである。

隣接するマンションでの聞き込みでも、陽奇荘に住人がいたことは確認されなかった。ごく稀《まれ》に人の出入りはある様子だが、住んでいるような印象ではないという。

さらに調べを進めると、陽奇荘の持ち主は正岡家で、名古屋市民なら誰でも知っているような名家であることが分かった。捜査本部のスタッフもほとんどが、知っていた。

正岡家の先祖を辿《たど》ると、遠く室町時代にまで遡《さかのぼ》る。正岡次郎左右衛門《じろうざえもん》なる人が、織田《おだ》信長《のぶなが》の寵臣《ちょうしん》として清洲《きよす》城におり、信長の死後、武士を捨て清洲城下に商家を興した。江戸時代になると、名古屋城下に本拠を移した。それ以降、徳川の治世下に勢力を伸ばし、明治・大正・昭和、さらに平成の今日に至るまで隆盛を極めることになる。

現在の住所地である東区白壁《しらかべ》四丁目――は、その時代から正岡家の本拠であり本宅だったのだが、戦時中に空襲で焼失した。戦局が悪化して、名古屋にも空襲のおそれがあると言われだして間もなく、正岡家は、本来は別荘であった陽奇荘に巨大な防空壕を造り、移り住んだ。あくまでも仮住まいのつもりだったのだが、その後、四十年以上、陽奇荘に住み続けた。陽奇荘の住み心地がよかったのと、本宅の復興に時間をかけたためだと言われている。

白壁の本宅は、先々代、先代を通じて、大規模な造営と普請《ふしん》が行われた。建物の設計から、建材、造作、庭園デザイン、調度品類の端々まで、凝りに凝っている。前後二十数年の歳月をかけて完成し、正岡家の全員が白壁の本宅に「凱旋《がいせん》」したのは、二十年前のことである。

それだけに、正岡家の屋敷は、ややオーバーに言えば、高松《たかまつ》の栗林《りつりん》公園を思わせる規模と、東京赤坂《あかさか》の迎賓館を一回り小さくしたような豪華さを備えている。白壁といえば、古くから、中京地区きっての高級邸宅街として知られるが、その中でも際立って立派な佇まいだ。正岡家に聞き込みに訪れた捜査員も、捜査本部に戻った際に、そういう感想を述べた。

捜査本部としても、前もって正岡家に関する情報を確かめた上で、敬意を表して、捜査員の人選に配慮した。聞き込みには、県警捜査一課の野崎文彦《のざきふみひこ》警部が二名の刑事を引き連れて参上している。もっとも、正岡家の当主、第十六代正岡次郎左右衛門佑直《すけなお》が直接、応対したわけではなく、佑直の個人秘書を務める河村忠治《かわむらちゅうじ》という人物が事情聴取に応じた。秘書というより、どう見ても、昔風の執事のような慇懃《いんぎん》な人物だ。柏倉の奇禍《きか》を知らせると、驚きはしたものの、取り乱すような醜態を晒《さら》すことはなかった。

その河村に尋ねたところ、柏倉の免許証の住所は、必ずしも単なる「虚偽記載」ではないことが分かった。柏倉が運転免許を取得したのは三十五年前で、当時、正岡家の住居であった陽奇荘に住み込みで働いていた。二十年前の正岡家の移転に伴い、正岡家と資本関係のある銀行に転職し、住居も移るのだが、なぜか住民票の住所を動かさず、免許証の住所はそのままにしてあったらしい。つまりそれ以来ずっと、柏倉はそこを住所として免許証の更新をし続けていたことになる。

じつは、柏倉が陽奇荘に出入りしていたことは、正岡家ではうすうす知っていた――というより、なかば公認のかたちであったらしい。正岡家の人々は、本宅に戻ってからというもの、陽奇荘にはまったく寄りつかなかった。ほとんど荒れるにまかせる形だったのを、柏倉が見かねたように訪れては、片付けやら掃除やらをしてくれていた。正岡家も柏倉に鍵を預けたままだから、そのことは承知の上だ。ただし、だからといって日当を支払っていないし、柏倉の側から費用を請求することもなかったという。

「手前どもが柏倉に頼んだわけではなく、彼はまるで趣味のようにそうしていたにすぎません」

河村は、そう語った。要するに、今回の事件に関してばかりでなく、柏倉の言動については、正岡家はまったく関知しないということである。

「柏倉さんのお身内の方は、どこにいるのでしょうか？」

「いや、柏倉は天涯孤独でしてね。じつは、戦後の混乱がまだ終わっていない昭和二十年頃に、施設から貰われてきた赤ん坊だったのだそうです。当時は戸籍もはっきりしない、戦災孤児みたいな子が、沢山いたそうですからね。先々代の奥様が可愛がって、家族同様に育てられたと聞いております。律儀な人柄で、口数も少なく、ただひたすら、正岡家に忠義を尽くすような、そういう古風なところのある人でした。もちろん、他人の恨みを買うようなことがあるとは考えられません。今回の事件はたぶん通り魔のような強盗の仕業じゃないのですか」

「いや、まだそういった状況についての結論は出ていないのです」

野崎警部は言った。

「所持品を盗まれたような形跡もないし、おそらく喧嘩《けんか》の上の暴力沙汰ではないかと考えられますが」

「えっ、そうなんですか？」

河村は意外そうな顔をした。

「しかし、柏倉のように用心深い人が、殺されるような喧嘩に巻き込まれるとは思えません。やっぱり強盗に襲われたんですよ」

河村は断定的に言った。

河村に対する事情聴取の中で、柏倉が名古屋市天白《てんぱく》区植田《うえだ》――にあるマンションに独りで住んでいたことが分かった。「マンション」と名がついているが、アパートに毛の生えたような四階建てだ。柏倉の部屋はその三階。独り住まいにしては広い3DKで、32型テレビとデスク以外には大した家具はないのだが、本来は客間とおぼしき八畳間に、古い家具やら骨董品やガラクタのようなものが置かれていた。こういう物を集めるのが趣味だったのかもしれない。

陽奇荘時代はもとより、柏倉が生涯、独身だったことは、すでに知られていたが、マンションでの聞き込みによると、柏倉は独り住まいで、訪れる客も少なく、とくに女性客はまったくなかったそうだ。管理人はこのマンションに住んでいて、住人の様子には日頃から目配りをしていたという。

「ここひと月ばかりのあいだに、三度ほどお見かけした人がおったが、そんなことはかつてなかったくらい、ほんと、お客さんの来んお宅でしたなあ」

何気なく言った言葉だが、警察はそれに飛びついた。

「そのお客というのは、どういう人ですか？　男、女？」

「男の人です。いつも訪ねて見えるのは夜だったもんで、はっきりしたことは分からんが、歩き方なんかを見ると、四十歳くらいじゃないですかね。いえ、ヤクザっぽいとか、そんなことはなく、ごくふつうの感じの人だったと思いますよ。一度、外で見かけたことがあるのですが、その時は柏倉さんと一緒におって、車に乗って行くところでした」

「車？　柏倉さんの車ですか？」

「いやいや、柏倉さんは車は持っとらんかった。そうでなく、お客さんが乗って来た車じゃないですか」

「二人はどんな様子でしたか？　たとえば、親しそうだったとか、あまりうまくいってない感じだったとか」

「さあねえ……どっちかというと、よそよそしい感じだったかなあ……けど、分からんですよ。何しろ夜目遠目でしたからね」

　管理人の供述はきわめて曖昧《あいまい》だが、それでも情報の少ない中では際立っている。警察はとりあえず、その「男」の特定に向けて、マンション周辺での聞き込みに注力した。

　そのうちに、陽奇荘周辺での聞き込みに当たっていた捜査員が、近所のコンビニで耳寄りな話を仕入れてきた。事件当日の午後四時過ぎ頃、陽奇荘から箪笥を運び出したという人物がいたというのである。

「五十代なかばっていうところかねえ。人の好さそうなおじさん風の人でしたよ。その箪笥には、不吉な噂があって、『幽霊箪笥』って呼ばれとるんですよ。私はやめたほうがいい、関わらんほうがいいって言ったんですけどねえ」

　コンビニの女性はそう語った。

その矢先、捜査員の一人がたまたま陽奇荘を訪れ、内部を調べていた時に電話がかかってきた。電話機は捨てられたように床に置いてあり、外線と繋がっているとも思っていなかったので、若い捜査員は「一瞬、飛び上がった」ほど驚いたそうだ。

受話器を取ると、若い女性の声で「中沢さんですか？」と言った。間違い電話かと思ったが、一応、「おたく、どちらさん？」と訊いた。相手は「センダイダンスの井上」と名乗った。若い捜査員は、つい最近、テレビで見た映画の『シャル・ウィ・ダンス？』を連想して、何か新しいステップのダンスの名前かと思い、「どういう用件？」と言った。とたんに相手は「あ、間違えました。どうも失礼しました」と電話を切った。

捜査会議で、その話とコンビニでの話とが繋がった。ベテランの捜査員が、「それは仙台簞笥のことだろう」と解説した。コンビニの女性は、「幽霊簞笥」という噂のあることも話していたから、何かいわくのある簞笥なのかもしれない。そのことと事件とに関係があるかどうかはともかく、殺された柏倉と、唯一、結びつきそうな目標ができた。

名古屋付近で「仙台簞笥の井上」に該当する会社はない。「井上」は社員の個人名の可能性もあるのだが、「仙台簞笥」そのものを看板にしている会社がないのだ。試しにネットで検索をかけてみると、宮城県東松島市小野──に「井上簞笥工房」というのがあることを発見した。ホームページを立ち上げていて、麗々しく、自ら「仙台簞笥の本格派」を標榜《ひょうぼう》している。

2

事件発覚から十日目、愛知県警の松浦左京《まつうらさきょう》警部補に、中川署の宮治誠人《みやじまさと》巡査部長が帯同して東松島市に出張した。

東北新幹線の仙台駅で仙石線に乗り換え、野蒜《のびる》という駅で降りた。辺りには目立つ建物などない、鄙《ひな》びたところだが、駅も家並みも小ぎれいで明るい町だ。駅を出た正面に、掘割を挟んで城跡のような森が左右に延びている。掘割と思ったのはじつは運河であることを、後で知った。

駅前で佇んでいると、頭上を轟音《ごうおん》とともにジェット機が二機、飛び去った。

宮治は実家が小牧《こまき》基地のすぐ近くだから、慣れっこになっているが、東京の大学を出て愛知県警入りしたばかりの松浦のほうは、かなり驚いたらしい。

「こんな田舎でも、ジェット戦闘機が飛ぶんだなあ」

「はあ、しかし、だいたい自衛隊の基地なんてもんは、田舎にあるんじゃないですか。確かここは、航空自衛隊の松島基地があるところです。ほら、ブルーインパルスという、航空ショーなんかで飛ぶやつがあるでしょう。あれの基地がここのはずです」

「へえーっ、宮治さんは詳しいんですね」

「そうでもないですが、家が小牧基地の近くなもんで、少し興味はあります」

少しどころではない。宮治は本当のことを言うと、警察より自衛隊、それも航空自衛隊に入りたかったのだ。しかし、両親に猛反対されて諦め、仕方なく警察を選んだ。高卒で警察学校を出て、それ以来、交番勤務を一年やった以外は、二十八歳の現在までずっと刑事畑で過ごしてきた。刑事でいる以上、常に動き回り、腰を落ち着けているひまがないから、昇進試験に臨むのも難しい。そんな中で、巡査部長に昇進できたのは、自分でも不思議なくらいだ。

ここまで来る電車の中で、松浦にそのことを話した。宮治のほうが松浦より二歳年上だが、階級は逆に松浦のほうが上だ。

「松浦さんみたいにエリートで、出世街道が約束されとる人は、刑事になんかならんほうがいいんじゃないですか」

「いえ、僕は刑事がやりたくて警察に入ったんです。べつに昇進しなくてもそのほうが楽しくていいじゃないですか。課長をやって、署長をやって、県警本部に戻って、管理職について……なんていうのは、面白くもなんともありませんよ。だから僕は、警察に入った時から、上のほうに強く希望して、刑事にしてもらったんです」

たぶん、テレビの刑事ドラマに影響されているにちがいない。そういえば、松浦のファーストネームである「左京」みたいな名前の刑事が出ているドラマがあったような気がする。とにかくやる気まんまんだ。宮治はそんな風に意欲的なことを聞くと嬉しくなる。

駅前タクシーの運転手に「井上簞笥」と告げると、すぐに分かった。駅からそう遠くはないが、町の中心から外れた閑静なところである。「井上簞笥工房」という、小さな看板を掲げている。「工房」というからには製造販売の製造の部分に重きを置いているのだろう。いわゆる簞笥店のような、店頭に商品を並べているというのとは、まったくイメージが違う。二階建ての一階は、ガラス戸越しに中が見えるが、いろいろな道具類や材料らしき物が所狭しと並ぶ仕事場だ。二階には大きな開口部があって、そこから小型のクレーンのような突起物が突き出している。たぶん簞笥を引き上げるためのものなのだろう。

作業場には人気《ひとけ》がないので、松浦と宮治は角を曲がり、地続きになっている住居のほうを訪ねた。インターホンを押しても、なかなか応答がなかったが、二十秒ほども待たせて、いきなりドアが開き、男が顔を出した。コンビニの女性が描写したとおりの、

「人の好さそうなおじさん」タイプの男で、彼が井上孝夫であった。

玄関先で松浦警部補がバッジを示した。事情聴取は松浦がするつもりでいる。「愛知県警の者です」と名乗ると、井上はびっくりしていた。その後の話にも、あっけに取られたような応対であった。柏倉哲が死んだ事件のことなど、まったく知らなかったらしい。なぜ、どうして死んだのか。なぜ、あの箪笥の修理を頼まれた直後なのか――といったことに、答えるどころか、刑事のほうに質問を浴びせた。

「いま、女房も娘も仕事に出掛けているんで、お茶も出ませんが」

井上はそう断って、二人の刑事を家の中に招じ入れ、八畳ほどの客間で、座卓を挟んで向かい合った。松浦と宮治は、その時になって名刺を出した。

コンビニの女性は知らなかったようだが、井上は名古屋には、邦香という娘と一緒に行ったそうだ。陽奇荘の「中沢」に電話したのは娘だった。

「変な、感じの悪い男が出たので、急いで電話を切ってしまったんです。すると、あれは警察の人だったんですね」

「間違いなく警察の人間です。ただし、感じが悪いというのはいかがなものでしょうね。警察では、民間の方々に対しては、できるだけ親切丁寧に応対するよう、指導しておりますが」

松浦は律儀にフォローしている。まったく、本人自ら言うように、松浦は刑事稼業が楽しくてたまらないのだろう。宮治は口を挟まず、要点をメモすることに徹した。

「それにしても、気味が悪いですねえ。われわれが訪ねて行ったその晩に亡くなった。それも殺されたなんてねえ」

井上はしきりに首を振った。

「いや、正確に言うと、完全に殺人事件と断定したわけではないのです。一応、死体遺棄事件として捜査が始まったのですが、まあ、常識的に考えて、殺人事件であると判断してもいいでしょう。警察はその前提で捜査をしております」

「それで、刑事さんたちは、私のところに来て、どんなことを知りたいんですか？　私は事件のことなど、何も知りませんよ」

「その点については、いまお聞きした話の内容からいって、間違いないと思います。ただし、警察の捜査はマニュアルに従って行うことになっているので、ひとつ、ご面倒でもご協力ください」

「いいですよ、協力しますけど、何も知らないからなあ。協力できるかどうか」

「とりあえず、事件当日の夜の、井上さんとお嬢さんの行動を聞かせてください」

「私らは浜名湖の舘山寺温泉に泊まりましたよ。花乃井《はなのい》ってとこだから、訊いてもらえば分かります」

「なるほど。その夜はずっとそこにいたのですね？」

「ええ、いましたよ……ということは、つまりわれわれのアリバイ調べですか？」

「まあ、そういうことになりますが、気にしないでください」

「そう言われても、気にしますよ」

「ははは、申し訳ありません。それで、陽奇荘から出た後、柏倉さんとのあいだで連絡はなかったのでしょうか？」

「ありません。私も電話していないし、先方さんからも何もありません」

「では、あらためてお訊きしますが、陽奇荘を訪ねた際の柏倉さんの様子はどんなだったでしょう？」

「どんなって言われても……ごく落ち着いていて、別に変わった様子には見えませんでしたけどねえ。もっとも、そうは言っても、日頃がどんな様子か知りませんから、何とも言いようがないです」

「それでも結構ですから、最初に会った時から別れるまでの様子を聞かせてください」

井上は思い出し思い出ししながら、陽奇荘での「出来事」を話した。

「気になったことと言えば、ですね。ちょっと気になったことはありました」

話の最後に、井上は眉をひそめながら、言った。

「あの箪笥がなぜあそこにあったのか……つまりですよ、ほかの家財道具は一切合財、無くなっているのに、あの箪笥だけがなぜ残されたのか。それをまた、なぜいま、修理に出すことにしたのか。そのことを訊いても、中沢さん……いや、柏倉さんはなかなか話してくれなかったんです。あの箪笥には悲しい話があるって、先々代の奥様が愛着していたとか、奥様が亡くなった後もそのままにしてあるとか、そういう話はしたんだけど、肝心の話になると、それはあんたらが知る必要のないことだって言ってね。そしたら、帰りに寄ったコンビニのおばさんに、あの箪笥は『幽霊箪笥』って呼ばれているって聞かされて、娘なんか震え上がってましたよ」

言いながら、井上自身も肩をすくめた。

それ以上、訊くこともなかった。

「箪笥、見ますか？」

井上に言われて、松浦は「どうします？」と、初めて宮治の意見を求めた。

「見せてもらいましょう」

井上の先導で、廊下伝いに行くと、表通りに面した仕事場に通じていた。

「散らかってますよ」

井上は言ったが、思った以上に綺麗にしている。一階の作業場兼倉庫のようなところから、細い急な階段をよじ登るようにして二階に上がる。二階の作業場もかなり立て込んではいるけれど、一階に比べると、漆塗りなどの仕上げ工程を行うためか、さらに整理整頓はできている。

その作業場の真ん中に、問題の箪笥がデンと鎮座していた。井上の説明を受ける前に、それがそうだと分かる、古色蒼然とした箪笥が、上下二段に分けて置いてあった。すでに金具が外されて、脇に寄せてある。

「詳しい知識はないですが、なかなか立派な箪笥ですなあ」

宮治は言った。

「そう、いい物です。私が修業した尾崎さんという、仙台箪笥作りの名人がおられたが、その尾崎さんの先々代あたりの作品ではないですかな。とくにこの金具に、その特徴がはっきり出ています」

井上は宮治が褒《ほ》めたせいか、満足そうに解説した。いっぽう、松浦のほうは、あまり関心がないようだ。それより、漆の容器があるのを気にしている。

「僕、漆アレルギーの気があるので、下にいますよ」

そう言うと、早々に階段を下りて行った。

「これを修理するとなると、けっこう時間もかかるのでしょうね」

「ああ、かかります。半年は見ておかなきゃならんでしょうな。しかし、そのことより何より、依頼主の柏倉さんが亡くなったんでは、はたしてこの先、仕事を続けていいものかどうか、そっちのほうが気掛かりです。どうしたもんですかねえ」

そう訊かれても、宮治にはどうすればいいのか、いい知恵はない。

「そうですねえ。どこかから費用が出てくるのなら続けてもいいでしょうが。そうでなければ、タダ働きになるようなことはやらなくてもいいんじゃないですか」

「いや、じつは、すでに半金だけは貰っているんです」

「えっ、じゃあ、ぜんぜんタダ働きっていうことにはならないんですか」

「そうなんです。それに、私としても、これだけの品を中途半端な形にしておくのは忍びないですからね。商売抜きで仕上げてみようとは思っているのです」

「なるほど……」

職人気質とはそういうものなのだろう。人の好い井上のために、宮治は何か力になれる方法を見つけてみようと思った。

「井上さんはご存じないかもしれませんが、陽奇荘というのは、名古屋で財閥として知られとる正岡さんというお宅の持ち物なんです」

宮治は正岡家と柏倉の関係を、ごくかいつまんで説明した。

「この簞笥がそこにあったということは、実際の持ち主が正岡家である可能性もあるわけですよね。ことによると、柏倉さんが井上さんに修理を頼んだのも、正岡さんの指示によるものかもしれない。だとすれば、修理代も正岡さんに請求すればいいわけです。よければ、その辺のことを、正岡さんに訊いてみてあげましょうか」

「えっ、ほんとですか？　それはありがたい。よろしくお願いしますよ」

「分かりました。ただし、自分は警察の人間ですので、仕事以外のことで奔走するわけにはいかない。どこまでお役に立てるか、約束はできませんがね。その代わりと言ってはなんですが、井上さんご本人でも、お嬢さんでも、何か思い出すようなことがあったら、ぜひ、さっきの名刺のところに連絡してください」

そういう「契約」を交わして、井上家を引き上げることになった。階下に下りて行くと、松浦は金具の加工場に入り込んで、興味深そうに飾り金具を眺めていた。

「子供の頃から、こういう道具類が好きでしてね。近所の町工場へ行っては、万力でクギを曲げたりして遊んだもんです」

少年のような邪気のない顔を紅潮させている。好奇心旺盛の性格は、刑事に向いているかもしれない――と、宮治は思った。

3

邦香が帰宅すると、井上が待ち構えていたように玄関先に現れて、「今日、刑事が来たよ」と告げた。

「えっ、ほんと？」

邦香はギョッとした。これまで胸の奥に蟠《わだかま》っていた不吉な気配が、ついに本性を現したような、いやな気分だ。

「じゃあ、やっぱり、何かあったのね？」

「ああ、名古屋で会った中沢っていう人、それは偽名でな。本名は柏倉っていうんだそうだが、その柏倉さんが殺されたんだとよ。それも、おれたちが行った日の夜だ」

「えーっ……」

予感していた、さまざまなシチュエーションの中で、最悪の事態が生じた。

「それって、どういうこと？」

「まあ、めしを食いながらでも、おいおい話すよ。それより、手を洗ってこい」

父親に言われて、邦香は手を洗い、二階の自室に行き、着替えを済ませて、食堂兼居間に下りて行った。邦香の部屋は洋間風に改造しているが、この部屋はいまだに畳敷だ。ちゃぶ台こそ座卓に昇格したが、戸棚をはじめとする調度品はすべて純和風。会社でも自室でも、年中パソコンを叩いてばかりいる邦香としては、この佇まいが唯一、ほっとひと息つける場所ではある。

それにしても、座卓の上に今日も穴子料理が並んだのには参った。穴子の天ぷら。穴子の煮つけ。穴子の白焼き……。

「昨夜は穴子の大漁でな。安藤《あんどう》のおやじは四匹ばかりだったが、おれは十二匹釣った。それも大物ばかり。腕が違うんだな」

井上は自慢そうだが、三日に上げず穴子を食べさせられるほうは災難だ。

「お父さん、簞笥屋辞めて、漁師になればよかったんだ」

「ばかなことを言うな。漁師のなり手はいくらでもいるが、簞笥作りの名人なんて、そう簡単になれるもんじゃねえ」

自ら「名人」と言うのはどうかと思うけれど、娘の目から見ても、確かに井上の簞笥作りはほかとは違う。

「さっきの話の続きだけど、どういうことなの？」

邦香は催促した。この父親のことだ、あまりアルコールが回らないうちに、しっかりした話を聞いておかなければならない。

　井上は昼間あった出来事の一部始終を話した。

「じゃあ、刑事はお父さんと私のアリバイを調べに来たってわけ？」

「それはついでみたいなもんだろ。刑事は中沢さん……柏倉さんの様子を知りたがっていたな。何か変わったところはなかったかと。だけどおまえ、何もおかしな様子はなかったよな」

「うん、なかったと思う。おかしなことって言えば、あの幽霊箪笥だわよ。そもそも、うちあたりに修理を頼むってことがおかしいんじゃないの」

「そんなことはないだろ。おれの腕を見込んで頼むことにしたって、柏倉さんはそう言っていたじゃないか」

　それに対しては反論できない。強く逆らえば、井上の矜持を傷つけることになる。

「それで、お父さん、あの箪笥、どうするつもりなの？」

「そうだ、そのことだ。刑事にもどうしたらいいか訊いたよ。そしたら、タダで仕事をすることはないって言った。しかし、おれは最後までやることに決めたよ。それに、半金はもらっているんだから、まるっきりタダっていうわけじゃないしな」

「そうね、それがいいかも。だけど、修理が終わった後、どうするの？」

「そりゃ、おまえ、また名古屋まで運んで行くっきゃないだろう」

「名古屋のどこへ？　陽奇荘へ行ったたって、あの人はいないんだし」

「そうだな……だったら、正岡っていう家に届ければいいんじゃないか。陽奇荘の持ち主は正岡っていう大金持ちだそうだ。まあ、どっちにしたって、あと半年ばかしはかかる話だ。そのうちに、何か状況が変わるかもしれねえし。警察からか、それともひょっとすると正岡家から何か言ってくるかもしれねえしな」

それが結論になったが、邦香はあの簞笥のことが気になってならない。コンビニのおばさんは「幽霊簞笥」と言ったそうだが、幽霊はともかく、あのくらい古くなると、簞笥そのものに魂が宿っていそうな雰囲気がある。先々代の奥様が嫁入り道具として持参して、なみなみならぬ愛着を抱いていたという話だった。東北出身の女性と聞いている。いまでこそ新幹線で四時間もあれば行けるところだが、戦前の名古屋はさぞかし遠かったことだろう。どういう事情があったにせよ、緊張と覚悟と、それに心細さをもって正岡家に嫁いだにちがいない。仙台簞笥は彼女にとって、正岡家での「闘い」の、心の拠り所だったのかもしれない。

そう思うと、その「奥様」の想いが、あの簞笥の木目の一つ一つにしみ込んでいるような気がしてくるのだ。汚れが洗われ、磨きをかけられ、生まれ変わったように輝きを取り戻した時、箪笥の魂は何を思うのだろう——などと考えると、一日も早く、そうなって欲しい。あまり勤勉とはいえない井上の尻を叩きたいほどだ。

そんな風に邦香が思い悩んでいる中、井上が言っていた「状況の変化」は、思いがけない形で訪れた。

刑事が来た二日後の土曜日。たまたま井上も智子も外出していて、邦香が独りでテレビを見ていると、インターホンのチャイムが鳴った。応答すると、男の声で「小林《こばやし》という者ですが、柏倉さんのことで、ちょっとお話をお聞きしたいのですが」と言った。

邦香は（どうしよう——）と迷った。最近、あちこちで、独り住まいの女性が襲われ、殺される事件が頻発している。まさかとは思うが、用心するに越したことはない。

「あの、申し訳ありません。いま、誰もいないので、また後で来てください」

「誰もいないって……あなたがいるじゃありませんか。あなたはこちらのお宅の方なのでしょう？」

男は明らかに気分を悪くしたような口調で言った。

「ええ、そうなんですけど……」

まさか、あんたが怪しいから——とは言えない。

「あの、柏倉さんのことというと、どういうご用件ですか？」

男はしばらく躊躇《ためら》ってから「箪笥のことです」と言った。

「柏倉さんから、箪笥を預かりましたよね。その箪笥を見せてもらえませんか」

「ああ、そのことでしたら、父がいないと、私の独断でお見せするわけにはいきません。また後で来てくれませんか」

「後というと、お父さんが戻られるのは何時頃ですか？」

「父はたぶん四時頃です。でも、母はお昼には戻ります」

邦香は慌てて付け加えた。いつまでも独りでいるわけではないと強調したつもりだが、智子の帰りは井上より遅くなるはずだ。

「そうですか……じゃあ、分かりました。また出直して来ます」

男の立ち去る気配に耳を澄ませてから、邦香はドアを開けてそっと覗いてみた。男は黒っぽいスーツの後ろ姿を見せて、ゆっくり歩いて行く。やや大柄で、少し背を丸める癖がある以外は取り立てていうほどの特徴はない。

男が振り返りそうな様子を見せたので、邦香は慌ててドアを閉めた。その時になって、ドアに鍵がかかっていなかったことに気づいた。もっとも、この辺ではどこの家もドアに鍵をかける習慣がない。留守番がいる場合にはなおさらのことである。それにしても、もしあの男が玄関に入っていたら——と想像すると、少し怖い。

井上は三時半頃、戻って来た。小林という男が訪ねて来た話をすると、邦香が予期したほどには驚かなかった。

「なんだ、箪笥を見たいだけだったら、見せてやればよかったじゃないか。といっても原形を留《とど》めてはいないがね」

「冗談じゃないわよ。あんな見ず知らずの人、若い女が独りでいるところに上げられるわけがないじゃないの」

「なるほど、そういえばそうだな。おまえも若い女だったな。いや、もうそんなに若いとも言えないか。もたもたしてると、すぐに三十路《みそじ》になってしまうぞ」

「言われなくたって分かってるわよ。そんなことはどうでもいいの」

「どうでもいいことあるか……そうか、そいつはぜんぜん知らないやつだったのか。しかし、箪笥を見て、どうするつもりだったのかな？　小林って言ったっけ。どこの人だ？」

「それは訊かなかったけど」

「なんだ、それじゃ、こっちから連絡のしようがないじゃないか」

「大丈夫よ。お父さんが四時頃帰るって言ったら、後でまた、出直して来るって言ってたから」

「そうか。じゃあ、そろそろだな」

井上は時計を見たが、夜に入っても、その男が訪ねて来ることはなかった。

4

宮城県東松島市は二〇〇五（平成十七）年に、桃生《ものう》郡矢本《やもと》町と鳴瀬《なるせ》町が合併して生まれた。人口四万三千。農業と漁業と観光が主たる産業の町だ。

ここには「奥松島」と呼ばれる風光明媚な岬と島々がある。正確に言うと、松島湾の入口に浮かぶ「宮戸島《みやとじま》」と、その付け根の野蒜海岸一帯の総称だ。宮戸島は実際は島なのだが、両者のあいだを区切る水域は狭く、橋で繋がっていることもあって、ほとんど野蒜海岸から突き出た岬のように見える。

西の松島に対して、奥松島のほうが外洋に近いため、島の岬の突端辺りでは、潮の流れが速く、寄せる波は高い。それだけに、島の複雑な地形に抱かれた入江は海産物の宝庫。そこで獲れた新鮮な魚介類を供する、ホテル、旅館、民宿が軒を連ねる。

奥松島観光のもう一つの売り物は「野蒜築港」である。野蒜築港は一八八二（明治十五）年に日本最大の貿易港として、第一次工事が完成した。この工事には時の内務卿・

大久保利通《おおくぼとしみち》が力を注いだといわれ、実際に、一八七六（明治九）年六月にあった明治天皇の行幸に先立ち、この地を訪れ、近くの名勝・不老山《ふろうざん》の上から築港予定地を視察したという。

野蒜海岸には、内陸から鳴瀬川と吉田川という二本の川が流入している。この二つの川は八キロほど上流から、ほぼ平行して流れ、野蒜海岸手前で合流する。野蒜に港を造り、その二川を活用し、さらに、東の北上川《きたかみ》、西の松島湾から名取川、阿武隈川《あぶくま》までを運河で結ぶ、壮大な水運計画が立案された。

一八七七（明治十）年の西南《せいなん》戦争、そして十一年五月には大久保が暗殺されるという事件が起きたが、計画は推進され、十一年七月に着工。十五年十月には野蒜港突堤落成式が盛大に挙行された。

だが、十七年九月十五日に襲った台風による風波と洪水のため、突堤《とんざ》の三分の一、およそ五十メートルが流失して、着工以来七年をもって野蒜築港事業は頓挫した。

現在、その築港跡が文化遺産として、東松島市の最も貴重な観光資源になっている。築港は一場の夢と化したが、その周辺施設として整備された北上運河や東名《とうな》運河などは、いまも実用に供されている。鳴瀬川と北上運河を結ぶ予定で掘削された「新鳴瀬川」には「上の橋」「中の橋」「下の橋」と、煉瓦造りの橋台が残り、岸辺には地均《じなら》しに用いた巨大な石のローラーなど、「兵《つわもの》どもが夢のあと」が随所に見られる。

九月二十八日午前十時頃、校外授業で野蒜築港跡の見学に訪れた市内鳴瀬第二中学の生徒が、上の橋の橋台の裾《すそ》に流れ着いている男性の死体を発見した。

調べた結果、死後二日を経過しているものと見られる。死因は溺死《できし》だが、睡眠導入剤を服用していることが判明。その状況から、警察は殺人死体遺棄事件と見なし、鳴瀬署内に捜査本部を開設した。

被害者の身元を示すような所持品はなかった。服装はごくありふれた濃紺のスーツで、裏地に有名なメーカーのタグが縫い付けられていた。しかし、被害者のネームはない。このメーカーは全国の紳士服店で広く販売されており、そのルートから身元を特定するのは、相当に難しそうだ。

このニュースは新聞、テレビを通じて全国に流されたが、地元の東松島市内は、この話でもちきり状態になった。最もショックがきつかったのは、井上家の人々である。

夜、全員が食卓についたところだった。七時前のローカル局のテレビニュースでこの事件が報じられた瞬間、邦香はテレビを指さして口走った。

「この人よ、間違いない」

「えっ、このアナウンサーがどうかしたのか？」

井上は芋の煮物を口に入れかけたまま、動きを止めて、言った。たまたまその時、画面にはニュースを報じるアナウンサーが映っていた。

「そうじゃなくて、いまニュースで言っていた、築港の運河で殺されていたっていう、男の人……一昨日、うちに訪ねて来た人だわ。アナウンサーが『濃紺のスーツ姿』って言ってたじゃない。私には黒っぽく見えたけど、その服装がその男の人とぴったり。間違いなくあの人よ。それに、夕方訪ねて来るって言ってたのに、来なかったじゃない。たぶん、殺されたから来られなかったのよ」

「ほんとかよ？　冗談じゃないぞ。名古屋の事件があったばっかりだっていうのに、また殺人事件かよ。どういうことだ？」

「やっぱり篳篥よ。あの幽霊篳篥の祟りのせいよ」

「ばかなことを言うんじゃねえ。篳篥が祟るわけねえだろ」

「じゃあ、何だって言うの？　偶然てことはないでしょう」

「そんなに怯えるなって。死んだのがその男かどうかも分からないんだから」

「間違いないってば」

「だったら、明日にでも警察へ行って、死体の身元を確かめたらいい」

「やだーっ、そんなこと絶対にいや！」

「そう言ったっておまえ、ニュースじゃ、まだ身元が分かっていないって言ってたじゃないか。もしかすると、その男を見たのは、邦香だけかもしんねえんだぞ。警察に教えてやるのは、市民の義務だろう」

「いやいや、絶対に行かない。代わりにお父さん、行ったらいい」

「ばか、おれはそいつの顔を見てないじゃないか」

父と娘が険悪なことになりそうなので、智子が脇から手を差し伸べた。

「まあまあ、そんなに言い合いしないで、もう少し様子を見てから、どうするか決めたらいいんじゃないの。警察だって、いろいろ調べてるんだから、今ごろはもう、分かっているかもしれないよ」

その智子の判断は正しかった。


警察は事件直後から付近での聞き込み捜査を展開している。とくに交通機関を一つずつ丹念に潰していった。そして事件から三日目の夜、刑事の一人が、仙石線松島海岸駅の構内タクシーの乗務員から、耳寄りな話を聞き出した。男が殺害されたと思われる日の午後、松島海岸駅前から東松島市小野《おの》まで、それらしい男を乗せたというのである。

「松島海岸駅からじゃ、けっこうメーターがかかるのに、景気のいいお客さんだなと思ったんだけど、じつは知らなくて、東松島へ行くには、松島海岸駅が最寄り駅だと思っていたみたいです。途中、野蒜駅近くを通った時、『なんだ、こんな近い駅があったのか』って、面白くなさそうでした」

　男は小野の集落に着いたところで降りて、歩き去ったという。

「小野のどこへ行くかは、言ってなかったかね？」

「いや、言いませんでしたよ。もしかすると、どこへ行くのか、知られたくなかったんじゃないでしょうか」

　運転手はうがった見方をしたが、たぶんその勘は正しいのだろう。ともあれ、そこまで分かれば、あとは楽勝と言ってよかった。翌日から小野の集落に重点的にローラーをかけて、一軒一軒、聞き込みに歩いた。そして間もなく、男の「訪問先」を突き止めた。「井上箪笥工房」がそれである。


　その時、井上家には井上だけしかいなかった。刑事の訪問をあらかじめ覚悟していたから、さほど驚かなかった。

「確かに、そんな感じの人が訪ねて来たってことを、娘が言ってましたよ。だけど、家の中でインターホンで話しただけで、男の人が立ち去る後ろ姿はドアの隙間から見たけど、顔も見ていないし、本当にその人かどうかは分からないそうです」

「どこの誰とかは、名乗らなかったのでしょうか？」

「ああ、小林って名乗ったみたいです。どこの小林かは言わなかったし、もしかすると偽名じゃないかって、娘は言ってました。詳しいことは娘から訊いてもらったほうがいいです」

井上が言ったとおりに、刑事は夕刻にもう一度、訪ねて来た。邦香はついいましがた、戻ったばかりだったから、その様子をどこかで張っていたのかもしれない。

井上家では夕食の準備が整っていたが、刑事を迎えて、玄関先に井上以下、家族三人が並んで、刑事に対応した。

刑事はまず、被害者の写真を見せた。むろんデスマスクだから、邦香は思わず顔を背けた。「どうです？　この人でしたか？」と訊かれても、黒っぽいスーツの後ろ姿を見ただけで、顔は見ていないから、分からないと言うしかなかった。その後、刑事は、昼に井上にしたのと同じ質問を、邦香に向けて繰り返した後、訊いた。

「小林氏の用件は何だったのか、そのことは言わなかったのですか？」

「それは、あれです。簞笥を見せてくれって言ってました」

「簞笥を？……というと、つまり、簞笥を注文しに来たのですかね？」

「いえ、そうじゃなくて、うちが修理を頼まれている仙台簞笥を見たいって」

「はあ、妙な注文ですね」

刑事は少し間抜けな表情になった。地元の人間のくせに、仙台簞笥のことも、あまり知らないらしい。

それから、問題の仙台簞笥の説明を長々としなければならなかった。名古屋まで簞笥を取りに行ったということだけでも、あり得ないほど珍しい話なのに、そこへもってきて、陽奇荘だの「幽霊簞笥」だの、さらに注文主である中沢がじつは偽名で、柏倉という人物で、しかも、あげくの果て、その柏倉が殺されてしまった……と、これだけ並べれば、下手なサスペンスドラマよりも意外性に富んでいる。邦香が少し早口で喋ったから、刑事は話の内容をメモするのに必死だった。

「その小林っていう男の人は、柏倉さんの名前を言ってたんだから、たぶん知り合いじゃないんですか」

「そうですね、分かりました。とにかく愛知県警と連絡を取って調べてみます。その結果、またお邪魔することになりますので、しばらくは連絡のつくところにいるようにしてください」

刑事は邦香のケータイの番号を手帳に控えてから、「ところで」と、三人の顔を見渡して言った。

「九月二十六日の夜、つまり、小林氏が訪ねて来た日の晩のことですが、皆さんはどちらにおられましたか？」

「なんだ、アリバイですか？」

井上が不機嫌そうに言った。

「まあ、そういうわけではありませんが、これは手続きのようなものでして」

このあいだの名古屋の刑事も、それと同じようなことを言っていた。そういう対応も、警察のマニュアルなのかもしれない。

「そうだな、九月二十六日ですか……土曜日だよな。みんな家にいたんじゃないのかな？」

「あっ、お父さん、穴子釣りに行ったんじゃなかった？」

智子が思い出した。

「そうか、そうだったな。私は夜釣りに行きましたよ」

「なるほど、場所はどこですか？」

「松ケ島橋を渡って、ちょっと行った辺りの入江です」

「何時頃ですか？」

「飯食って、すぐ出掛けたから、八時から十二時頃まで釣ってましたね。いや、もうちょっと後かな」

「そうすると、ちょうどその頃ですね」

「ちょうどって？」

「小林氏の死亡推定時刻がその頃なんです。解剖所見によると、九月二十六日の午後十時頃から、九月二十七日の午前二時頃までのあいだ——ということになっています」

「えーっ、ほんとですか？　やめてもらいたいなあ、そういうの……」

「もちろん、それとこれとは関係ないと思いますが、場所は比較的、近くですね。誰か、お仲間と一緒でしたか？」

「いや、私独りでしたよ。安藤君が行けなくなったっていうんで」

「そうですか、独りですか。とすると、そのことを立証してくれる人はいないというわけですね」

刑事は猜疑《さいぎ》心を露《あらわ》にした目で、井上をジロリと見た。

第三章　家族と孤独

1

正岡佑直が浅見《あさみ》陽一郎《よういちろう》を自宅に訪ねて来たのは十月四日のことである。一応、前もって電話でのアポイントはあったものの、陽一郎にしてみれば予期せぬ客であった。

須美子《すみこ》に来訪を告げられ、陽一郎は慌《あわ》ただしく玄関先に迎えに出た。「やあ」「やあ」と、たがいに軽く手を挙げて、それで挨拶は十分だった。

「まあ、上がってくれ」

陽一郎が案内して応接室に入り、須美子に紅茶を頼んだ。

「十年ぶりかな」

陽一郎が言うと、正岡は「そうか、憶《おぼ》えていてくれたか」と喜んだ。

「忘れるものか。あの頃は世話になったなあ」

当時、陽一郎は愛知県警察本部に警備部長として赴任した。着任早々、県警本部に顔を出したのが正岡で、その時も東大卒業以来、十三年ぶりの再会だった。陽一郎と正岡は大学の同期で、ワンダーフォーゲル同好会の仲間という関係だ。

正岡はその時すでに、老舗デパート「正塚《まさづか》屋百貨店」の専務として、ゆくゆくは正塚屋取締役社長の地位が約束されていた。エリートとはいえ、一介の国家公務員に過ぎない陽一郎とは、比べようもなく羽振りがいい。その晩、自宅に招き、歓迎の席を設けて、何か役に立てることがあったら、名古屋市内ばかりでなく愛知県全域に顔が利くので、遠慮なく声をかけてくれと言った。もちろん、いくら親友だからといって、おおっぴらに民間人に物を頼むわけにはいかないが、非公式に情報を貰うことは、実際に幾度かあった。

その正岡が電話をかけてきて、用件の内容を言わず、ただ「お邪魔していいか」と言った。陽一郎のほうも、あえてそれ以上は訊かなかった。そういう暗黙の了解ができる相手でもあった。

「何か、難しい話のようだな」

お茶を一口飲むと、陽一郎は雑談を切り上げた。

「うん、まあ……」

正岡は少し逡巡《しゅんじゅん》してから、「妙なことがあったもんでね」と話しだした。

「きみも一度、来たことがあるが、『陽奇荘』という名の、別荘みたいな家のこと、憶えているだろ。実際、あそこは本来、別荘だったんだが、本宅が空襲で焼けて以来、うちはずっとあの家で暮らしていた。むろん僕もそこで生まれ、大学の四年間を除けばそこに住んでいた。二十年ばかり前に、きみも知っているいまの住居が完成したので移り住んで、その後、陽奇荘のほうはほとんど放置したままになっている。ところが、そこの管理を任せていたというか、本人が好きで出入りしていたようなものなのだが、うちの子飼いの柏倉という男がいて、その柏倉が一ヵ月ほど前、松重閘門で死体となって見つかった。その後の警察の調べによると、どうやら殺されたらしい」

「殺された……それは穏やかじゃないね」

さすがの陽一郎も驚いた。それから順序立てて、「殺人事件」の全容を事細かく話してもらった。陽一郎は愛知県警に三年いたこともあって、松重閘門のことは知っているし、そこで死体が発見された場合、それ以降の警察の動きは、正岡の話からでも、十分、推測できる。

「殺害の目的が強盗であれ、怨恨《えんこん》であれ、当初は単なる殺人事件で、われわれとは関わりのないことと思っていたのだが、少し様相が変わった。この事件に、陽奇荘にあった簞笥がからんできたんだ」

正岡は柏倉が殺された日の夕方、陽奇荘から簞笥が運び出された――という話をした。運んだのは宮城県東松島市の仙台簞笥専門の職人だったという。殺人事件と簞笥という取り合わせも、意表を突く。

「しかし、その箪笥は、要するに古い仙台箪笥なんだろう。柏倉さんが専門の職人に修理を依頼したといっても、そのこと自体には何の不思議もないように思えるけどね」

　陽一郎は首を傾げた。

「それとも、そのことと事件と、何か関係があるというのかい？」

「それはまだ分からない。ただ、その箪笥がらみの話には続きがある。現時点ではどういうことなのか分からないが、その箪笥職人の家を訪ねた男がいてね。柏倉が修理を依頼した箪笥を見たいと言ったそうだ。たまたま職人が留守だったので、男はそのまま帰ったのだが、その二日後、東松島市の運河で死んでいるのが発見された。死んだのは、箪笥職人の家を訪ねた日の夜だった。場所も職人の家からそう遠くない。といったようなわけで、話がややこしくなった」

「ほうっ……東松島市というと、いわゆる奥松島の辺りだな。しかも第一の殺人事件と同じに、運河で死んでいたというのか」

　陽一郎はがぜん興味を惹《ひ》かれた。

「その男の素性は？」

「身元はまだ分かっていないらしい。推定年齢は三十代後半から四十代前半だそうだ。ともあれ、警察は両方の事件が箪笥で繋がっている点に関心を抱き、その出所である陽奇荘からうちを割り出して、接触してきた。どうやら、正岡家に、事件の背景となる何らかの事情があるのではないかと思っているみたいだ」

「あるのか？」

「そんなもの、あるはずがない……と言いたいところだが、正面切って威張れたものでもない。少なくとも、柏倉はうちの身内のような人間だし、両方の被害者に繋がる篁笥は、かつて正岡家が所有していたものだしね。いや、篁笥があった陽奇荘そのものが、依然としてうちの所有である以上、知らん顔はできないだろう」

「それはそうだね」

「といっても、当家の周辺を警察がうろうろしている状況は、きわめて具合が悪い。いまのところ、実害は生じていないが、早晩、マスコミが嗅《か》ぎつけるのは目に見えている。妙に騒ぎたてられでもしたら、正塚屋百貨店ばかりでなく、うちが関係している銀行の信用にも関わりかねないだろうね」

「確かに」

「そこで浅見に、折入って相談しようと思って参上した次第だ。何分よろしく頼む」

正岡は威儀を正して、頭を下げた。

「なるほど、そういうことか。それはまあ、相談に乗るぐらいはやぶさかではないが、かといって、いくらきみと僕のあいだでも、情実で何かやれというのは困るよ」

「分かっているとも。私も浅見警察庁刑事局長どのに、節をまげて、警察の捜査に手心を加えるようにしてくれなどと頼むつもりはないよ。私の頼みは、人を紹介してもらいたいということだ」

「ふーん、誰を紹介しろっていうんだい？」

「きみの弟さんだ」

「弟？ 光彦《みつひこ》か？」

「うん、弟さんの英名はつとに聞こえている。うちの母なんかも、小説やドラマを見て、光彦君の大ファンだ」

「そうか、あれには困ったものだがね」

陽一郎は「困ったもの」の対象を、弟と小説やドラマに向けて言った。

「どうしてさ？ 困るどころか、大いに誇っていいんじゃないのか。きみの警察には申し訳ないが、光彦君は警察の及ばない知恵を発揮する。あざやかなもんだよ」

「そんなもの、小説やドラマの話は、どこまで真実かどうか知れたものじゃない。しかし、それはまあいいとして、弟を紹介して、何をさせようと言うんだい？」

「むろん、今度の事件の謎を解いていただきたい。つまり、警察とマスコミに引っかき回される前に、事態を収束させていただきたいということだ」

「ははは、それは無理だろう。時には、光彦もそれなりによくやることは認めるが、本格的な事件捜査となれば、あらゆるデータを握っている警察を出し抜くなんてことは、絶対にできっこない」

「必ずしもそうとばかりは言えないんじゃないかな。警察も、あらゆるデータを握っているとは限らないし」

「どういう意味だい？　警察の事情聴取に対して、何か伏せていることがあるのか？それは困るよ」

「意図的にそうしているわけではない。訊かれたことにはちゃんと答えるようにしているし、ほかの者たちにもそうするよう、指示はしている。しかし、それでも警察のやることには遺漏がある」

「つまり、訊かれないことについては、何も言わない——という意味だな」

「ははは、まあ、端的に言えばそういうことになるかもしれない」

「それでは光彦だって同じじゃないか」

「どうかな。それは光彦君の資質を疑う言い方だ。母に言わせれば、彼には警察にない閃《ひらめ》きのようなものがあるらしいよ。私もそれを信じる。兄貴であるきみが、彼の才能を

「このとおり、頼む」


疑うとは思えないが」

「それについては私はコメントできる立場にない」

「きみのコメントなんかどうでもいいんだ。ともかく、光彦君を紹介して欲しい。このとおり、頼む」

　正岡は改めて頭を下げた。

「しようがないなあ……まあ、紹介しないわけではないが、光彦が引き受けるかどうかは保証の限りじゃないよ」

「いや、それでは困る。紹介して、さらに説得して貰いたい。警察の捜査に協力するのだから、刑事局長の意向を拒否する理由はないだろう」

「おいおい、私は刑事局長である以前に、光彦の兄であり、浅見家の一員だっていうことを忘れてもらっては困るな。わが家には警察庁長官より恐ろしい存在がいるしね」

「ははは、ご母堂のことも聞いているよ。もちろん、ことは内密に進める。現に今日だって、表向きは、私はあくまでも、きみを表敬訪問した客にすぎない」

「そうか、そこまで言うのならいいだろう、分かった。ちょっと待っていてくれ」

　陽一郎は根負けして、立ち上がった。

フリーライターという職業の人間にとっては、毎日が休日であり得るし、休日はまったくないとも言える。その気になればいつでも遊べる代わりに、その気があっても、仕事に没頭しなければならないしがらみに拘束されてもいる。

日曜日だというのに、浅見光彦はパソコンにしがみつくように働いていた。明日の朝までの約束で、雑誌『旅と歴史』の記事二十五枚を仕上げなければならない。明朝十時になれば、藤田《ふじた》編集長から容赦のない電話がかかってくる。ケータイなどという厄介な機械を仕入れたために、居留守を使うこともできなくなっていた。

それまでの浅見は自動車電話だけで、長いことケータイには縁がなかった。「ケータイはまかりならん」というのが、猛母・雪江《ゆきえ》未亡人の定めた浅見家の家訓だった。しかし、世の中にケータイが蔓延《まんえん》する一方、公衆電話が次々に姿を消すに至って、さすがの雪江も、次男坊の職業の必須アイテムとして、ケータイの携帯を認めざるを得なくなったというわけだ。

2

執筆が佳境に入って、この分なら徹夜をしなくても、何とか脱稿できそうかも——と思った時、兄の陽一郎がやって来た。ドアから顔を突き出して、「ちょっと顔を貸してくれないか」と言った。

「古い友人が来て、光彦に何か頼みたいことがあるそうだから、聞いてみてくれ」

有無を言わせず引っ張りだして、応接室へ行くまでに、それだけを伝えた。

客は見知らぬ紳士だったが、相手は浅見を見て、「やあ、しばらくです」と言った。

「済みません、えーと、どちら様でしたか、記憶がないのですが」

浅見は正直に言って、謝った。

「ははは、そうでしょうねえ、もう二十五、六年も昔のことですから」

客は笑った。二十五、六年前といえば、浅見がまだ小学校一、二年の頃だ。

「大学時代に一度だけ、こちらにお邪魔したことがあるのですよ。光彦君と廊下で会ったのだが、すぐに外へ出て行かれたから、すれ違いのようなものでした。あなたは忘れてしまっただろうけれど、私はちゃんと覚えていますよ。半ズボンの可愛い少年でした」

そう前置きして、客は改めて「正岡という者です」と名刺をくれた。

〔株式会社正塚屋百貨店　代表取締役社長　正岡佑直〕

正塚屋といえば、名古屋に本店がある、日本の三大デパートの一つだ。そこの社長というのだから、ふつうなら雲の上の存在といっていい。

「お兄さんから聞いたかもしれませんが、内々にご相談したいことがありましてね」

正岡は言って、陽一郎の意向を確かめるように視線を送った。

「そういうことだ。詳しい話は正岡から聞いてくれ。私は傍観しているだけにする」

陽一郎は席こそ外さなかったが、距離を置くように、ソファーに深々と坐《すわ》り直した。

正岡はなるべく簡潔に話そうとしているが、それでもかなり長い話になった。

正岡家の子飼いのような存在だった柏倉という人物の他殺死体が、松重閘門の運河に遺棄されていた事件から始まり、柏倉が殺されたのと同じ日の夕方、陽奇荘から簞笥が運び出されたこと。その簞笥は宮城県東松島市の井上簞笥工房に運ばれたこと。さらに、簞笥の行方を追って井上家を訪ねてきた男が、翌々日、東松島市の野蒜築港跡というところの運河で死体となって発見されたこと……。

「二つの事件とも、被害者の死亡推定時刻や死因等については、警察がほぼ把握しているようです。ただし、東松島市で死んでいた男の素性はまだ分かっていないらしい。それから、いまのところ、事件の背景やら動機やらは、まったく不明ということのようです。以上がこれまでの経過です」

「はあ……それで、僕は何をすればいいのでしょうか？」

浅見は当惑して、訊いた。警察の捜査が緒についたばかりのいまの段階で、素人が手を出す余地はなさそうに思える。

「問題は、柏倉という、当家の息のかかった人間が、事件に巻き込まれたことによって、警察やマスコミが当家や正塚屋の周辺を嗅ぎ回る状況が生じていることにあります。これはきわめてイメージが悪い。正塚屋もそうですが、資本関係にあるL銀行の信用にも影響するおそれがありましてね」

正岡は苦々しさを露に見せて、言った。

「むろん、当家も正塚屋も、この事件にはまったく関わりはないのでありまして、一刻も早く、こうした状態から抜け出したい。そのためには事件が解明されることが最良の道であるのは言うまでもありません」

「その点はよく分かります」

浅見は正岡の饒舌《じょうぜつ》をストップするように、口を挟んだ。

「しかし、何の材料も持ち合わせていない僕のような人間が、警察を出し抜いて、事件を解決できるとは思えませんが」

「おっしゃるとおりです」

正岡は頷《うなず》いた。

「当然のことながら、私のほうも、何の根拠もなしに、厄介な仕事を持ち込むわけではないのです。警察を出し抜くことも可能な材料があると思ってください」

「はあ、どんなことでしょうか？」

「箪笥です。さっきお話しした仙台箪笥について、いまのところ、警察も知ってはいるのだが、まったくと言っていいほど関心を抱いていません。単に古い箪笥を修理に出したという程度に、軽く見ております」

「というと、じつはその箪笥に殺人事件を起こす動機に繋がるような、何らかの意味が隠されているとおっしゃるのですか？」

「ということです。と言っても、それが何なのかまでは、じつのところ分かっておりません。ただ、柏倉がなぜあんな古い箪笥に、高額の修理代を払うほど執着していたのかを考えると、箪笥にこそ事件の謎が潜んでいるのではないかと思えるのです」

「高額とおっしゃると、修理代にはいくらぐらいかかるのですか？」

「先方の箪笥屋が警察に話したところによると、前金として三十万円を受け取っているそうです。つまり六、七十万円ほどになるのではないでしょうか。それ以外にも往復の交通費や宿泊費などもかかりますから、八十万円以上でしょうね」

「修理代に八十万ですか。ふつうなら、新品の箪笥がいくつも買えそうな金額ですね。

だとすると、相当、価値の高い箪笥ということですか。たとえば文化財的に見て貴重な品であるとか」

「確かに、箪笥は見事なものでした。私が子供の頃、四十年近く昔のことですが、かつて祖母の使っていた地下の部屋に探検に行ったことがありますが、部屋の中に箪笥だけが鎮座してましてね。子供心にも存在感があるのを感じました。とくに飾り金具の素晴らしさは、間違いなく一級品だと言えるでしょうな。とはいっても、昭和の初期か、せいぜい大正期に作られたものでしょうから、文化財的な価値というほど大層なものではないと思いますがね」

「しかし、柏倉さんにとっては価値があった——ということでしょうか」

「その可能性はあります。と言いますのは、柏倉というのは、ごく幼い頃に施設から貰われてきた子だったのです。当時の経緯《いきさつ》は、私はもちろん知りませんが、祖母が引き取ってきたという話は聞いております。問題の箪笥は、祖母が嫁入り道具に持って来たものでしたから、祖母が亡くなった後、柏倉はその遺品を大切にしていたのでしょう。その気持ちも、分からないではありません」

「なるほど……しかし、その程度のことでは、殺人事件にまで発展するような要素はないと思います。柏倉さんの思い入れはともかくとして、奥松島で死んだ男性までが、その箪笥に固執したという点が説明できません。ほかに何か、特別な理由を見いだせるというのなら別ですが」

「おっしゃるとおり。警察もそう思って、箪笥にはさして注目していないのでしょうな。財産価値もなければ文化財的な値打ちもないとなれば、事件の動機となるような意味などないというわけです。したがって、事件はほかの動機によって起きたと考えており、それはむしろ妥当な判断と言うべきです」

「ところが、ほかの動機などない——と、正岡さんはお考えなのですね？」

「そう、そうなんです。奥松島で死んだ男のことは分かりませんが、こと柏倉に関するかぎり、殺されなければならないような犯罪に関わるとは考えられません。調べてもらえれば分かることですが、柏倉には女性問題もなかったし、そういう方面でのトラブルが原因になることもないと思ってください」

「こんなことを言ってはいけないのかもしれませんが、勤めていた銀行や、ひょっとすると正岡さんの百貨店のほうに何か不祥事があったとか、そういう背景もありませんか」

「ありませんね。断言できます。いや、身内の不祥事を隠蔽《いんぺい》するとか、そういう気はさらさらないですよ。要するに、かりに何らかの不祥事があったとしても、それについて、柏倉は知りうる立場にないし、百歩譲って、たまたま何かを嗅ぎつけたとしても、それでどうこうするという人間でもないのです。ところが、警察というところは、どうしても、そっちのほうに動機を求めたがる。マスコミも同様です。ぶっちゃけた話、当方としては、痛くもない腹を探られるようなもので、はなはだ迷惑なことです。だからこうして、独自の方法で事件を解決してくださるであろうあなたに、お願いに上がった次第です」

正岡はまた、軽く頭を下げた。

浅見は当惑した。正岡の言ってることは、とどのつまり、正塚屋百貨店やL銀行に対する、警察やマスコミの攻勢が鬱陶《うっとう》しいので、矛先を変えてもらえまいか——という意味に聞こえる。裏を返せば、どちらかに、あるいはどちらにも、多少なりとも後ろ暗いところがあるという風に解釈もできる。

それに、この厄介な作業に巻き込まれたが最後、本来の仕事のほうが疎《おろそ》かになるのは目に見えていた。早い話、明朝までの原稿に影響が及ぶのは必至だろう。なにせ浅見の旺盛な好奇心は、「事件」と聞いただけでそっちの方向にベクトルが向かいたがるのだ。実際、事件の背景に「仙台簞笥」などというものがありそうだと聞いただけで、好奇心が疼《うず》き始めていた。とりあえず、明朝までの約束だけは何とか頑張ってクリアしたとしても、その後に続くであろう仕事に差し障《さわ》りが生じる。すべての仕事を断って「捜査」に没頭できるほど、浅見の経済状況はよくない。だいたいこの手の依頼には報酬が期待できないというのは、これまでの経験から言って明らかなのだ。

そういう浅見の心理を見透かしたかのように、「表向きは」と、正岡が言った。

「当社、正塚屋百貨店の百年史編纂にご協力いただくという形で、名古屋の拙宅にしばらく滞在していただくというのはいかがでしょうかな。捜査にかかる費用は、顧問料と取材費で賄っていただくということで」

「分かりました」

いささか現金すぎるかな――と思いながら、浅見は言った。

「お引き受けしましょう。ただし、警察に対しては話していないことも、すべて聞かせていただけるという条件で、です」

「結構。ではよろしくお願いしますよ」

正岡はテーブル越しに手を差し伸べた。浅見もそうして、握手を交わした。

3

浅見の「捜査」は、まず奥松島からスタートすることにした。何はともあれ、二つの事件を繋ぐ「仙台簞笥」なるものを見ておく必要がある。

東北自動車道の仙台南ICで仙台南部道路に入り、仙台若林JCTで仙台東部道路に接続、さらに三陸自動車道へと乗り継いで行く。東北の高速自動車道もずいぶん整備されたものだ。

鳴瀬奥松島ICで下りて、新しい橋を渡り、鳴瀬川沿いの道を南下すると、まもなく小野の集落だ。道を歩いている女性に訊くと、井上簞笥工房はすぐに分かった。「簞笥工房」という意味がよく分からなかったのだが、実際に見ると、確かに「店」とは言えない、「工房」の名にふさわしい仕事場であった。

二階建ての一階で、ガラス戸越しに、男が木工の機械を操作しているのが見えた。手を休めたところを見計らって、浅見は声をかけた。男は振り返り、浅見の姿を確かめると、面白くもない――と言いたげな顔でガラス戸を開け、「何か用ですか？」とぶっきらぼうに訊いた。

「井上さんですね？　僕は浅見と言います。名古屋の正岡さんの依頼で、陽奇荘の簞笥のことで伺いました」

浅見は名刺を出した。ごく最近になって作った名刺だが、相変わらず肩書はない。変わったのはケータイの番号とメールアドレスが印刷されたところだけである。

「東京の人？」

井上は不思議そうに名刺を眺めた。

「ええ、正岡さん……つまり、正塚屋百貨店の社長さんとはちょっとした知り合いで、このたびのことを任されました」

「このたびのことと言うと？」

「井上さんには簞笥のことで、ご迷惑をおかけすることのないように、取り計らって欲しいと委嘱《いしょく》されました。確か、柏倉さんから修理費の半金だけをお支払いしているはずですが、残金のほうも、間違いなくお渡しするようにとのことです」

浅見はポケットから、金の入った封筒を取り出した。

「ここに五十万円入っています。どうぞお受け取りください」

「とんでもないです。五十万なんて、そんなには貰えませんよ。残りの四十万でいいです」

「いいえ、往復の交通費や宿泊費、それに、ご迷惑をおかけした謝礼として受け取っていただきたいとのことでした。その代わりと言ってはなんですが、最後までいい仕事をしてくださるようにとの言伝てです」

「そりゃ、手抜きなんかはしないですけどね。それでは、遠慮なくいただきます。あんた、浅見さんでしたか、ちょっと住まいのほうに上がってくれませんか。領収証を書きますから」

井上はすっかり機嫌がよくなった様子だ。土間にあるサンダルを引っかけて仕事場を出てきた。角を曲がって、仕事場の建物を過ぎたところに生け垣があって、小さな庭を囲っている。その庭の分だけ引っ込んだ恰好《かっこう》で建つ二階家が住まいだった。仕事場とは屋根続きだから、中で繋がっているると思えるのだが、初めての客をあの手狭な仕事場に上げるのは、さすがに気が引けたのだろう。

玄関に入ると、井上は奥に向かって「おーい」と呼んだ。すぐには反応がなかったが、井上は構わず、「上がってください」と客を促した。浅見が靴を揃《そろ》えていると、女性が現れた。「女房です。こちら、浅見さん」と紹介され挨拶を交わした。夫人は「智子です」と名乗った。突然の客がどういう素性の者なのか分からず、戸惑っている。

「ほら、名古屋の正岡さんのとこから、簞笥の半金を持って来てくれたんだよ」

井上は札で分厚くなっている封筒を智子に渡した。文字どおり現金なもので、途端に智子の表情が明るくなった。

客間なのか居間なのか、あまり区別のつかない座敷に通された。ただし、部屋の真ん中に置かれた座卓や、和風のサイドボードは、商売柄なかなか立派なものに見える。

「ビールを持って来て。それから、昨日の穴子も、食べてもらえ」

井上は智子に命じた。

「あ、井上さん、僕は車ですから」

「ああ、そうでしたか。それならお茶でいいので、穴子、持ってきて」

「あんな、穴子みたいなもの、お口に合わないんじゃないの？」

夫人は否定的だ。

「そんなことねえべ。浅見さん、穴子は嫌いですか？」

「いいえ、大好物ですが、穴子はこちらの名産なのですか？」

「名産ってこともないけど、私は穴子釣りが趣味でしてね。雨風がないかぎり、一週間に一度は穴子釣りに行くんです」

「一度でなく、二度でしょう」

智子は笑いながら、捨てぜりふのように言って、奥へ引っ込んだ。

「井上さん、その前に、問題の箪笥を見せていただけませんか」

「ああ、いいですよ。と言っても、箪笥は修理中で、形をなしてないですよ」

井上はよっこらしょと立ち上がって、「散らかってますよ」と言いながら、今度は家の中の廊下を通って仕事場へ向かった。廊下にも、材料や道具類やらが置いてあって、ひどく狭く、暗い。廊下を抜けると、最前の仕事場に出た。板敷きの上に木工用の機械が設置され、細かい作業をするらしい台の前には座布団が置いてある。

「金具はあっちのほうです」

指さした隣のスペースには、小さな鉄工場を思わせる機械や道具が配置され、製作中と思われる飾り金具も見えた。その中には、正岡家のものもあるのだろう。

井上は階段を上がって行く。おそろしく狭く急な階段だ。二階も二つのブロックに分かれていて、手前の広い作業場が木工と組み立て作業用。奥にある小部屋が漆の作業をするためのものであるらしい。

「これがそうです」

井上は作業場の一角にある箪笥に、まるで身内を紹介するように掌《てのひら》を向けた。

素人目には、ただの見すぼらしい箪笥の形骸のように見える。抽き出しも開き戸もすべて取り外され、本体の前に横たえられている。表面の塗装は磨き落とされ、淡い茶色の木地が剝《む》き出しになっている。

「これは高価な品なのですか？」

浅見の口調には、正直に疑いのニュアンスが込められていたかもしれない。

「ははは、こんなのを見たんじゃ、素人さんには分からないすべなあ。けど、これは立派な箪笥ですよ。仕上がったら、あんたもびっくりするよ。まあ、仙台箪笥として、どこへ出しても恥ずかしくないものになるはずです。それくらい、元がいい」

「そういうものですか……」

改めて見直してみたが、やはり浅見の目には真価が見えてこない。

「この箪笥に幽霊が宿っているという噂があるのを、井上さんはご存じですか？」

正岡から仕入れたことを訊いてみた。

「ああ、名古屋の陽奇荘から箪笥を運び出した時、近くのコンビニでそんな噂は聞きましたよ。何でも先々代の奥様の執念が取りついているとかいう話でした。私は何とも思わないが、娘なんかは怖がってたねえ。けど、正岡さんのお宅では、なんでこの箪笥をほっぽっておいたのか、その点は不思議で、もしかすると、幽霊っていうのは、まんざらでたらめな話ではねえのかもしれねえって思いましたけどね」

「正岡さんは単純に、あまりにも古いので、そのまま陽奇荘に置き去りにしたと説明していました」

「そうだねえ。そのほうが本当だべか。新しいお宅には合わなかったべ。それがいつの間にか尾鰭がついて、幽霊だの執念だのと噂が立ったんだべ」

「ただ、その古い簞笥を追いかけて、こちらのお宅を訪ねて来た人物がいたというのが、ちょっと気にかかります。しかもその男が殺されたというのですから、ただごととは思えません。井上さんも、あまりいい気分ではないでしょうね」

「それはちょっとばかりでなく、気分悪いですよ。いったいどこの誰なのか、警察が調べても分からないそうだけど、なんで殺されたりしたんだべ」

しきりに首をひねるばかりだ。

座敷に戻ると、お茶の支度が整っていて、座卓の真ん中には穴子の白焼きを大量に盛った皿が出ていた。山葵《わさび》醬油をつけて食べると旨いと教えられ、そのとおりにすると、確かに旨かった。井上はビールを飲んだが、お茶にもよく合う。浅見は遠慮を忘れて、何度も箸を使った。

「どうかね浅見さん、行って見るかね」

井上が言いだした。

「はあ、行くというと、どこへですか？」

「決まってるべ。その男が浮いていた現場にさ」

「あ、それはぜひ見たいと思っていました。じゃあ、案内していただけるのですか」

「んだ。ついでに、穴子釣りの穴場も教えてやっから」

井上は短気な性格らしく、決まったとなるとすぐに行動を起こす。慌ただしく立ち上がり、どこかに電話をかけて、「船を頼む」とか言っていたと思うと、「さあ、行くべ行くべ」と浅見を促し、ドタ靴をひっかけて外へ出た。もちろん当人は酒が入っているから、浅見のソアラで「現場」へ向かった。

鳴瀬大橋の手前を右折、鳴瀬川沿いに下ると、河口域の荒涼とした風景が広がった。天気はいいのだが、時折吹く風が砂塵《さじん》を巻き上げる。アフリカのサバンナを思わせる荒れた土地のそこかしこで、丈の低い灌木と白茶けた草が、通りすぎる風に揺れている。

「この辺りには昔、野蒜築港といって、大規模な貿易港が造られたんだけど、台風でぶっ壊れて、だめになってしまったんだ」

井上はそう解説したが、この吹きっさらしの海岸を目のあたりにすると、計画が挫折したことも納得できる。

河口のどん詰まり近くで左折して、百メートルばかり行くと船溜まりがあった。入江というのではなく、河口から分岐したような幅の広い水路が、その先えんえんと続いているように見える。

「ここは、貞山《ていざん》堀の一部だす」

井上が言った。浅見にもその名の知識はおぼろげにあった。「貞山」というのは伊達政宗の雅号で、政宗の命で掘り進められた運河のことを「貞山堀」と呼ぶのだそうだ。石巻から松島湾を結ぶ計画だったというから、当時としては驚くべき壮大なものだったにちがいない。

船溜まりはその貞山堀にコンクリートの護岸と岸壁を造り、二十隻ほどの小型漁船が係留できるようにしてある。井上の最前の電話は、その一隻に連絡をつけていたものらしく、船頭というのか船長というのか、中年の男が待機していた。親しげな会話の様子から察すると、同級の親友らしい。

堤防を下りると、さっき河口付近で吹いていた強風は嘘のようにやんでいる。地形の関係なのか、それとも、この辺りは松林も緻密《ちみつ》だし、堤防も高いので、巧みに風を避けるよう、設計されているのかもしれない。

二人が乗るとすぐ、船は動きだした。運河を東——石巻の方角に少し遡ったところで、直角に左折する。そこからも運河が開かれていて、五百メートルほど先で行き止まりになっているようだ。井上の説明によると、これはすべて、野蒜築港計画の一部として造成されたものだそうだ。

高い堤防のお蔭で風に影響されないのか、水面は穏やかで、時折、ボラか何か、大きな魚がジャンプするのが見える。

運河には幾本もの橋が架かる予定だったのか、橋の根元と思われる、煉瓦造りの橋台が三ヵ所にある。その最も奥の橋台の近くまで行って船長は船を停め、「ここだす」と、水面を指さした。警察が死体を収容する作業の時も、彼が手伝ったという。

「最初に見つけたのは、町の中学生で、あそこら辺から、ボラが跳ねるところを見ていて、死体に気がついたみたいだ」

陸上の、低い雑木が密生しているところを指さした。

「死体を捨てたのはどこでしょうか？」

浅見は訊いた。

「たぶん、あの重機のある辺りから投げたんじゃないかな。警察が大勢であそこら辺を捜索してたから」

何かの工事をしているらしい重機が置いてあるところが、運河の水面に最も近い。その辺までは車も近づけるのだろう。そこから死体が発見された橋台まではわずか五十メートルもない。見た感じ、運河にはほとんど流れがなく、僅《わず》かな水の動きと風に押されて漂流したと思われる。

「こんなところを知っているとなると、相当な土地勘がある人物でしょうね。犯行時刻が深夜なら、なおさらです」

「そうだね、まず間違いなく、よく知ってる人間だね」

船長が頷いた。

「となると、地元の人ですか」

「えっ、いや、そんなことは言わない」

船長は慌てた。自分を含めて、地元の人間にとばっちりがきてはたまったものじゃないのだろう。

4

船から上がって、河口のさらに突端近くまで行き、井上が「あの宮戸島の」と、鳴瀬川の対岸の、さらに遠くを指さした。洲崎浜《すざきはま》という長い砂浜が切れるところから先が、地続きのように見える宮戸島である。

「あそこに小さな島が並んでるべ、あの辺りの、底が砂地のところが穴子釣りの穴場さ」

島と言うのだが、ここから見ると岬が横たわっていて、いくつもの出っ張りがあるようにしか見えない。いずれにしても、文字どおり指呼の距離だ。

「近いですね」

浅見は率直な感想を言った。

「時間は何時頃ですか？」

「ははは、警察も同じことを訊いてたよ。夜の八時から十二時頃まで釣っていたと言ったら、ちょうどその頃、あの男が殺されたとか言ってたな。つまり、アリバイがないってことだすべ。おれは独りだったから、誰も証明してくれる者はいないし」

「そうですね、警察はその点を気にするでしょうね。ところで、夜釣りの船はさっきの港から出たのですか？」

「いや、そうでなく、松ケ島つって、宮戸島の付け根の嵯峨渓《さがけい》遊覧船乗り場から小舟を出しただ。昼間だったら、観光船がそこから出ます」

「その辺りからこっちを見て、車のヘッドライトだとか、怪しい動きはありませんでしたか？」

「さあねえ、気がつかなかったな」

浅見はしばらく、井上と並んで宮戸島を眺めていたが、いい知恵も浮かばない。井上を送って、帰路につくことにした。その車の中で、井上がふいに「あっ、そうだ！」と叫んだ。浅見は驚いて、ブレーキを踏みそうになった。

「何かありましたか？」

「ああ、あったよ。すっかり忘れてたけど、あの箪笥の中から、おかしな物が出てきたんだ。えーと、あれはどこにやったっけかな……」

「おかしな物とは、何ですか？」

「よく分からねえけど、紙に何か書いてあったよ。んだ、あれは邦香が片づけたんでなかったかな」

「クニカさんといいますと？」

「うちの娘だ。大した物でないと思って、忘れとったが、邦香のやつ、捨ててしまったかな」

「それはどんな物ですか？　何かの書き付けとか、大切そうな書類とか」

「いやいや、そんなものとは違う。漢文の詩みたいなもんが、ダラダラと……んだ、陽奇荘の『陽』と『奇』という文字が入っていたから、陽奇荘の名前の由来を書いたもんでねえべかと思ったんすよ」

「それをお嬢さんが持っているのですね？」

「ああ、捨ててなければ、たぶんまだあると思う」

「お嬢さんはいま、どちらですか？」

「仙台の会社さ行ってるだけんど、夕方、六時半頃になれば帰ってくるかな」

「六時半ですか……」

まだ四時を回ったばかりである。それまで待って、それから東京へ帰ると真夜中だ。

「浅見さん、今夜の宿はどこです？」

どうしようか迷っていると、井上のほうから訊いてきた。

「いいえ、今日は日帰りの予定ですから」

「えっ、これから東京に帰るのかね。そりゃ大変だべ。泊まって行ったらいいんでねえか。ここら辺りは民宿も沢山あるし」

「そうですね。そうしましょう」

腹が決まった。井上が勧めてくれた民宿旅館に立ち寄って、宿を予約しておいて、井上を送って行った。

井上は改めて浅見を仕事場に上げて、箪笥の「隠し棚」を見せてくれた。といっても、解体した状態なので、骨格を透かしてその仕組みが見え見えになっている。しかし、すべての板が元に復し、抽き出しが嵌め込まれると、その場所の存在は、あらかじめそういうものがあると知っていなければ、ほとんど気づかれることはないのだそうだ。

「そこに隠してあったとなると、重要な書類なのでしょうか？」

「さあねえ、どうだか。見た感じではべつにどうってことのねえ漢詩にしか思えねかったけどねえ」

それは現物を見て判断するしかない。浅見は夕食後、再び訪れることにして、いったん引き上げた。井上夫妻は食事を一緒にと勧めたが、そういうわけにもいかない。

民宿は「大江荘」といい、初老の夫婦で経営している、小さな宿だった。この日はたった一人の客であるにもかかわらず、地の物の刺し身や鮑《あわび》の残酷焼きといった、素朴ながらちゃんとした料理を出してくれた。

食事は部屋に運んでくる様子だったので、浅見は一緒に食事をするよう頼んだ。むしろん食事の内容は客向けと自家用とは異なる。そのことを気にしていたが、それも構わないからと言って、夫婦と同じテーブルについた。夫婦の食事は粗末というわけではないが、ごくありふれた家庭のメニューだ。刺し身や鮑などは食べ飽きているにちがいない。芋の煮っころがしなど、見栄えは悪いが、それはそれなりに食欲をそそる。浅見も遠慮なく、夫婦のおかずに手を伸ばした。

食事をしながら、それとなく井上家のことを訊いてみた。概して評判がいい。

「孝ちゃんは仕事はよくできるのだが、釣り好きが玉に瑕《きず》だね。奥さんが働き者だし、邦香ちゃんもいい娘だから、あの家はそれでもってるみたいなもんだ」

喋るのは主に夫人のほうだが、ご亭主も異論はないらしい。

「このあいだ、井上さんのお宅を訪ねた人物が殺されたみたいですね」

「ああ、そうだねえ。いやな事件だねえ。この町じゃ、事件も事故もめったに起きないのに、困ったもんだ。孝ちゃんも迷惑なことだねえ」

気の毒そうに言った。

八時を過ぎて、井上家に向かった。インターホンを押すと、答えるより早く、待ち受けたようにドアが開き、井上が顔を出して「どうぞ、上がってください」と言った。

座敷に通されてすぐ、夫人の後に続いて若い女性が現れた。二十五、六歳だろうか。父親と同じほど上背があり、どちらかというと細身だ。顔は幸いなことに母親似で、大きな目と、対照的に薄い唇をしている。

「これが娘の邦香です」

井上が紹介した。浅見も名乗り、「早速ですが」と切り出した。

「簞笥から何か、紙が出てきたのだそうですね」

「ええ、これです」

膝の上に持っていた角封筒を座卓の上に載せ、中から二つ折りにした紙を取り出して広げた。なるほど、漢詩を思わせる文字が、たぶん小筆を使ったと思われる、几帳面な楷書で墨書されている。

春水満四澤
夏雲多奇峰
秋月如陽輝
冬嶺秀孤岩

「五言絶句みたいですね」

浅見はそれほど漢詩に精通しているわけではないが、この形式を見れば、そんな感想が生まれる。韻を正しく踏んでいないようだが、意味は大体、見たとおりなのだろう。「陽」「奇」の文字が入っているから、井上が言ったとおり、陽奇荘の名を織り込んだ作意がこの漢詩にあったと考えられる。

「これが隠し棚にあったのですか」

しげしげと眺め直した。

「隠し棚に入っていたからといって、隠していたとか、特別な意味があるわけではないのかもしれませんよ」

邦香が困ったような口調で言った。このあいだの事件と、何か関係があるように思われて、警察の取り調べの対象にでもなったら、それこそ迷惑なのだろう。

「この紙のことは、警察には言っていないのですね？」

「ええ、こんな物があること自体、忘れてました。それに、あまり重要な書類にも思えませんから、警察に話さなくても、問題はないんじゃないですか」

「そうですね」

浅見は頷いた。邦香の言うとおり、「重要書類」でないことは確かだ。やはり陽奇荘の名の由来としか思えない。

「しかし、得体の知れない男がわざわざ訪ねて来て、箪笥を見たいと言ったのですね。だとすると、男の本当の目的がこの紙だった可能性はありますか。それにしてもどういうことなのかなあ。上手な字だと思いますが、書いた人の名前もないし、文字そのものに美術品的な価値があるわけではなさそうですよねえ。それとも、何かの暗号にでもなっているのでしょうか」

「これがですか？」

邦香は改めて詩に見入り、両親も脇から覗き込んだ。矯《た》めつ眇《すが》めつしても、あまり上等ではない漢詩にしか見えない。三人ともじきに諦めて、首を横に振った。

浅見が「漢詩」を手帳に書き写そうとするのを見て、邦香が「あ、それコピーしてきます」と言って奥へ引っ込み、すぐにコピーを取ってきてくれた。

「どうなんだ、邦香」

井上が口を開いた。

「こんな厄介な物、陽奇荘へ戻したほうがいいんじゃないか」

「そうね、そのほうがいいわね」

「浅見さん、そういうわけだから、面倒でも正岡さんのところに返してくれませんか。警察に提出するにしても、正岡さんに断りなしに、うちから直接っていうわけにもいかないでしょう」

「そうですね。しかし、しばらくはこちらで保管しておいてください。重要な物と分かっていて移動させたと勘繰られると、警察が何かと煩《うるさ》そうですから。いずれ警察から事情を訊きに来ると思いますが、その時はありのままを説明して、こういう物がありましたと差し出せばいいでしょう」

「やっぱり来ますかね、警察」

「ええ、たぶん。しかし、そんなに気にすることはありませんよ。意図的に隠していたわけではないのですからね」

浅見は安心させておいて、「ところで」と言った。

「陽奇荘で会った人物の印象ですが、率直に言って、どんな感じでしたか?」

「ああ、中沢さん、いや、本名は柏倉さんていうんでしたな。偽名を使うくらいだから、まるっきりいい人というわけではねえんだろうけど、そんなに悪い人には見えなかったですよ。なあ、邦香」

「うん、どっちかというと、気持ちの優しそうな人っていう感じだったわね。ちょっと気になったのは、簞笥を運ぶ片割れが女の私だって分かった時、えっ?　ていう感じで首をひねったんです。何だか、女があの建物に入るのを、あまり歓迎しないんじゃないかって思いましたけど」

「というより、女性が苦手だったのかもしれませんね。柏倉さんはずっと独身だったし、女性との付き合いもなかったらしいのです。これは憶測ですが、先々代の奥様が愛用していたあの簞笥に、これほど思い入れが強いということは、一種のマザコンというのか、女性に対して思い込みが強い性格だったのではないでしょうか」

「でも、先々代の奥様は、終戦から十数年後に亡くなったって言ってましたよ。あ、そういえば、あの簞笥に手をつけないようにというのは、お嬢様の方針だったみたいなことを言ってたわね」

「ああ、そんなことを言ってたな」

井上も頷いた。

「そのお嬢様はどうしたのかしら？」

「それは何も聞かなかったな」

二人はその時の情景を思い浮かべるように、天井に視線を向けた。

「柏倉さんは戦災孤児で、終戦後間もなく、正岡家に貰われたのだそうです」

浅見は井上家の人々は知らないと思われる事情を話した。

「お嬢様というのも、柏倉さんと同じ頃に生まれていたのではないでしょうか」

「あ、そうですね、きっと……」

邦香がすぐに賛成した。

「じゃあ、もしかすると、柏倉さんはそのお嬢様に恋心を抱いていたんじゃないかしら」

「僕もそんな気がします。あの簞笥への執着は、先々代の奥様への思いではなく、お嬢様への思いが込められていたとするほうが、納得できますね」

「そうだわ、そうですよ」

邦香は声が弾んだ。

「となると、そのお嬢様はいま、どこでどうしているか、それを知りたくなります」

「とっくにお嫁に行って、いいお祖母様になってるんじゃないですか。でも、それじゃ柏倉さんが、あまりにも可哀相かなあ……」

勝手に想像を巡らせて、邦香は眉を曇らせていた。

第四章　陽奇荘異聞

1

正岡家の広壮さには度肝《どぎも》を抜かれた。

場所は名古屋市東区白壁。高級邸宅街としてその名前は聞いていたが、名前どおりの白壁の塀の多い街並みに目をみはった。その中でも正岡邸は一際《ひときわ》目立つ。腰の高さ辺りまで石垣を積み、その上に、武家屋敷を思わせる白壁の塗り塀が連なる。角地にあって、道路に面した二面はそれぞれ百メートルはありそうだ。もし敷地が正方形だとすれば、単純計算して一万平方メートル＝およそ三千坪ということになる。

表門は道路から七、八メートルほど引っ込み、高さ三メートル近い鉄柵の扉が聳《そび》え立っている。わずかに傾斜のあるアプローチを進んだところで、浅見は車を降り、インターホンのボタンを押した。

女性の声で「はい、どちらさまでしょうか？」と訊いた。むろんカメラがこっちの顔を映しているはずだ。浅見が名乗ると、「ただいま門をお開けします」と言い、その言葉が終わらないうちに、扉が左右とも、内側に開いていった。

門を入って三十メートルほどは植え込みに遮《さえぎ》られて、道路から直接、建物が覗けないようにしてある。アプローチは左へ曲がり、その先の左手に駐車スペースがある。さらにその先には、ガレージと思われる建物がある。ガレージと言っても二階家で、たぶん運転手がそこに住んでいるにちがいない。

植え込みが切れると、右手に本館の玄関がある。「本館」と称《よ》びたくなるような豪勢な建物だ。東京赤坂にある迎賓館を小ぶりにしたような洋館で、浅見は以前、訪れたことのある福岡県柳川《やながわ》の「御花」や、東京北区にある「旧古河《ふるかわ》庭園」を連想した。いずれもかつては華族の屋敷だったものだが、いまどき、これほどの規模の「住まい」は珍しい。

浅見が車を降り、玄関へ向かうあいだに、ドアが開いて執事風の男が現れた。この建物の風格や慇懃な態度から「執事」と思ったのだが、いまもそう称んでいい職制があるのかどうかは分からない。長身。頭は見事な銀髪で、六十代半ばだろうか。ダークブルーのスーツに、紺色のネクタイを締め、直立不動の姿勢をやや前に倒して出迎えた。

「浅見様ですね。正岡の秘書を務めております河村と申します。どうぞこちらへ」

秘書と名乗ったが、その物腰はどう見ても昔風の執事に見える。浅見を先導して玄関ホールを進んだ。床は市松模様の大理石で、天井が高く、むやみに広い。壁には大きな絵、床には大理石の彫像が飾られ、まさにヨーロッパの貴族の館を思わせる。

三方の壁にドアがあり、河村は左手のドアを開けた。南向きの部屋で、窓は高さも幅もたっぷりした大きさで庭に張り出している。レースのカーテンが下がっているけれど、室内は十分すぎるほど明るい。

「こちらでしばらくお待ちください」

河村は革張りのソファーを勧めておいて、部屋を出て行った。どこまでも慇懃で、表情は薄い笑顔のまま、まったく動かない。

間を置かずにメイドがコーヒーを運んで来た。これまたひと目で「メイド」と分かるコスチュームを身につけている。浅見家の須美子のような「お手伝い」ではなく、典型的なメイドなのである。建物もそうだが、執事といいメイドといい、どこまでも古典的な風習を守ろうとする正岡家の姿勢が感じられる。それがいいことなのかどうかはともかく、私的な生活文化を大切にするのは自由だし、それが家風というものなのだろう。

それにしても、こういう「館」の中で営まれる家庭生活とは、いったいどのようなものなのか、興味を惹かれることは確かだ。

そう思った時、ドアがノックされ、浅見の応答を待たずに、若い女性が入ってきた。パープルの入った淡いグレイのブラウスに、少しフレアのあるブルーのスカート。カジュアルだが、理知的でシックな服装といえる。今度は明らかにメイドとは違う、この館の身内らしい女性である。浅見は反射的に立ち上がって、彼女を迎えた。

「こんにちは、浅見さんですね？　初めまして。美誉《みよ》といいます。美しいに誉れ。おかしな名前でしょう」

メゾソプラノぐらいの高さの、よく通る声で、ほとんどひと息で言った。

「初めまして、浅見光彦です。えーと、正岡さんのお嬢さんですか？」

「ええ、三人姉妹の長女です。妹二人は中学と高校。私は大学ですから、サボってお待ちしてました」

「ははは、大学でもサボるのはまずいでしょう」

「特別な場合はいいんです」

「今日は特別ですか」

「ええ、浅見さんがみえるって聞いてましたから。それに、母が同窓会の幹事をしていて、どうしてもお相手ができないので、私が代役を務めます」

浅見に「どうぞ坐ってください」と言い、自分も肘掛《ひじか》け椅子《いす》に腰を下ろした。

「すみません、父は少し遅れて来ます。それまで浅見さんに逃げられないように、繋いでおけって言ってました」

父親が本当にそう言ったのか、それとも彼女のジョークなのか分からない、あっけらかんとした言い方に、浅見は苦笑した。

「大丈夫。監視されてなくても、逃げたりはしませんよ」

「監視なんかじゃありませんよ。ちょうどいいチャンスだから、浅見さんとお話ししたかったんです。浅見さんだって、いろいろ訊きたいことがあるんじゃないですか？」

「もちろん沢山あります。まず正岡さんのお宅の家族構成を知りたいですね」

「事件のことじゃなくてですか」

「事件を調べるには、広い範囲の知識が必要なのです」

「あっ、それって、刑事さんも同じようなことを言っていたみたいです。河村がそう言って怒ってました。どうでもいいようなことをほじくり返すように訊くって。つまり、うちの家族も事件に関係している可能性があるからってことじゃないんですか？」

「関係の意味にもよりますが、亡くなった柏倉さんの周辺にいた人たちは、多かれ少なかれ、まったく無関係だとは言えません。現に、柏倉さんが出入りしていた陽奇荘には、かつて正岡家の方々がお住まいだったのですから、少なくとも、同じ空気を吸っていた——という程度の関係はあります」

「それって、冗談ですか？」

美誉は眉根を寄せて、浅見を睨んだ。

「とんでもない、冗談なんかではありませんよ。僕は至極、真面目です」

「だけど、陽奇荘なんて、私は行ったことがありませんよ」

「あ、そうなんですか。それは意外でした。というと、そこはいまは別荘として使っていないのでしょうか」

「使ってません。だって、もう廃屋みたいになってるんじゃないですか。河村がそう言ってました」

「それじゃ、美誉さんは柏倉さんのことはご存じないのですね？」

「ええ、ぜんぜん知りません」

「失礼ですが、美誉さんはいま、おいくつですか？」

「二十歳になったばかりです」

「だとすると、ちょうど陽奇荘からこちらのお宅に移られた頃のお生まれですね。それじゃご存じないのでしょう。柏倉さんはその時まで、正岡家の方々と陽奇荘に住んでいたんです」

「へえーっ、そうだったんですか。だったら河村なんかは、柏倉っていう人のこと、よく知っているはずですね」

「河村さんはいつから正岡さんの秘書になられたのですか？」

「さあ、いつかしら。私が生まれる前からいたことは確かだと思いますけど」

浅見は手帳を開き、まず河村の名前を書いてから、訊いた。

「こちらのお宅のご家族は、お父さんの正岡佑直さんと、お母さん……お名前は何とおっしゃいますか？」

「節子《せつこ》です」

「そして美誉さんと、上の妹さんは……」

「佐知《さち》です。下の妹は由華《ゆか》」

美誉は名前を言うつど、指でテーブルの上に文字を書いて説明した。白くて長く、ピアノを弾かせたらうまいだろうな――と思わせるしなやかな指だ。

「ご家族は五人ですか？」

「祖父と祖母も一緒ですから七人。住まいは別棟ですけど」

祖父母の名前を「佑春《すけはる》」と「友枝《ともえ》」と教えた。

「それから、先ほどお茶をお出ししたのがお手伝いの澄恵《すみえ》。萬来《ばんらい》澄恵っていうんですけど、萬来って珍しい苗字でしょう。日本中に自分の家と親戚しかいないんですって。あとは運転手の浅尾悟《あさおさとし》と奥さんの文子《ふみこ》さん」

すべてをメモし終え、手帳を畳んで、浅見は訊いた。

「河村さんはこちらに住んでいらっしゃるんですか？」

「いいえ、河村の家はここから歩いて三分ばかりのマンションです。毎朝早くから来て、夜は七時頃までいます」

「河村さんは、ご家族は？」

「いません」

「ほうっ、独身ですか？」

「ええ、浅見さんは？」

切り返すように訊かれて、浅見はギクリとした。

「僕も独身です」

「おいくつですか？」

「三十三ですが……いや、僕のことはどうでもいいんです」

「あら、それは卑怯《ひきょう》です。私だってバラしたじゃないですか」

「バラすとか、そういう問題じゃなくてですね」

「でも、若く見えますね。まだ二十代で通用します」

「べつに、通用させるつもりなんかありませんよ……ははは……」

浅見はムキになって言う自分がおかしくなって、笑った。美誉もつられるように笑い、それでいっぺんに打ち解けた。

「美誉さんは箪笥のことは聞いていますか？　陽奇荘から運び出されたという」

「いいえ、何も聞いてませんけど」

「じつは、陽奇荘には昔から箪笥が置いてありましてね。正岡家がお引っ越しした後も、そのまま置いてあったのです。その箪笥は先々代の奥様——と言いますから、あなたから見ると曽《ひい》お祖母《ばあ》さんに当たる方でしょうか。その方がお嫁入り道具としてお持ちになったものだそうです」

「へえーっ、そんな大昔ですか。曽祖母《そうそぼ》の話なんて、聞いたこともありませんけど。それで、その箪笥がどうかしたのですか？」

浅見は彼女の愛した箪笥の話をした。

「柏倉さんが陽奇荘に通った目的の一つは、その箪笥を大切に管理するためでもあったと思われます。そしてひと月ほど前、箪笥を修理に出したのです」

「そんなふうに大切にするほど、立派な箪笥なんですか？」

「立派な仙台箪笥ですよ。ただ、ものすごく古くて、傷みがきていたので、柏倉さんは修復したかったのでしょう。修繕代だけでも六、七十万円はかかる。それをどうやら、柏倉さんの一存で修理に出した。つまり、柏倉さんのポケットマネーでということですね。それくらい、箪笥を大切に思っていたということでしょう」

「ふーん、どうしてそんなに思い入れが強かったのかしら？」

美誉は小首を傾げた。

柏倉の箪笥への思い入れを、正確に説明するためには、彼の生い立ちを語らなければならない。浅見はそこまで、柏倉のプライバシーを美誉に伝えることが許される立場にはないと思った。

「たぶん、お世話になった正岡家の方々への責任を感じていたのでしょうね」

そういう言い方で、はたして美誉が納得したかどうかは分からないが、ちょうどタイミングよく、正岡佑直が部屋に入ってきた。

「やあ、お待たせしました……」

言いながら美誉に視線を向けて、渋い顔をした。

「なんだ美誉、学校はどうしたんだ？」

「今日は午後は自主休講。浅見さんがみえるっていうし」

「しようがないやつだな。浅見さんは仕事の話があって見えたんだ。これからすぐに出掛けるしな」

「分かってます。陽奇荘へ行くんですね？」

美誉は父親にではなく、浅見に向けて同意を求めた。

「いや、僕は知りませんが……そうなのですか？」

浅見はうろたえぎみに言った。

「は？　ああ、まあそうです。しかし美誉、陽奇荘のことなんか、どうして知ってるんだ？」

「さっき、浅見さんに聞きました。箪笥のこととかも」

「そうなのか……困ったやつだな」

正岡はしきりに首を振った。困ったやつの片割れが自分であるかのような責任を感じて、浅見は恐縮した。

「私も一緒に行きますよ」

美誉は宣言して、立ち上がった。

2

玄関先にメルセデスの最高級車が待機していた。車の脇には典型的な運転手スタイルの男が佇んで、ドアを開けた。彼が浅尾というお抱え運転手なのだろう。美誉はさっさと助手席に乗り込んだ。正岡は「しようがないやつ」と言いながら、制止する気まではないらしい。

陽奇荘までは車で十五分ほどかかった。正岡家の「本宅」の広壮さには驚いたが、陽奇荘のスケールもそれに匹敵する。建物は古いが、敷地面積は同じくらいはあるだろう。建物が古いといっても、建築当時はどこよりも飛び抜けてモダンで、豪勢なものだったにちがいない。

敷地全体がかつて森だったところを丸ごと公園にしたような規模で、緩やかな傾斜地に和洋折衷の、複雑に入り組んだ設計の建物が建つ。

建物の中に入る前に、正岡は池泉《ちせん》回遊式の庭を案内した。鬱蒼《うっそう》とした大樹に覆われた、起伏に富んだ地形を生かした、細やかな設計だ。手入れができていないから、荒れてはいるけれど、さぞかし名のある造園家の手によるものと思われる。

「死んだ祖父《じい》さんに聞いた話によると、昔は春夏秋冬、この庭を愛でて園遊会みたいなのを催していたそうですよ。政財界のお歴々や、文人墨客、歌舞伎役者、映画俳優等々、内外の著名人を招いたという話です。もちろん戦前も戦前、昭和初期、古き良き時代のことですがね」

正岡は陽奇荘の案内にかこつけて、ひそかに、それにまつわる正岡家の歴史を自慢したかったにちがいない。

岡の麓《ふもと》には細長い池があり、そこに屋根つきの橋が架かっている。橋の付け根には左右とも、石垣を組み上げた上に建つ四阿《あずまや》風の休息所のような建物がある。欄干《らんかん》にはベンチも用意されていて、橋自体がパーティ会場になるほどの規模だ。橋の中央に佇むと、その頃の華やいだ情景が思い浮かぶ。

驚いたのは、裏手に稲荷神社を祀《まつ》っていることだ。大鳥居の先に幾基もの赤鳥居が立ち並び、その奥に小さな祠《ほこら》がある。

「この先の道を少し行くと、岡の頂上には峠の茶屋というのがあったのですが、あまりにも老朽化したもので、取り壊しました」

「峠の茶屋が……いや、峠まであるのですか。すごい広さですね」

「ほかに四阿が三ヵ所。まったく、わが家ながら呆れるほどでしたね。テニスコートはいまの家にもあるが、弓道場が二ヵ所もあったのですから。いったい何を考えていたのかと思いますよ」

浅見はもちろんだが、美誉も物珍しそうに木々の奥を覗き込むようにして歩く。

「いいなあ、こんな屋敷に住みたい」

「ははは、あほなことを言うな。美誉のようなやつは、三日もいれば逃げ出すに決まっている」

「そんなことないわ。友達を呼んで、大勢でわいわいやったら、楽しいと思う」

「それがそうでもないんだな。子供の頃、友人が遊びに来た時、このだだっ広い家が、妙に恥ずかしかったものだよ」

正岡の口調には実感が籠もっている。

いよいよ建物の中に入った。正岡は土足で上がるつもりだったようだが、玄関の式台にスリッパが揃えてあった。建物内部は思ったより老朽化していない。埃や窓ガラスの汚れもさほどのことではなかった。

「柏倉が結構、手入れしていてくれたのかもしれないですな」

正岡は、あらためて柏倉の忠誠心を実感したらしい。

外観では一面しか見ることができなかったが、中庭の三方を囲む建物の中に入ると呆れるほどに広い。一階と二階、そして三階と、階段が三ヵ所にあって、部屋と部屋を結ぶ廊下が迷路のように入り組んでいる。

正岡の解説によると、大正から昭和にかけて、ここには中国人の留学生が大勢、寄宿していて、汪兆銘《おうちょうめい》も滞在したそうだ。汪兆銘というのは孫文《そんぶん》の片腕として辛亥《しんがい》革命に貢献した政治家だ。日中戦争当時、蔣介石《しょうかいせき》と対立、反共親日の平和運動を起こし、南京《ナンキン》国民政府を立ち上げた。一九四四（昭和十九）年に名古屋で客死したが、戦後、中国では「漢奸《かんかん》」と呼ばれ、国賊扱いされることになった。それほどの人物と交流があるのだから、正岡家というのは、並の富豪や名家ではないことが分かる。

「この先も、陽奇荘はまったくお使いにならないのですか？」

浅見は訊いてみた。

「使うあてはありませんね。ただ、いつまでも放置しておくわけにいかないので、使えるところは改装するか、いっそのこと、残った敷地の半分くらいは切り売りしたり、マンションを建てたりするつもりです。場合によったら、市に寄付して公園にでもしてもらおうかと考えているところです」

「えーっ、そんな、もったいないわ」

美誉が唇を尖《とが》らせて抗議した。

「ははは、柏倉と同じだな」

正岡は笑った。

「彼も、私が陽奇荘を手放すと言ったら、血相変えて、もったいないと言ったよ」

「あ、すると、柏倉さんが簞笥を修理に出したのは、そのことがあってなのですか？」

浅見は訊いた。

「さあ、それはどうか知らないが、彼の事件が起きたのは、私がその話をしてから間もなくだったことは確かです。柏倉にしてみれば、箪笥までも捨てられてしまいそうな気がしたのかもしれませんな」

「実際はどうだったのですか。捨ててしまうお考えだったのでしょうか？」

「そうですなあ。あんな古箪笥、どうしようもありませんが、祖母とそれに叔母の意向もあるので、あっさり捨てるわけにはいかない。まあ、どこか、倉庫の片隅にでも片づけることになったでしょう」

「正岡さんのお祖母様、つまり先々代の奥様がお輿入れの時にお持ちになった箪笥ですから、一入《ひとしお》愛着があるのは理解できますが、叔母様まで思い入れがあるとおっしゃるのは、なぜなのでしょうか？」

「思い入れがあるというのとは、少し違うかもしれないです。叔母は祖母に頼まれたと言ってました。祖母が急逝したのは、母が嫁に来る三年前のことで、詳しい事情は私はもちろんだが、母も知らないようです」

「お祖母様は若くして亡くなられたのですか？」

「若いといっても、確か四十代半ばぐらいだったと思いますよ。戦争当時から具合が悪いのを引きずっていて、ほとんど寝たり起きたりの日々だったらしい。戦時中、陽奇荘の防空壕で暮らしたのも、病状を悪化させたのだそうです」

「叔母様はいま、おいくつですか？」

「叔母は確か、六十六か七じゃなかったですかね。去年辺りからボケが始まりましてね。今年の春先に入院させたのです。それもあって、陽奇荘を改装するか、撤去するかという話が出始めた。柏倉はそれに不安を感じたのかもしれないです。彼は祖母や叔母に忠実でしたから。せめて箪笥だけでも守り通そうと考えたのでしょう」

「ちょっと待ってください。いまのお話をお聞きすると、叔母様はお独りのように思えたのですが」

「そうです。どういう主義なのか知りませんがね、独身を貫いた。ここだけの話だが、はっきり言って、わがままだったのでしょうな。二十年前にこの家を捨てると決めた時も、一人だけ猛反対して、えらい騒ぎでしたよ。そうは言っても、陽奇荘はずいぶん傷みが来てましたからね、叔母一人を置いておくわけにもいかなかった。結局、叔母を説得して、ここからそう遠くないマンションに住まわせることになったのです。通いの家政婦を頼みましたが、柏倉も時折、顔を見せに行っていたようです」

「柏倉さんが亡くなったことは、すでに叔母様はご存じなのでしょうか？」

「いや、まだ知らせておりません。叔母には少し刺激が強すぎる話だし、それに、どこまで理解できるか分からんのでね」

「そんなに、進んでいるのですか？」

ボケが——という主語を省略した。

「それがよく分からんのです。医者に訊くと、認知症は進行していると言うのだが、ふつうに話していても、時によっては鋭いことも言うしね。なんだか、からかわれているような気がする時もありますよ」

「錦恵《きぬえ》さんはボケてなんかいませんよ」

脇から美誉がクレームをつけるように言った。

「ボケているように見せかけているだけで、何でもちゃんと分かってるんだと思う」

「いや、そんなことはないさ」

正岡は頭から否定して、浅見に「錦恵というのが叔母の名でしてね。錦に恵むと書いて『きぬえ』と読む」と説明した。美誉から見れば「大叔母」に当たるのを、美誉は「錦恵さん」と呼んでいるようだ。

「やはりボケは進行しているよ。医者がそう言ってるし、話していて、とんちんかんなことを言う回数も目立って増えた」

「それはだから、都合の悪い時に、はぐらかそうとして演技してるのよ。私にはちゃんと話してくれます」

　美誉はむきになっている。

「いちど、錦恵さんに会わせていただけませんか」

　浅見は言った。

「そうですな。それは構わないが……あなたに失礼なことを言うかもしれませんよ」

　正岡は腕時計を見て、「それじゃ、これから行ってみますか」と言った。

3

　病院は陽奇荘からも住まいのマンションからも同じくらいの距離にある、大学の付属病院だった。あらかじめ電話を入れておいたので、院長と理事長が出迎え、病室まで先導した。正岡の威勢のほどをまざまざと見せつけられる思いだ。

　病室はむろん特別室。ホテルのスイートルームほども広く、介護人用の部屋まで付いている。マンションにいる時には通いで家政婦を務めるという、中年の女性が付き添っていた。「病人」はベッドに寝たきりというわけではなく、椅子に坐って本を読んでいた。正岡を先頭に、ゾロゾロと見舞客が現れたので一瞬、不愉快そうな顔を見せたが、美誉に気づくと一転、機嫌良く「あら、いらっしゃい」と言った。美誉はそれに応じるように、錦恵の肩を抱いて西洋式に頰ずりをした。

院長と理事長は、型通りの見舞いを言うと引き上げた。残った三人の中に、見知らぬ若い男がいるのを、錦恵は非難めいた目つきをして「どなた？」と訊いた。

「浅見さんです。叔母さんは覚えとるかな。大学時代の親友で、陽奇荘に住んどる時、いちど遊びに来た浅見陽一郎君。彼の弟さんで光彦さんとおっしゃる」

正岡が紹介すると、錦恵は「えっ、まあ、あの探偵さんの？」と目を丸くした。これには正岡も驚いたらしい。浅見のことは某作家の書くミステリー小説で「名探偵」として紹介されているが、叔母にそういう、あまり褒められない読書の趣味があるとは知らなかったのだろう。

浅見は苦笑しながら、「浅見です。ルポライターをやっております」と挨拶した。

「そうそう、本業はルポライターでしたね。でも、いいんですよ、分かっています。私はミステリーが好きで、いくつも本を読んでいますから。でも、その浅見探偵さんがどうしてこちらに？」

浅見が困惑して「じつは……」と言いよどむのを、正岡が引き取って言った。

「叔母さんにはまだ知らせとらんかったのですが、柏倉が亡くなりました」

「えっ、柏倉が？……どうして？　どうしたの？　何があったの？」

錦恵は取り乱したりはしなかったが、矢継ぎ早に訊いた。そして（あっ――）と気づいたように、浅見に言った。

「そうなの、それで、あなたが見えたっていうこと？　それじゃ、柏倉が亡くなったのは事件で、ということですのね？」

この頭の回転のよさを見るかぎり、ボケがきているようには思えない。

「そういうことです。浅見さんには僕がお願いして、来てもらいました」

正岡が言った。

「お葬式はどうしたの？」

「内々で済ませました。河村が一人できりもりしてくれましたよ。柏倉には身寄りもないし、銀行の元同僚にもあまり親しい人はいなかったようです。かと言って、役員なんかが参列したら、またマスコミが煩いですからね。元上司と仲間が四人、参列しただけの、寂しい葬式になりました」

「何ということ……可哀相に……」

さすがに、柏倉の死を現実のこととして認めると、錦恵はありありと気持ちが沈んだ様子を見せ、一瞬、言葉を失っている。しかし、そこからすぐに回復するのが、この女性の逞《たくま》しさなのだろう。驚くほど冷静な声で言った。

「それで、どういう事件なの？」

　正岡がこれまでに分かっている、事件の概要を説明した。

「箪笥を？」

　話がそこに及ぶと、錦恵は眉をひそめて甥《おい》の顔を真っ直ぐ見た。

「どうして修繕になんか出したの？」

「いや、僕は知りませんでしたよ。むしろ叔母さんの言いつけかと思ったくらいです。しかし叔母さんがご存じないのなら、あくまでも柏倉の一存でそうしたのでしょう。彼はあの箪笥には、一入、思い入れがあったということでしょうね」

「そうね、そうかもしれない……それで、箪笥はいま、どこにあるの？」

「宮城県の奥松島というところです。そこに仙台箪笥専門の職人がいましてね」

「奥松島……懐かしいわねえ」

「僕はよく知らないが、叔母さんは行ったことがあるんですか？」

「ええ、四度か五度。お母さんと一緒にね。その頃はお父さんは仕事のことばかりで、ぜんぜん家族を顧《かえり》みなかったから、いつもお母さんと。そうそう、そういえば柏倉をお供に連れていましたっけ」

「僕の親父はどうだったんですか？」

「兄さんは最初の一度だけね。あとは学校で野球ばっかり。女と一緒の旅行なんか、いやだったんじゃないかしら。でもね、お母さんは毎年、夏のお里帰りを楽しみにしとったわ。夏休みになると汽車に乗って……」

錦恵は往時を懐かしむ目になった。

「……あの頃は遠かったわねえ、東北は」

「奥松島がお母様のお里ですか」

浅見が訊いた。

「いいえ、そうじゃないけれど、母は奥松島が好きで、里帰りすると、決まって奥松島まで足を延ばすの。松島みたいに混まないのがよかったんじゃないかしら。それに、奥松島には野蒜築港跡っていうのがあって、そこに娘時代の思い出があったみたい」

「というと、ロマンスか何か、ですか？」

「まあ、そうなんでしょうね。いま、奥松島には航空自衛隊の基地がありますけど、あそこは戦時中、海軍航空隊だったところなんですよ。そこの将校さんでも、好きになったんじゃないかしら」

「えーっ、じゃあ、その人に会いに行ったってこと？」

美誉が目を剝いた。

「まさか、ばかねえ……」

錦恵は笑った。

「たとえ、そういう人がいたとしても、戦争で亡くなってるわよ。お母さんはいつも、野蒜築港跡へ行くと、手を合わせて拝んどったから、きっと誰かの霊を慰めているんだなって思ってましたよ」

「誰かって、誰なの？」

「さあ、誰なのかしらねえ。一度だけ、誰を拝んでいるのって訊いたら、どなたでもいいの、戦争では大勢の方が亡くなっているのだから、その方々皆さんを拝んでいるの。あなたたちもそうしなさいって叱られたわ。でもね、何となく、誰か特定の人じゃないのかなって思いましたよ。子供心にもそういうのって、分かるもんなのよ」

錦恵は曖昧に笑った。

「じつはですね」

正岡が昔語りにけりをつけるように、少し硬い口調で言った。

「その奥松島でもう一つ、別の事件が発生しとるんですよ。それも、柏倉の事件と関係がありそうなんです」

奥松島の運河で、殺害されたと見られる男の死体が発見されたこと。その男が、簞笥職人の家を訪ね、陽奇荘から運びこまれた仙台簞笥を見たがっていたことを話した。

「まあっ、運河って、それじゃあの野蒜築港の辺りじゃないのかしら。いやな話だわね。その被害者ってどういう人なの？　柏倉と知り合いなの？」

「いや、目下のところ、身元も分かっとらんようです。しかし警察は、うちと何らかの関係があるのではないかと疑って、いろいろ調べていましてね。鬱陶しくてならない。そこで浅見さんにみえてもらって、早いとこ事件の片《かた》をつけてもらおうというわけです」

「そう、それで浅見さん、何かお分かりになりましたの？」

「いえ、まだ何も」

浅見が頭を下げるのをフォローするように正岡が言った。

「叔母さん、それは無理ですよ。今日、ついさっき名古屋に着いたばかりなんだから」

「あら、そうなの。でも浅見さんが来てくださったのなら、じきに解決しますよ。ね、そうですわね」

「はあ、努力はしますが、あまり買いかぶらないでください」

「いいえ、大いに買いかぶります。わたくしに訊きたいこと、何かあったらおっしゃってください。と言っても、事件のことなど、まったく存じませんけどね」

「一つ、お訊きしたいのですが」と浅見は言った。

「柏倉さんが奥松島の箪笥工房に修理を依頼したのには、何か、たとえばかつて錦恵さんが訪れていらしたことと、関係があるような気がするのですが」

「さあ、どうかしらねえ」

「錦恵さんとお母様が奥松島を好んでおいでだったことは、柏倉さんも知っていたのでしょうね？」

「それはもちろん知っておりましたよ。母の里帰りにも、それに奥松島行きにも、柏倉は荷物持ちとしてついて行きましたもの。でも、まだ子供みたいなものだから、そんなに役に立つわけではなかったけれど、母はそれくらい可愛がっとったのでしょうね」

「そうだったのですか……だとすると、箪笥の修理に奥松島の店を選んだ理由は、そこにあったかもしれませんね」

「そういえばそうねえ。母の里から奥松島までは車でしたけど、柏倉は助手席に坐って、通り過ぎる景色を食い入るように見てました。奥松島に着いてからも、私たちに遠慮しながら、本当に楽しそうだったわ」

憧れの令嬢とその母親のお供で長い旅をした柏倉少年の、浮き立つような気持ちが想像できる。

「お母様のお里というのは、東北のどちらだったのですか？」

「宮城県の丸森《まるもり》というところ。と言っても分からないでしょうね。仙台のずっと南の、白石《しろいし》から近いところですよ」

地理には詳しい浅見だが、さすがに丸森なるところのイメージは出てこない。

「でも、母の里も、いまはもうありませんのよ」

「と言いますと？」

「跡継ぎが絶えてしまったの。母もそうだけれど、病弱な家系だったのじゃないかしら。屋敷はいまも残っとるらしいわね。江戸時代から続く、ずいぶん古くて大きなお屋敷だったけど、いまは町が管理して、郷土資料館みたいなものになっとるって聞きました」

遠い記憶に思いを馳《は》せるのか、錦恵はぼんやりした目になった。そういう表情を見せると、ああ、本当にボケがきているのかな——という気もしてくる。

「さっきの箪笥のことですが」

浅見は言った。

「お母様が愛用しておられたその箪笥について、錦恵さんは『手をつけるな』とおっしゃっていたそうですね」

「ええ、そう申してましたよ」

「手をつけるなというのは、中身にもという意味でしょうか？」

「もちろん、そうですわ」

「箪笥本体は奥松島にありますが、中身はどうなったのでしょうか？」

「あら、そう、中身はどうなったのかしら？　佑直さんは知らないの？」

錦恵は正岡に目を向けた。

「いや、僕は知りませんよ。中身が入っていたんですか？」

「入っとったに決まってるじゃありませんか。お母さんのお嫁入りの時に持って来たお着物とか、装身具なんかも入ってましたよ」

「装身具というと、宝石類もですか？」

「もちろんですよ。あら、そうだわねえ。あれはどうしたのかしら？　お母さんが亡くなった後、形見分けをするとかしないとかで揉めとったけど……いやだわねえ。肝心なことが思い出せなくて」

錦恵はじれったそうに頭を叩いた。

「箪笥には手をつけるなとおっしゃっていたのですから、中身も動かさなかったのではありませんか？」

浅見が助け船を出すように言った。

「えっ、ああ、そうよねえ。そうだわ、やっぱり手をつけなかったのよ。お引っ越しの時も、誰も触らなかったはずだわ。私も最後のお別れに簞笥の中を見ただけで、そのままにしておきましたもの。でも、それが無くなっとったわけよね。あれからずっと、柏倉が管理していたとすると、中身を取り出したのも柏倉っていうことかしら？」

「少なくとも、簞笥を修理に出す際には、中身を取り出したことは確かです」

「そうなると、簞笥の中身は柏倉が処分したか、彼の自宅に持って行ったということか。そう言えば、簞笥だけじゃなくて、陽奇荘にいろいろあったはずの家財道具のたぐいはほとんど無くなっていたな」

正岡が言った。

「どうでもいいような物ばかりだが、まさか、勝手に売り払ったんじゃないだろうな」

「たわけたこと言わないの。柏倉はそういうことをする人じゃありませんよ」

錦恵は苦々しそうに窘《たしな》めた。

「それより佑直さん、あなた柏倉の自宅へ行ってみたんじゃないの？」

「いや、行ってませんよ。そういうところに僕が顔を出すのは具合が悪い。警察が家宅捜索をした時には、河村が立ち会いました」

「その時、箪笥の中身はなかったのかしらねえ？」

「さあ……河村は何も言ってないけど。警察の捜索と言ったって、事件に関係のありそうな、たとえば、預金通帳とか日記とか手紙類を調べるのが目的でしょう。着物なんか調べたってしようがない」

「宝石はどうなの。お金もそうだけど、盗まれていた形跡はなかったの？」

「ああ、そういえば盗難の形跡はなかったって河村は言ってましたね。柏倉の遺品はどうしましょうって言うから、当分のあいだ放っておけと言っておきました。その時は箪笥の中身にまでは気が回らんかったなあ。しかしまあ、部屋はロックしてきたそうだから、ほとぼりが冷めて、マスコミの関心が薄れた頃を見計らって、始末すればいいでしょう」

「そうなの。それでおしまいっていうわけ。可哀相に……」

威勢のいい喋り方をする錦恵が、初めて湿った声になった。

「じつは」と、浅見が言った。

「箪笥の修理を頼まれた奥松島の箪笥屋——井上さんというのですが、その人が修理の作業を始めようとして箪笥を分解した際、隠し棚の中から紙片を見つけたのだそうです。そこには五言絶句のような詩が書かれていました。これがそうです」

浅見はポケットから、「詩」をコピーした紙を取り出して、錦恵に見せた。正岡と美誉も脇から覗き込んでいる。

春水満四澤
夏雲多奇峰
秋月如陽輝
冬嶺秀孤岩
「へえーっ、何かしらねえ？」
錦恵はあまり関心がなさそうに言った。しかし、正岡と美誉は興味津々の表情である。
「これに心当たりはありませんか？」
「いいえ、何も……一応、漢詩みたいだわねえ。でも、こんな物をどうして簞笥の中、それも隠し棚なんかに仕舞っておいたのかしら？」
「現物は井上さんのところに置いてきましたが、用紙は小さいながら、ご覧のようになかなかの達筆で墨書されていました。名のある人の書かもしれません。『陽』『奇』の文字が使われていますから、陽奇荘に関係していると考えていいでしょうね。陽奇荘の名を織り込んだ詩を作ったのかもしれません」

「そうねえ。そういうことでしょうね」

「それにしても」と正岡が言った。

「こんな物を後生大事に、箪笥の隠し棚に仕舞っておくものかなあ？」

「それはだから、浅見さんがおっしゃるように、名のある方の書だからかもしれないじゃないの」

「ふーん、そんなに由緒のあるものですかねえ。どうなんですか、よほど古い年代物っていう感じでしたか？」

浅見に訊いた。

「そうですね、使われた紙は和紙で、ほとんど汚れてはいませんでしたが、多少、変色していたと思います。素人目ですが、五、六十年か、あるいはもっと昔のもののように見えました」

「じゃあ、祖母が若かった頃のものだね。誰かに貰ったのを、大切に仕舞っておいたっていうところかな」

「誰かって？」

美誉が素朴に訊いた。

「さあね、男性かもしれない。だんなに内緒で仕舞っとったとすると、正岡家に嫁入りする前に付き合っとった男性かな」

「ばかねえ、勝手な想像をするもんじゃありませんよ」

錦恵が窘めたが、「でも、お母さんにだって、乙女時代にロマンスがあったかもしれないわね」と言った。

「それは違うと思います」

浅見が苦笑しながら言った。

「詩の中に陽奇荘の名の由来に関わるような文字が入っているのですから、お嫁入り以前であることはないでしょう」

「ああ、それもそうねえ。となると、誰かしら？」

「陽奇荘にお招きしたお客さんということは考えられませんか。さっき正岡さんからお聞きしたお話によると、内外の貴顕をご招待したそうですから、中には即興で漢詩を記した人もいたかもしれません」

「なるほど、それはあり得ますね」

正岡がすぐに同調した。

「どういう人たちが来たのか、叔母さんは知りませんか？」

「知りませんよ私は。そういう華やかな宴会があったのは、私の生まれる前、戦前のことでしょう。それこそ古き良き時代の話。政治家や財界人や、華族さんも見えたって、お母さんから聞いたことがある程度ね」

「親父の話だと、歌舞伎役者や映画俳優や、文人墨客も来たって聞きましたよ」

「汪兆銘も滞在したということですね」

浅見が言った。

「ああ、そうそう、汪兆銘さんもいらしてたって言ってたわね。亡くなったのは名古屋帝国大学の病院だそうだけど、その直前と、それより十年くらい前のお元気な頃もご滞在なさったそうだわ」

「もしかして、汪兆銘の書ということはありませんか」

「さあ、どうかしらねえ。ないとは言えないけれど……そうねえ、あり得るかもしれませんわね。書かれとるのが、漢詩だし」

「オウチョウメイって？」

美誉が正岡に訊いた。

「あまり詳しいことは知らないが」

正岡は前置きして、浅見に解説した程度のことを話した。

「その人が陽奇荘に滞在してたの？」

「そうですってよ」

錦恵が答えた。

「汪兆銘は法政大学に留学していたくらいの親日派でした」

浅見が「解説」を補足した。

「ですから、正岡家と親交があっても不思議はないと思います。滞在中に漢詩を作り、記念に残したのかもしれません」

「なるほどねえ。もしこれで署名があれば、ちょっとしたものですな。テレビのお宝鑑定団に出せば、値がつくにちがいない」

正岡が言って、錦恵に「そういう商売っ気を出すもんじゃないの」と窘められた。

「署名がなかったのは、気軽に書いて、ご家族に披露したといった性質のものだったからでしょう。それを若奥様がいただいて、ご自分だけが知っている箪笥の隠し棚に、大切に仕舞っておいた……なんだか、その頃の陽奇荘の情景が見えてくるような気がします」

浅見が言った。実際、彼の頭の中では、在りし日の陽奇荘華やかなりし情景が浮かんでいた。見事な庭園を散策したり、ホールでワインを酌《く》み交わしながら歓談する紳士淑女の姿などが想像できる。

「汪兆銘さんのことはどうか分からないけれど、陽奇荘の古い話を知りたければ、兄さん——あなたのお父さんに訊いてみればいいんじゃないの？」

錦恵が正岡に言った。

「兄さんはそういう資料、沢山持っているはずよ。浅見さんに紹介してあげなさい」

「そうですね、そうしましょうか」

それじゃ——と、慌ただしく病院を辞去することになった。別れの挨拶を交わす時、錦恵は「浅見さん、何か分かったら、私にも教えてくださいね」と言った。

「なんだか、事件とは関係のない方向に話が向かってしまいましたね。浅見さんにはご迷惑でしょう。すみませんねえ」

車の中で正岡は頭を下げた。

「とんでもない。それよりも、僕にとっては興味深い話が出てきたと思っています。そういう歴史的な話は大好きですから」

「なるほど。確かに『旅と歴史』のほうが本職でしたね。そう言ってくれると、私も気が休まりますよ」

正岡家に戻り、早速、離家《はなれ》の両親のもとに向かった。離家と言っても渡り廊下で結ばれていて、普通の民家より大きく、立派だ。正岡の両親、佑春・友枝夫婦はリビングルームで寛《くつろ》いでいた。浅見家の応接間より豪華な応接セットがある。

佑春も友枝も浅見の兄・陽一郎のことは記憶していた。いっとき、愛知県警に着任した陽一郎を歓迎して食事会を催した時の話で盛り上がった。それに、友枝のほうは名探偵・浅見光彦のファンということで、とても楽しそうだ。

「このたびはまた、柏倉の事件の解決に、ご尽力してくださるそうですなあ。よろしくお願いしますよ」

若い客を相手に、丁寧に挨拶した。

「そのことで陽奇荘に行って、ついでに叔母さんに会って来たんだけど、陽奇荘に汪兆銘が滞在した話になって、参考になる資料がお父さんの手許にあるんじゃないかって。どうなんですか、何かありますか？」

正岡が訊いた。

「ああ、あるよ。ちいと待っとれ」

佑春は気軽に立って奥に引っ込んだが、間もなく、二冊の書物を持って戻って来た。

一冊は『陽奇荘と佑高《すけたか》』という本で、「正塚屋中興の祖」と呼ばれる正岡次郎左右衛門佑高の伝記を中心に、陽奇荘の成り立ちや変遷を記録したもの。もう一冊は陽奇荘を建築文化的な視点から検証したものであった。

両方の本に汪兆銘のことが少しずつ紹介されている。

一九〇四（明治三十七）年、汪兆銘は清《しん》国の国費留学生として来日、法政大学に入学している。その二年後、来日した孫文に認められ、孫文の片腕として清王朝打倒に活躍するようになる。辛亥革命以後は中国政界の中枢にあったが、対日平和政策で、徹底抗日を主張する蔣介石と対立。日中戦争の激化で蔣介石率いる国民党政府が南京から重慶《じゅうけい》に撤退すると、それに代わって、日本の戦力をバックに親日的な新政府を樹立した。その過程で汪はしばしば来日して、陽奇荘にも立ち寄った。

一九三五年、汪兆銘は南京で反対派の刺客に狙撃され負傷、下肢の神経に後遺症が残った。その治療のため一九四四年三月に来日、名古屋帝国大学病院に入院する。その当時、正岡家の当主・佑高は、満州の鉄道会社経営のために中国に渡っていたが、留守宅を預かる雅子《まさこ》夫人がきりもりして、汪をはじめ、一族郎党、医師、看護婦等およそ三十名をしばしば陽奇荘に招き、饗宴を催している。

一九四四年の夏を過ぎる頃から、汪兆銘の病状は悪化して、ほぼ寝たきり状態に陥ったらしい。その年の十一月、戦局の悪化する中、汪兆銘は死去。その遺骸とともに、一族郎党は、各務原《かかみがはら》飛行場から三機の飛行機で中国に帰った。その後、日本の敗戦ととももに、汪兆銘の名は裏切り者＝漢奸として、中国の歴史に刻まれることになる。

　佑春は一九三九（昭和十四）年の生まれで、汪兆銘が来訪した時は幼稚園児だった。汪兆銘の記憶は定かではないが母親から思い出話を聞いたこともあって、ある程度の人物像は思い描けるそうだ。しかし、浅見が見せた漢詩のことは知らなかった。

「母は汪一族の世話をする責任者のような立場で、陽奇荘や病院に何度も見舞いに訪れ、汪一家とずいぶん親しく付き合っていたようです。汪兆銘は政治ばかりでなく、文学的素養のある人物でしたから、この漢詩が彼の書である可能性はありますね。陽奇荘の名を織り込んだ詩を書いて、日頃の親切に対し感謝の意を表したのかもしれません」

　そう言ってから、佑春は話のついでだからと、陽奇荘のその後を語った。

　汪が陽奇荘に滞在した頃から、日本本土、とくに北九州をはじめとする重工業地帯へのアメリカ軍の空襲が始まり、名古屋も空襲の目標となった。実際、翌年の三月に、正岡家本宅は罹災することになる。正岡家では陽奇荘の地下に分厚いコンクリートに守られた広大な防空壕を造り、空襲警報が鳴るとすぐに待避するという暮らしになった。

　しかし、それでも爆弾の直撃を受けると危険というので、秋になると、正岡家は宮城県丸森の雅子の実家に疎開し、年寄りや女子供は名古屋を離れた。佑高は依然、中国に在って、結局、日本に帰れないまま、終戦を迎えることになる。

終戦後も、正岡家はしばらくのあいだ、丸森での生活を続けた。名古屋に戻ったのは、一九四五（昭和二十）年十二月。佑春が満六歳になり、翌年から小学校（当時・国民学校）に通うための準備があったからだという。それより更に遅れて、四六年三月になって、ようやく佑高が中国から帰還した。ちなみに、錦恵は一九四二年、佑春とは三つ違いで生まれている。

「両親、ことに母は錦恵を溺愛してましてね。子供ながらに、私はずいぶん疎外感を抱いたものですよ」

佑春の話は終わった。息子の佑直も、もちろん孫の美誉も、そういう祖父の話は初めて聞いたらしく、食い入るように佑春の口許を見つめながら、聞き入っていた。

浅見にとっても、汪兆銘のエピソードは魅力的な話であった。それまでは汪兆銘のことなど、歴史の断章としての知識しかなかったのだが、生きて動いていた人間としての、なまなましい姿を垣間見た思いだ。汪兆銘来日の理由は、「治療のため」というものだが、しかし、本当に治療のためだけだったのだろうか。実は治療に見せかけた亡命だったのではないだろうか。

それにしても、汪兆銘夫人をはじめ、三十人いたというお付きの人々のその後はどうなったのか、すこぶる気になった。「漢奸」のレッテルを貼られた主に従っていた彼らにも、中国政府や民衆の指弾は厳しかったにちがいない。――と考えだすと、空想は果てもなく広がってゆく。

第五章　丸森岩理屋敷

1

名古屋からいったん東京に戻った浅見が、自室に入った途端、ケータイが振動を始めた。電話は奥松島の井上孝夫からだった。

「こんなこと、浅見さんに知らせていいかどうか、迷ったんだけど、娘が電話したほうがいいって言うもんで。ほれ、浅見さんは興味があったみたいだから……」

井上はじれったくなるような口調で、長々と前置きを喋った。

「例の事件で、何か進展があったのですか。たとえば被害者の身元が割れたとか？」

浅見が催促すると、「えっ、よく分かったね」と驚いた。

「そうなんです。昨日、警察が来て、身元が判明したから、一応、知らせておくって言って、名前を教えてくれました。地元紙にも小さな記事しか出なかったんで、たぶん浅見さんは知らないかと思って」

「ええ、もちろん知りませんでした。で、どこの誰だったんですか？」

「岩澤《いわさわ》っていう人でした。東京の日暮里《にっぽり》とかいうところの人だそうです」

「日暮里……僕の家の近くです。ほかに何か分かったことはありますか？」

「いや、警察はそれだけしか教えてくれなかったです。申し訳ないす」

「とんでもない。あなたが謝ることはないですよ。それより、わざわざ報《し》らせてくださって、ありがとうございました。大いに参考になりました」

「というと、浅見さんはやっぱり、この事件に興味を持っているんですか？」

「ええ、関わってしまった以上、見過ごすわけにいかなくなる性分なのです。ところで、例の箪笥の修理は、進んでいるのでしょうか？」

「まあ、一生懸命にはやってますけど、なかなかはかどりません。予定より時間はかかるかもしれませんので、先方さんから催促があったら、よろしく言っといてください」

「いえいえ、催促はありませんよ。時間をかけて、しっかり直していただいたほうが、喜ぶと思います」

電話を切って、浅見はすぐに兄と連絡を取った。刑事局長のホットラインの番号を知っている人間は、ごく少ない。

「何か用か？」

ずいぶん待たせてから出た陽一郎の第一声はいつもこれだ。まったく愛想がないが、とにかく忙しい男なのである。いまだってたぶん、何かの案件を抱えて、部下に指示を与えているか、それとも会議の最中だったかもしれない。

「一つお願いがあります。奥松島の野蒜築港跡で殺された被害者の身元が分かったそうなので、その詳細を聞いてください」

「正岡の箪笥のからみだな？」

「そうです」

「了解。一時間待て」

あっさり電話を切った。その後、秘書にメモを渡して、調査を指示したにちがいない。その様子が目に見えるようだ。

きっかり一時間後、陽一郎から連絡があった。浅見家では夕食のテーブルを囲んでいるところだった。

浅見は席を外し、サイドボードの上で要点をメモった。

奥松島の運河で他殺死体となって発見された男は、井上家を訪ねた時は「小林」と名乗ったそうだが、本名は岩澤良和《よしかず》、四十四歳であることが分かった。岩澤の住所は荒川区東日暮里四丁目――。確かに、JRの日暮里駅に近い。

兄にしてはかなり長い話になった。電話を切ると、雪江が「お行儀が悪い」とクレームをつけた。

「お食事どきに電話してくるほうもくるほうですよ。どうせ出版社か、それともあの方でしょうけれど」

雪江が言う「あの方」とは、悪評高い軽井沢在住の作家のことである。

「いえ、これは兄さんからの緊急の用事なんです」

「あら、陽一郎さんから？　だったらよっぽど大事なお話なのでしょうね。お食事もままならないほどお仕事に追われてるのね。あなたも少しは見習いなさい」

相手によって、かくも態度を豹変《ひょうへん》できるのは、彼女だけに許された特権だ。

「それから光彦、その趣味の悪いお人形をケータイにぶら下げるのはおやめなさい。いいおとながみっともない」

「あら、お祖母様、そのストラップのフィギュア、叔父様そっくりで、カッコいいですよ」

姪《めい》の智美《さとみ》が異を唱えた。

「おや、そうなの。光彦に似てるの？　どうもいまどきの人の考えることは分からないわねえ」

雪江は嘆かわしそうに首を振った。

身元判明のきっかけは、東京都荒川区東日暮里五丁目——の古物商・坂城《さかき》保太郎《ほたろう》から、警察に家出人捜索願が出ていたことによる。「当家に出入りしている岩澤という男が、約束の日限にも現れず、行方知れずになっている。理由も不明で、事故にでも遭ったのではないかと心配なので調べて欲しい」と届け出た。

陽一郎の報告ではそこまでしか分からなかった。詳細が必要なら、あとは自力で調べろということらしい。

翌日、浅見は日暮里に出かけた。

ＪＲ日暮里駅の南西側は谷中《やなか》霊園から上野寛永寺《かんえいじ》、上野公園へと連なる高台である。駅を挟んで反対側は荒川区東日暮里の、典型的な下町が広がる。表通りには小さなビルやマンション、商店などが並び、裏手には住宅が軒を接している。

尋ね当てた住所には「旭山商会《あさひやま》」という看板がかかっていた。「書画骨董古物」という肩書もある。いわゆる骨董屋なのだろう。小さなショウウインドウには、何やら値打ちのありそうな壺《つぼ》が飾ってある。ガラスの引き戸を開けて店に入った。店内の照明は暗く、陰気くさい。所狭しとばかりに、「商品」が並べてある。玉石混交というが、果たして「玉」と言えるものがあるのかどうかは、浅見の目でも怪しく思えた。

店番はいなかったが、戸を開けると奥でベルか何かが鳴る仕組みになっているのか、すぐに店の人間が現れた。六十歳前後かと思えるおやじで、薄暗い店内がいっぺんで明るくなるほど、見事な禿頭《とくとう》であった。

「いらっしゃい」

おやじは愛想よく言いながら、すばやい視線で客の人品骨柄を値踏みしている。

（この客は金にはならないな——）と見極めたのか、ややくだけた口調になって、「どういったご用でしょうか？」と訊いた。

「坂城さんはこちらでしょうか？」

「はい、坂城はうちです。坂城の誰をお訪ねですか？」

「坂城保太郎さんですが」

「ああ、それだったら私です。もっとも、女房は最近、坂城保太郎ではなく、逆蛍《さかさほたる》と呼んでますがね」

そう言って、笑いながら右手で頭をツルッと撫でた。そう呼ばれるのが、むしろ自慢のように聞こえる。手入れのいい禿頭だ。

浅見は笑いを堪《こら》えるのが苦しかった。

「じつは、岩澤さんのことでお尋ねしたいことがあってお邪魔したのですが」

「ああ、岩澤さんね。えーと、どういうことでしょう？」

坂城は警戒心を見せて、訊いた。

浅見は名刺を出した。信用されないといけないので、『旅と歴史』記者の肩書入りの名刺を使った。案の定、骨董屋という商売柄、歴史についても造詣が深いのか、坂城は『旅と歴史』を知っていた。

「へえーっ、『旅と歴史』さんがねえ。岩澤さんのことでねえ……」

名刺をしげしげと見ながら、不思議そうに首をひねっている。『旅と歴史』は事件物の記事とは無縁であることも知っているのだろう。

「あの人、そんなに有名な人ですか？」

「はあ、いえ、そういうわけではないのですが、ちょっと事情がありまして」

「事情とは、事件と関係ありですか？」

「そうなんです。じつは、僕の知り合いで、井上という人が宮城県の奥松島にいるのですが、岩澤さんはそこを訪ねて、その直後、事件に遭われたらしいのです。いったいどういうことなのか、井上さんが気にしてましてね。その矢先、坂城さんゆかりの人だということが分かって、ぜひその経緯を聞いてきて欲しいと頼まれたものですから」

「ああ、そういうことだったら、刑事さんが来て、みんな話しましたよ。だいたい、ゆかりと言ったって、商売の関係しかありませんからね。大した知り合いじゃないんです。刑事が来て、根掘り葉掘り訊かれて、いい迷惑でしたよ」

「ご商売の関係というと、岩澤さんはお得意さんだったのですか？」

「いいや、その反対。品物を持ち込んでくるほうです」

「なるほど。そうしますと、岩澤さんは坂城さんと約束した品物を届けないまま、消息を絶ったというわけですね。それでおかしいと思って、警察に連絡なさった」

「まあ、そうですな」

「その品物とは、仙台簞笥ですか？」

「いや」

浅見としては核心を衝《つ》いたつもりだったのだが、坂城はあっさり首を横に振った。

「うちは簞笥みたいな大物は扱いませんよ。何しろこの狭さですからな」

店内を見回して言った。確かに、そう言われてみると、簞笥を置けるほどのスペースはどこにもない。

「岩澤さんの持って来る物は、大抵、蔵の中で眠っていたような道具類でしたよ。掛け軸とか壺とか」

「宝石類はどうでしたか？」

「宝石はうちなんかより、専門の店へ持って行ったほうがいい。岩澤さんもそうしていたんじゃないのかな。もっとも、宝石の出物があればの話ですけどね」

「今回、岩澤さんが約束していた品は、何だったんですか？」

「置物だと言ってました。テーブルの上に載せておくような、中国の古い青磁の龍の置物があるというのだが、はたして本物かどうかは疑問ですな」

「これまでに持ち込んだ品も、やはり怪しい物が多かったのでしょうか？」

「うーん、必ずしも偽物が多いというわけではなかった。むろんいけない物もあったが、なかなかいい物もありましたよ。出所は明かさなかったが、よほどいい畑を持っていたんでしょうなあ」

坂城は「畑」と言ったが、「掘り出し物」と言うくらいだから、畑は言い得て妙だ。

「岩澤さんが持ち込んだ品で、まだ売られていない物がありますか？」

「ありますよ。最近持ち込んだ香炉です。見ますか？」

「ええ、できれば拝見したいですね」

坂城は「ちょっと待ってください」と奥へ引っ込んで、すぐに出て来た。紐《ひも》のかかった桐の箱を大事そうに抱いている。紐を解き中の布を広げると、白い小さな香炉が現れた。素人目にも、ただの「瀬戸物」なんかではないことが分かる。

「これは白磁《はくじ》ですか？」

おそるおそる訊いた。

「間違いないでしょうな。これはいい物だと思いますよ」

「いくらぐらいですか？」

「えっ？　ははは、かなりのものです」

坂城ははぐらかすように笑って、急いで香炉を仕舞った。どうせ買う気のない客に、長々と見せて、目垢《めあか》でもついたら大変だ――とでも言いたげだ。

「ご主人もおっしゃったように、岩澤さんがこれほどの品をどこから持って来るのか、警察も出所を気にしたんじゃないのですか？　警察はすぐに、もしかして盗品ではないか、などと疑ってかかりますからね」

「そう、そうなんだよね。刑事ははっきりそう言いやがった」

坂城はよほど腹に据えかねるものがあったのだろう、逆蛍の頭を朱色に染めて、口汚い言い方をした。

「だからね、言ってやったんですよ。盗品かどうか、そっちで勝手に調べてくれ。うちは長いこと商売をやってるけど、故買《こばい》みたいなものに手を出したことはないんだ。人聞きの悪いことは言わないでくれってね」

「ということは、岩澤さんの人となりだけじゃなく、素性も分かった上で取引をしていたということですね」

「まあそうですな。あの人は見た目から言っても悪い人間ではないと思いましたよ。関西で言うところの『ええとこのぼんぼん』でしょうな。いまは落ちぶれているみたいだけれど、以前は裕福な家に育ったんでしょう。話のはしばしにも、どことなく鷹揚な雰囲気がありましたよ。もっとも、のんびりした感じというのは、東北訛りのせいかもしれませんがね」

「あ、岩澤さんは東北出身の人ですか」

「そう言ってました。東北のどこかは聞きませんでしたがね」

東北出身ということなら、奥松島や野蒜築港の地理も多少は知っていたのかもしれない。

2

浅見は礼を言って、旭山商会を出た。ガラス戸を閉めようとした時、入れ替わりに店に入ろうとする二人の男とすれ違った。チラッとこっちを一瞥《いちべつ》した男の目つきの鋭さから、浅見は（刑事だな――）と判断した。

浅見は雲行きを確かめるようなふりで空を見上げながら、背後の店の中を視野の片隅で捉えていた。おそらく、刑事はすれ違った客を追って来るだろう――と予想した。

まさにそのとおり、刑事の一人が血相変えたような勢いで飛び出して来た。

「あんた、ちょっと待ってくれませんか」

浅見はできるだけとぼけた顔を作って、振り返った。

「は？　僕ですか？」

「そう、ちょっとすみませんが、中に入ってくれませんか」

一応、承諾を求めた言い方だが、じつは有無を言わせない態度である。浅見も仕方なさそうに店の中に戻った。逆蛍のおやじは、気の毒そうに装っているが、内心は面白がっているにちがいない。

最初の刑事は「警察の者です」と名乗り、バッジを示した。こっちのほうがいくぶん若く、まだ二十代か。もう一人のほうがやや年輩で、階級も上のような印象だ。質問は年輩の刑事がすることにしているらしい。

「えーと、あなたの氏名、住所を教えてくれますか」

刑事は手帳を開いて訊いた。面倒なので、浅見は名刺を出した。今度は肩書のない個人用の名刺だ。

「職業はフリーのルポライターをやっています」

訊かれる前に言った。「あ、そういうことですか」と刑事は納得したらしい。ルポライターが事件を嗅ぎ回っている――と解釈したのだろう。

「いま、こちらのご主人に聞いたのですが、浅見さんが、この事件に特別な関心を抱いたっていうのは、なんでですか？」

なるべく共通語で喋ろうとしているが、明らかに東北訛りのある口調だ。

「失礼ですが、鳴瀬署の方ですか？　それとも宮城県警の刑事さんですか？」

浅見は逆に訊いた。とたんに刑事は鼻白んだ表情になった。こういう質問をされるのが不愉快なのである。

「自分は宮城県警の者ですが、こちらは鳴瀬署の人です」

「お名前は？」

「倉持《くらもち》と前田《まえだ》です」

「差し支えなければ、お名刺をいただけませんか」

二人の刑事は仏頂面で、それぞれの名刺を出した。「宮城県警察本部　刑事部捜査一課巡査部長　倉持正志《まさし》」「宮城県鳴瀬警察署　刑事課巡査長　前田康行《やすゆき》」とある。

「これでいいですか」

「はい、ありがとうございました」

「それじゃ、さっきの質問に答えていただきましょうか」

「僕がこの事件に関心を抱いた理由ですね。それは、こちらの坂城さんにもお話ししたのですが、奥松島の井上さんに調査を頼まれたからです。井上さんのことはご存じだと思いますが」

「むろん知ってます。で、調査を頼まれたというのは、何を調査するんです？」

「いろいろありますが、最終的には岩澤さんを殺害した犯人は誰かということになるのでしょうね」

二人の刑事は顔を見合わせた。かすかに冷笑を浮かべたのが見て取れる。

「そんなことは警察がやってますよ。あなたは何をどうやって調べるんです？」

「まだ始めたばかりですから、暗中模索ですが、とりあえず事件の背景に何があるのかといったところでしょうか。その点について、警察はどう考えていますか？」

「それは……そういうことは話すわけにいきませんよ。それより、あなたのほうこそ、どう考えているんです？」

「キーワードはたぶん、箪笥だと思うのですが」

「箪笥？　ああ、井上さんのところで修理を頼まれたという、あの箪笥ですね。確かに、岩澤さんはその箪笥を見せてもらいたいと言って来たのだそうだが。あの箪笥に事件の謎を解くカギがあるというわけですか」

「そうですね。あんな古い簞笥をわざわざ見に行って、しかも殺されてしまったんですから、何か特別な背景があると考えるのが妥当じゃないでしょうか。警察はそんな風には考えないのですか？」

むしろ、そっちのほうが不思議だ――と言いたげに訊いた。

「いや、もちろん、そういったことも視野に入れて捜査を進めてますよ。しかし、現在までのところ、簞笥と事件を結びつけるような根拠は出てきていない。それとも、浅見さんのほうに何か摑《つか》んでいることでもあるんですか？　だったら、隠していないで、教えて貰わないと困ります」

「それより、警察の基本的な捜査方針がどのようなものか、お聞きしたいですね」

「ははは、そういうことは……」

倉持は言いかけて、脇から三人のやり取りを面白そうに眺めている坂城に気づいた。

「まあ、ここではなんだから、場所を変えましょうか。どうも坂城さん、お邪魔しました。また改めてお話を聞きに来ますので、その時はよろしくお願いします」

倉持が挨拶して、浅見を二人の刑事が前後で挟むようにして店を出た。すぐ目の前に喫茶店がある。倉持は「そこにしますか」と、先に立ってドアを開け、中の様子を覗き込んだ。そういう時刻なのか、店はガラガラで、隅のほうのテーブルで男が一人、雑誌を読んでいるだけだ。店内には煩くない程度のクラシック音楽が流れている。

店に入ると、その客から遠いテーブルを選んで、浅見と二人の刑事は向き合って坐り、オーダーを取りに来た女性に三人ともコーヒーを頼んだ。

「さっきは坂城さんがいたから言わなかったけど、浅見さんねえ、あんた、下手すると捜査の対象になりかねないすよ」

倉持は小声で、脅すように言った。

「どうしてですか？　僕はただ、事件の早期解決を望むだけですが」

「いや、そうかもしれないが、素人さんが事件に首を突っ込むのは、何か理由がなければないすからね。それともあんた、井上さんから報酬でも貰っているんですか？」

「まさか、そんなものは貰っていませんよ。穴子の白焼きをご馳走になったくらいです。僕はあくまで純粋に、事件が早く解決すればいいと願っているだけです」

「ふーん……しかし、こんな風にあっちこっち動けば、費用だってかかるんじゃないすか。ただってわけはないでしょう」

「そんな心配はしないで結構です。たとえば貞山堀と伊達政宗の故事を取材する傍ら、事件現場を見たりしているのですから。そんなことはともかく、倉持さん、いま警察が最も関心を持っているのは、岩澤さんが旭山商会に持ち込む品物は、いったいどこから仕入れて来ていたのか——にあるのじゃありませんか？」

「ん？　ああ、まあ、そういうこともありますね」

「あるどころか、それが当面、最も急がれる問題じゃないのでしょうか。それとも、すでに調べは完了しているのですか？」

「浅見さん、あんたねえ……」

倉持はうんざりしたように言った。

「それこそ、そんな心配はしないでもいいのですよ。警察はやるべきことはやっている。それよか、あんたの本当の目的は何なんですか？　それを正直に言って貰わないと、警察としても黙っていないですよ」

「困りましたねえ。さっきから言っているでしょう。事件を解明することが目的だって。そのために今日、坂城さんのところにお邪魔して、話を聞いたのです。その結果、岩澤さんが骨董品の売り込みに来ていたことを知って、そういう品物をどこから仕入れたのかをつきとめること、それが事件の謎を解く第一歩だと思ったのです。当然、警察はその作業を進めているはずだから、もし分かっていたら教えていただきたい。それが率直な気持ちです」

コーヒーが運ばれたこともあって、倉持は沈黙した。しばらくは、音楽とコーヒーを啜《すす》る音だけが聞こえていた。

「ところで浅見さん」と、倉持が言った。

「あんた、坂城さんのところを訪ねたのは、どうしてですか？」

「それはもちろん、岩澤さんの捜索願を出した人だから、岩澤さんについて、何か情報を持っているはずだと思ったからです」

「なるほど。それで、坂城さんがそうだってことを、どうやって知ったんです？　捜索願を出した人物は、マスコミ等には公表していないのですがねえ」

（あっ――）と浅見は気づいた。浅見の知識は兄から仕入れたものだが、マスコミはすでにそのことを知っているものとばかり思い込んでいた。

「それは、あれです。たまたまある人から聞いたのです」

「誰です？　その、ある人とは？」

「それは言えません。情報の出所は明かすわけにいきません」

「言って貰わないと困るんだけどねえ」

「そう言われても、僕のほうも困ります。その人の信頼を裏切ることになりますから」

「ふーん……失礼だが、あんた、前科はありますか？」

「ありませんよ、そんなもの」

「そうですか。まあいずれ調べれば分かることだが。しかしねえ浅見さん、その情報をリークできるのは警察関係の人間——つまり、鳴瀬署の捜査本部の人間ということになるからねえ」

倉持は悩ましげに言って、隣の前田に「な？」と同意を求めた。

「そんなこと、あるわけないす。あったら一大事だべ！」

前田は憤然として言った。

「そうだよな。警察はそんなことをあんたにリークするわけはない。となると、なぜその事実を知っているのか、これは問題だな。坂城さん自身か、捜査関係者しか知り得ないことだからねえ。浅見さん、どうです？　情報源を話して貰えませんか。正直に話してくれたら、べつにそのことであんたを責めるようなことはしないすよ。悪いのはリークした側にあるんだからね。けど、あくまでも言わねえというのなら、警察としては対応を考えねばならんことになります。いまはこうして任意での事情聴取をしているが、聴取に応じなければ場合によっては逮捕にまでいきますよ。そうなっては、奥さんも驚くでしょう」

「いや、僕は独身ですよ」

「あ、そうですか。しかしご家族はいるんでしょう？」

「ええ、おりますが」

「そしたら、浅見家から逮捕者が出たなんてことになれば、世間体も悪いし、ご両親に迷惑がかかりますよ」

「父親はいません。二十年前に亡くなりました」

「そうでしたか。それはどうもご愁傷……いや、そういう問題ではなくてですね、親兄弟に……兄弟はいるんですか？」

「います」

「浅見さんは長男ですか？」

「いや、次男です。いまは母親と兄と兄嫁と甥、姪と一緒の家に住んでます。ほかにニューヨークに妹が一人います」

どうせチクリチクリと訊かれるに決まっている。浅見は多少、投げやりな気分になって喋った。倉持は満足そうに、それを一々メモっている。

「それじゃ大変だ。お兄さんのお子さんたちは、学校で肩身の狭いことになりますよ。叔父さんとしては責任重大じゃないですか。そういうことにならないように、すべて正直に話したほうがいい」

「分かりました。ではお話しします。じつは兄から聞きました」

「お兄さんから？　それはまたどういうことです？　なぜそんな情報を知り得たのか。そもそもお兄さんは何をしている人なんですか？」

「警察関係に勤めています」

「えっ、そうでしたか。というと、宮城県警のほうですか？」

「いえ、現在の勤務地は東京です。つまりその、警察庁です。その関係で兄に頼んで、事情を調べて貰いました」

「なるほど。そういうことなら、あんたが知っていても不思議はないが。しかし、いくら兄弟の仲とはいえ、それははっきり言って、服務規程に反しますよ。上司に知れたら懲戒の対象になる」

「そうだと思います。だから話したくなかったのですが」

「まあ、われわれとしても、仲間うちから違反者を摘発するような真似はしたくありませんがね。とはいえ、一応お訊きしますが、お兄さんは警察庁で何をしているんです？　階級は何です？」

「階級は知りません。事務職ですから」

「事務職といっても、警察は警察。階級はあるはずですよ。しかも、われわれと違って、れっきとした国家公務員だ。あなたのお兄さんというと、年齢から言って警部とか警視とか、そのくらいは行ってるんじゃないですかね」

「さあ……もうちょっと上だと思います」

「じゃあ、警視正？」

「もう少し上」

浅見は人指し指を上に向けて言った。

「その上って言ったら、警視長ですよ。小さな県だったら、県警本部長だ。えっ、えっ、まだ上、ですか？」

浅見の指が、依然として上を向いているのを見て、倉持は目も口も大きく開いた。

「その上は、警視監……えーっ、まさかあなた、浅見刑事局長、さんですか？」

「すみません……」

浅見は肩を窄《すぼ》めて、謝った。

3

正体を明かしたからといって、浅見と二人の刑事の関係が良好なものになりはしなかった。倉持も前田もすっかり萎縮してしまったが、浅見のほうも意気消沈の体《てい》であった。

ジャーナリストとして、情報源を明かすのは最低のモラル違反だが、その相手が刑事局長とあっては、もしこんなことが公になれば、一大事件になりかねない。

「この件はどうか内密に願います」

浅見はひたすら低姿勢に徹した。しかし、そのことがますます刑事たちを困惑させたにちがいない。このおかしなルポライターをどう扱えばいいのか、対応のしようが難しい。ただし、この男を被疑者扱いしたとも取られかねない「事情聴取」については、差し当たりクレームがつくことはなさそうだ。

そう見きわめたのか、倉持は愁眉《しゅうび》を開いたように明るい声で言った。

「いやいや、こっちこそ失礼しました。浅見さんもそれならそうと、おっしゃってくだされればよかったのです。そうでしたか、局長さんの弟さんねえ。そうと知っていれば、浅見さんの調査にだって、協力を惜しみませんでしたよ」

「えっ、ほんとですか？」

浅見はハブのように飛びついた。

「それでは早速、これまでの捜査の進展の様子を教えてください。まず岩澤さんの人物データについてお訊きしたいのですが」

倉持は正直に（しまった――）という顔になった。「協力を惜しまない」などと口走ったために、取り返しのつかないことになりそうだ。

「もちろん、お二人にご迷惑をおかけするようなことはしません。曲がりなりにも、僕は兄の弟ですからね」

浅見はすぐに彼らの危惧《きぐ》を払拭《ふっしょく》した。

「そうですか。それじゃ、お話しできるところまでお話しします」

倉持は前田と暗黙の同意を交わしてから、岩澤良和に関するデータを教えてくれた。

「身元が判明してすぐ、岩澤宅の家宅捜索をしましたが、ワンルームの小さな部屋でしてね。テレビと冷蔵庫以外、家財道具もろくなものがない。意外だったのは、骨董品らしき物もほんの少ししかなかったのです。これで商売をやっていたのか、不思議なくらいでした。坂城さんの話によると、どこかで見つけた物を、そのつど、すぐに持ち込んで来たらしいです」

「その坂城さんと岩澤氏が付き合うようになったきっかけは、どういうことだったのですか？」

「そもそもの馴れ初めは、岩澤が駅への行き帰りの途中、たまたま旭山商会の存在を知って、何かの出物があった時に立ち寄り、取引を始めたということみたいです」

「坂城さんが捜索願を出したくらいですから、岩澤氏には家族はいないのですね？」

「おりません。もっとも、結婚歴はあるのですが、十年前に離婚しています。近所の噂によると、女房が男を作って飛び出したんだそうです。稼ぎの悪い亭主にあいそをつかしたんだという説もありました。周りには、仕事は企業のコンサルタントをやっていると話していたみたいですが、まあ、実際は坂城さんのところと付き合う、骨董品のブローカーだったんじゃないですかね。もちろんモグリの商売だから、税金も払っていないし、けっこう金回りはよかったようです。そうそう、行きつけの飲み屋で、近いうちに再婚するとか言っていたらしい。マンションも、新しいのを買って引っ越すとか、景気のいい話をしていたそうですよ。骨董品の掘り出し物でもあって、ひと山当てたんじゃないですかね」

「その骨董品ですが、仕入れ先については分かったのですか？」

「それがですね、はっきりしたことは分からないのです。坂城さんのところにも教えていなかった。ただし、推測ですが、ひょっとすると——という情報はあります。岩澤の本籍地は宮城県の丸森町ですが、そこにはすでに実家はなく、文字どおりの天涯孤独といったところでしたが……」

「ちょっと待ってください」

浅見は手を上げて話を制した。

「いま、丸森町と言いましたか？」

「そうです、丸森町です。知ってますか？　白石の近く、阿武隈川のほとりで、いいところですよ」

浅見は「いえ、知りません」と言ったが、つい最近、正岡家でその地名を聞いたばかりだった。

「すみません、話の腰を折って。どうぞ先を続けてください」

「丸森町には岩澤の親戚——と言っても遠い親戚みたいなもんですが、本家筋に当たる家がありまして。自分も角田《かくだ》署に勤務していた頃、何度か見たことがあるが、いわゆる昔の豪商ですね。戦前まではその辺り——仙南地方というのですが、一帯では有数の大富豪だったそうです。戦後、急に落ち込んで、いわゆる没落っていうんですか。何十人も住み込んでいた従業員もどんどん辞めて、最後は店を畳んで、家財を売って暮らしていたみたいです。どういうわけか、家族に次々と病人が出て亡くなって、世間では何かに呪われているんじゃないかという噂まで立ったそうです。そうして五、六年前、岩澤家最後のご当主が亡くなって、突然、跡継ぎのいない状態になってしまった。ご当主は亡くなる前、町に屋敷を寄贈して、自分が死んだ後は自由に使うなり、処分してもいいという遺言を残していました。親類筋もいくつかあったのだが、どこも異を唱えるところはなく、そのますんなり、町の所有になることが決まったのです。その矢先、岩澤良和がしゃしゃり出てきた。岩澤は町役場に、土地や屋敷はいいけれど、建物の中にある家具や什器《じゆうき》類まで、勝手に処分していいとは言ってないはずだ——とイチャモンをつけたのです。岩澤の家は分家といっても、ごく末のほうの分家の分家といったところで、本来なら洟《はな》もひっかけられないようなものなのですがね。しかし岩澤がご当主から、屋敷の家財道具類の売り捌きを任されていたことは事実です。町としても面倒は避けたいので、岩澤のいいようにしてくれと傍観していたそうです。と言っても、目ぼしい財産はすでに、あらかた処分していたというか、言ってみれば売り食いしていたので、残っているのはガラクタみたいな物ばかり。岩澤も何日間か屋敷中を引っかき回していたが、目的を達したのか、それとも諦めたのか、町に挨拶して引き上げたということです。いまにして思うと、坂城さんのところに持ち込んだ骨董品のほとんどは、その時にその屋敷から持ち出した物だったと考えられますね」

「しかし、目ぼしい財産は処分されていたのではなかったのですか？」

「町の人間はそう思ったそうだが、何しろ広い屋敷なので、屋根裏とか、蔵の奥かどこかに、ご当主も見落とした物があったかもしれないと言ってましたよ」

「なるほど、それはあり得ますね」

一つの謎は解けたが、はたしてそれが事実なのかどうかは分からない。

「どうなのでしょう。いまお聞きしたことと例の簞笥とは、結びつくのでしょうか？」

浅見は訊いてみた。警察がどの程度、あの簞笥に関心を持っているのかを知りたい。

「それなんですがねえ。さっぱり分からないというのが実情です。その簞笥というのは、名古屋から運ばれたものなのだが、岩澤がどうやってその簞笥のことを知り得たのかも謎です。それとですね。じつに驚くべきことなのだが、奥松島の井上さんに簞笥の修理を依頼した人物が、岩澤と同じような死に方をしているんですよ」

「柏倉さんですね。松重閘門というところで死体が発見された」

「えっ、浅見さん、それ、知ってるんですか？　驚いたなあ。どうして？……」

倉持も前田も、薄気味悪そうに浅見の顔を見つめた。浅見は彼らの疑問に答えずに、言った。

「どうなんでしょうか。宮城県警と愛知県警が合同捜査を開始するような気運は、まだないのですか？」

「合同捜査ですか？……そうですねえ、いまのところ、そういう話は出ていないですな。あくまでも二つの事件は別個のものとして捜査が進められていますが。浅見さんは合同捜査の必要があると思っているんですか？」

「いえ、素人の僕にはよく分かりません。ただ何となく、そうなるような気がしているだけです」

「そんな、謙遜しなくてもいいですよ。むしろ、われわれよりも詳しいところがあるんじゃないですか。いまの名古屋の事件にしたって、われわれはつい最近、知ったばかりですからね。ほかにも何か、知ってることがあったら、ぜひ教えてください」

刑事局長の弟と知って、言い方は丁寧になったが、刑事の本質は変わらない。「知ってることを正直に話せ」と言っている。

「そうですね……」

浅見は迷った。正岡佑直は警察やマスコミの攻勢をやめさせるために、早く事件が解決すればいいと思って、浅見に依頼してきたのだが、こっちの手の内を明かせば、警察はかえって正岡家を「攻撃」することになるかもしれない。かといって、いずれは警察の手を借りなければ、事件は解決しないことも事実なのだ。

「こういう物があるのですが」

浅見は例の漢詩のコピーを取り出した。

春水満四澤

夏雲多奇峰
秋月如陽輝
冬嶺秀孤岩

「はあ……これは何ですか？」

倉持がそう言ったところをみると、井上はまだ警察にこの「詩」を見せてはいないらしい。もっとも、事件に関係があると思わなければ、ただの漢詩（らしきもの）に過ぎないのだから、警察に提供する必要はないのかもしれない。

「井上さんのところに持ち込まれた箪笥が、名古屋の陽奇荘というところから運ばれたことはご存じですよね？」

「ああ、そのことは井上さんから聞いて知ってますよ。陽奇荘というのはお化け屋敷みたいな古い建物で、箪笥も『幽霊箪笥』と噂されているとか言ってました」

「その箪笥の隠し棚から見つかったのが、この漢詩なんです。ほらここに『陽奇』の文字があるでしょう。たぶん陽奇荘の名前を織り込んで作った詩だと思います」

「なるほど。確かにそうですね。うまいもんだなあ」

「ところがですね。今日になって、この詩にはもう一つの意味が隠されていることに気づきました。それは『岩』と『澤』です」

「あっ……」

倉持もすぐに気がついたようだ。

「岩澤、ですか……どういうことですかね。何か意味があるんですか？」

倉持だけでなく、前田刑事も不安そうな顔で浅見を見ている。

「分かりません。意味があるのか、単なる偶然なのか。もし意味があるとすれば、これは非常に興味深いものがありますね」

浅見はむしろ浮き立つような気分だ。謎が謎を呼ぶ——ミステリーはこうでなくっちゃと、まるで複雑なおもちゃを与えられた幼児のように嬉しくて仕方がない。刑事の手前、真顔でいるのが苦しいくらいだった。

4

それから間もなく、三人は喫茶店を出て、二人の刑事は駅へ、浅見はコインパーキングの方角へと別れ別れになった。別れ際に浅見は、「いちど、丸森っていうところに行ってみたいものです」と言った。

「ぜひ来てください。いいところです。と言っても、何があるっていうわけではないが、とにかくのどかで、日本の田舎町の原型みたいな雰囲気ですよ」

倉持は熱心に勧めた。詳しいことを聞くひまがなかったが、角田署勤務の時に、何かいいことがあったらしい。そこで嫁さんと出会ったのかもしれない。

その時はリップサービスのような気持ちだったが、丸森行きは急がなければならないことになった。正岡家の先々代の奥様が丸森出身ということは聞いていたが、名古屋に電話して確かめたところ、彼女の実家の名前が「岩澤」だったからである。

「丸森きってというより、その地方きっての豪商だった家ですよ」

正岡佑直は、やや自慢げにそう言った。

「もっとも、戦後は急速に没落しましてね。祖母が亡くなった頃には、ひっそりとした暮らしだったらしい。どういうわけか、その後は当家との付き合いも切れて、あげくの果ては家そのものが途絶してしまった」

倉持刑事が話していたことと一致する。

「昨日、お見せした漢詩ですが、もう一度あれをご覧になってください。いちばん下の段の左右の端の文字が『岩』と『澤』になっていることに気づきました」

浅見がそう言うと、「ちょっと待ってくださいよ」とメモを取りに電話口を離れ、慌ただしく戻ってくると、「ほんとほんと」と興奮ぎみに言った。

「驚きましたなあ。迂闊《うかつ》な話ですが、そう言われるまで気づかなかったが。これって、何か意味があるんですかねえ？　いや、意味があるんでしょうな。単なる偶然とは思えない。『陽奇』の文字が入っているのは理解できるが、『岩澤』を織り込んだというのは、やはり祖母の旧姓を意識したものでしょうね。この前お話ししたように、汪兆銘の作だとすると、汪氏が祖母のために書いた漢詩という可能性がありますね。うーん、これはすごい。すごい発見ですねえ。さすがは浅見さんだ」

一気に喋って、最後に浅見を称賛した。

「すぐにでも名古屋に行くつもりでしたが、その前に明日、丸森へ行ってみようと思っています。かつての岩澤家の屋敷を見て、周辺で聞き込みをすれば、何か分かることがあるかもしれません」

「そうですか。それはご苦労なことですが、よろしく頼みます。そうそう、もろもろ費用がかかるでしょうから、浅見さんの銀行口座に送金しておきますよ」

「いや、そんなに費用はかかりません。雑誌の取材費で賄える程度ですので、ご心配なさらないでください」

「何をおっしゃる、そうはいきません。これはあくまでもビジネスですからな」

その言葉どおり、その日のうちに、正岡は浅見の口座に五十万円を振り込んでいる。もっとも、浅見がそれに気づいて、金額のあまりの多さに仰天したのは数日後のことである。正岡と会話を交わした翌日の朝、浅見はソアラを駆って丸森へ向かった。

地名大辞典によると、伊具《いぐ》郡丸森町は宮城県の最南端にあり、北は角田市と白石市、南は福島県、東は亘理《わたり》郡山元町《やまもとちょう》と境を接し、西、南、東は山地で北だけがわずかに開けて沖積平野であると書いている。その沖積地を阿武隈川がゆったりと流れていて、仙台と福島県を結ぶ船運が盛んだったそうだ。

交通の便はあまりよくない。列車だと福島から阿武隈急行という私鉄があるようだが、浅見は最初から車で行くつもりだから、あまり検討しなかった。かつて、東北本線を建設する際、国は丸森付近を通す予定だったのだが、当時、丸森周辺で行われていた養蚕に悪影響を与えるからと、地元の猛反対に遭って挫折。現在のルートになった。その結果、産業の発達が著しく遅れた。

東北自動車道もはるか西を通る。国見ＩＣで降りても、その先の白石ＩＣで降りても、同じような距離を走らなければならない。浅見はむろん手前の国見で降りた。そこから地方道を東へ向かい、阿武隈川沿いに行くと丸森に達する。

おそろしく古い鉄橋を渡って町域の中心に入る。中心と言っても鄙びた小さな町だ。

浅見の予備知識は、倉持の話や地名辞典で仕入れた程度の貧弱なものだったが、あまりにも想像していたとおりの佇まいなので、われながら驚いた。その代わり、確かにのんびりした穏やかな雰囲気ではあった。丸森を起点とする阿武隈川の舟下りがあって、橋を渡る時に、上り下りの川船がすれ違う様子が望めた。ちょうど昼どきなので、乗客たちはお弁当を開いて楽しそうだ。

いつもの取材と同様、まず町役場に立ち寄る。観光資料を貰いながら、岩澤家のその後のことを訊いた。

「岩澤さんのところは、いまは『岩理屋敷』という観光施設になっています」

係の女性がパンフレットを渡してくれた。いわゆる郷土資料館のようなものらしい。歩いて行けるというので、車を役場の駐車場に置いて岩理屋敷へ向かった。町を貫通しているのは片側一車線の細い道だが、これは国道で、思いの外、交通量が多い。

道路に面して、江戸時代の商家風の大きな木造建築がある。「岩理屋敷」という看板が出ている。立派な門構えの入口とは別に、一階が土産物コーナーになっているので、そこに入ってみた。グループで来ているらしい観光客が五、六人、土産品を選んでいて、なかなかの賑わいだ。

店の中に案内のデスクのようなものがあった。ここのユニフォームらしい、紺色の法《はっ》被《ぴ》を着た女性が「いらっしゃいませ」と愛想を見せたのに釣られるように、「岩理屋敷」という名前の由来を訊いてみた。

「岩澤家の代々の当主が『理助《りすけ》』という名を継いでいるので、そう命名されたのです」

見学したいと言うと、「こちらからでも入れます」と、切符を売ってくれた。店を通過して反対側のドアを開けると、岩理屋敷の敷地内に入って行ける仕組みだ。一望して、施設の広さに驚いた。表の通りにいる時は、せせこましい町だな——と思ったが、どうしてどうして、屋敷は呆れるほど広壮である。広々とした庭園に蔵がいくつも並んでいる。この地方随一の豪商というのも頷ける。

正岡家先々代の奥様＝雅子がこの岩澤家から嫁入りしたのか——と、改めて感慨深いものがあった。娘時代はさぞかし、蝶よ花よと慈《いつく》しまれて育ったことだろう。その実家が没落し、ついにはその跡も途絶えるとは、よもや想像もしなかったにちがいない。

建物の中に入ると、岩澤家華やかなりし当時を彷彿《ほうふつ》させる道具類が展示されている。といっても、目ぼしい物は売り払われてしまったそうだから、使い古された箪笥や長持ち、什器類などがほとんどである。岩澤が物色しても、これでは売り物にはならなかったということか。

注目すべきは、箪笥がすべて仙台箪笥だということだ。雅子の嫁入り道具もそれにこだわった理由が分かる。仙台簞笥は、雅子と実家を繋ぐ象徴のような存在だったのだろう。雅子の簞笥に対する執着も、それを受け継いだような錦恵の愛着も理解できる。

岩澤家がまだ繁栄していた頃、雅子の「お里帰り」に錦恵が伴われ、そのお供として柏倉がこの家を訪れていたのだ。ここで夏休みを過ごし、その間に奥松島へと足を延ばしていた。そういう暮らしは、柏倉にとって夢のような日々だっただろう。

二階の大きな部屋に、往時の丸森町の様子を再現したジオラマが作られていた。これが驚くほど大きく精巧で、町屋の一軒一軒が、奥の座敷まで見通せる。街道筋の町並みはこんな風だったろうな——と、思わず見入ってしまう。

見学者が部屋に入ると自動的に情景音が聞こえてくる仕組みだ。同時にジオラマの町並みに朝の日差しが降り注ぐ。鳥の囀《さえず》りや町の音が流れ、やがて昼が過ぎ、夕景が訪れる。日が沈むのに合わせて家々に明かりが灯り、夕餉《ゆうげ》の気配が感じられる。ほかの客が絶え、独りで眺めていると、しみじみとした、涙ぐみたいような郷愁に襲われた。

住居部分といくつかの蔵を見て回ると、けっこう疲れる。全部を子細に見学するとなると、二時間は要するだろう。飽きることはないのだが、浅見は半分ほどで切り上げることにした。

土産物店の一角に喫茶スペースがある。浅見はそこに腰を落ち着けてコーヒーを頼んだ。最前の女性とは別の、少し年輩の女性がウェートレスを務めている。

「岩澤家ゆかりの人は、いまはもう、丸森町にはいないのでしょうか？」

訊いてみた。

「ゆかりの人というと、ご親戚ですか？　ご親戚はいないと聞いてますけど」

「ご親戚以外で、岩澤家とお付き合いの深かった人でもいいのですが。昔の岩澤家がどんなだったか、お聞きしたいのです」

「それでしたら、近田《こんた》さんがいいんでないでしょうか」

「コンタさん、ですか？」

「ええ、近いに田んぼの田と書きます。岩理屋敷の管理を任されている人ですけど」

「あ、それはいいですね。どちらへ行けばお会いできますか」

「いまもこの上で仕事をしてます」

天井を指さして、「呼んで参ります」と階段へ向かった。

待つ間もなく、初老の男が階段を下りて来た。ワイシャツ姿の上に法被を羽織っているのが、まるで番頭さんのように見える。よく日焼けした引き締まった顔といい、贅肉のない体型といい、いかにも、若い頃はスポーツで鳴らしていたことを思わせる。

浅見は立ち上がって名刺を差し出した。

「お仕事中、お呼びたてしてすみません」

「なに、大した仕事もしてねえのです」

名刺の「近田守右」という名前に「こんたまもる」とフリガナをつけ、肩書には「岩理屋敷番頭」と印刷してある。こういう施設には珍しく、洒落《しゃれ》っ気に富んだ経営方針のようだ。アポイントもなしに訪れた見知らぬ客に、にこにこと愛想もいい。

しかし、浅見が「岩澤良和さんのことで、少しお訊きしたいのですが」と切り出すと、とたんに表情が強張った。

第六章　五言絶句の謎

1

「じつは昨日、宮城県警と鳴瀬署の方とお話ししまして」

近田が警戒心を示したので、浅見は安心させるように言って、彼らから貰った名刺を取り出した。近田は名刺を見て、「あ、倉持さんですか」と、安堵《あんど》した顔になった。

「そうです。その倉持さんから、ぜひこちらを訪ねるように言われたのです」

それは嘘ではない。いいところだから、行ってみなさいと勧められている。もっとも、目的はぜんぜん違うのだが。

「岩澤家から町がこの屋敷を譲り受ける際、岩澤良和さんが来て、少し面倒なことになったそうですね」

「そうです。大した問題にはなりませんでしたが、何日間だか、岩澤さんがこの建物の中を調べて、結局、納得して引き上げて行かれました」

「何を調べていたんでしょうか？」

「家財道具だとか什器類に、財産価値のある物がないか、確かめていたようです。天井裏なんかも調べていましたが」

「えっ、近田さんはそれをご覧になったんですか？」

「ああ、私も案内がてら、お付き合いしてましたからね。当時、私はまだ役場に勤めていて、屋敷の管理を任されていたもんで」

「そうでしたか。岩澤さんはそれで、まったく何の収穫もなかったのでしょうか？」

「そうですなあ、なかったようなものでしたね。家財道具と言っても、古い日用雑貨みたいなものばかりで、売り物にはなりません。什器類も塗りの剝げた物がほとんどでした。そのうちに岩澤さんはもっぱら、古文書みたいなものに興味を示していたようです」

「古文書と言いますと、どういった物があったのですか？」

「ほとんどが大福帳とか、商売の記録でしたね。中には絵図面みたいなものもありましたが」

「絵図面……何の絵図面ですか？」

「ははは、埋蔵金の在《あ》り処《か》を示すようなものではありませんよ」

近田は笑った。そういうものを期待しても無駄だ——と言いたいらしい。浅見もそれに合わせて、「ですよねえ」と笑った。

「主に、丸森周辺の地図だとか、建物の平面図などですね。もしかすると、文化財的な価値があると思ったんでないですかね」

「確かに。その可能性はありますね」

「さあ、どんなもんですかなあ。もし何だったら見ますか？」

「えっ、見られるのですか？　ぜひ拝見したいですね」

近田の後について、二階へ行く急な階段を上った。土産物店と喫茶コーナーの上にあたる部分をぶち抜きにした、かなり広いフロアに、事務机と応接セットが置いてある。

「ここは昔、従業員の宿舎として使っていたところです。ここだけで二十人近くの人が住んでいたんでないでしょうか」

近田はそう言って、「そうそう、面白いものがありますが、見ますか？」と、悪戯《いたずら》っぽい目をして、部屋の一隅に誘った。

壁に無数の落書きがしてある。従業員たちがつれづれに書いたものらしい。なかなかの達筆で、望郷の思いを書いている文章もあるが、ほとんどは愚にもつかないものである。その中に、公衆トイレの壁にあるような、いかがわしいものがいくつかあった。

「さすがにこれを展示するわけにいかないので、隠しているのですが、こういうものが残っているというのは、岩澤家の主や番頭さんが、ずいぶん洒落っ気のある人だったことを物語っていると思うんです。ふつうなら、叱りつけて、すぐに消させるでしょうからね」

なるほど、そういう見方もあるか――と浅見は感心した。感心しながら、例の漢詩のことを連想していた。汪兆銘がつれづれなるままに漢詩を書いている情景を思い浮かべた。その傍らには正岡雅子がいた――。

日本で病気療養しながらの、いわば亡命生活に等しい状況の中にあって、正岡家の友好的な応接や、とくに雅子の心温まるもてなしは、汪兆銘とその一族郎党にとって、よほど心強いものだったのではないだろうか。それに報いる意味を込めて、あの漢詩が書かれたのかもしれない。五言絶句の中に「陽奇」の文字と「岩澤」の文字を織り込むというのは、かなりのテクニックだ。汪兆銘のなみなみならぬ才能と教養の深さがくみ取れる。

近田は大きな抽き出しの中に仕舞ってあった絵図面を取り出し、デスクの上に広げた。四つ折りになっているのを広げると、ちょうど畳一枚分の大きさがある。ひと目でこの屋敷の平面図であることが分かった。建物と広大な庭全体を細かく描いている。おそらく設計に入る前のラフなプラン段階のものと思われる。庭はいわゆる池泉回遊式の庭園だ。要所に池や築山が配され、植栽の種類も「松」「樅《もみ》」「楓《かえで》」「萩《はぎ》」といった指示がなされている。池には滝が流れ落ち、滝の起点の岡の上には川の模様が描かれ、「澤」と記入されている。山のほうから水を引き入れ、人工の沢を流したのだろう。

その文字を見た瞬間、浅見はドキリとするようなショックを覚えた。漢詩の中の「澤」の文字を連想したからだ。別に意味があるわけではないが、こういうショックは、この後に何かの発想のきっかけになることを、過去の経験から自覚している。

「カメラに収めてもいいですか？」

「どうぞどうぞ、遠慮なく撮ってけっこうですよ」

大きすぎるので、図面を四分割して撮影してから、浅見は訊いた。

「現在の庭は、この図面どおりに残っているのでしょうか？」

「ほとんどそのまま残すようにしました。庭が造られたのが明治末から大正初期、一九一〇年前後ですから、すでに百年が経っております。したがって樹齢百年を超えるものばかりで、いずれも大樹ですな。ことに樅の木はみごとなもので、伊達騒動を書いた小説『樅ノ木は残った』の樅は、これがモデルではないか、などという説もありましてね。よかったら、ひと巡りしてみませんか」

浅見は疲れが足にきていたが、質問を投げかけた手前、近田に勧められると、いやとは言えない雰囲気だった。

庭に出て、反時計回りに池を巡るコースを歩いた。

建物の近くは芝生の中を行く小径で、開けた明るい風景だ。岡の麓に萩が叢生《そうせい》すると ころを抜け、三本の松の下を通る。この辺りから緩やかな坂道で、森の中に分け入って行く風情を楽しめる。やがて樅の大木の下に達した。近田が自慢していたとおりの堂々たる巨木である。樅の木の下の半径十メートルほどは、あたかも樅に敬意を払うように草木は生えていない。少し離れたところ、背後に裏山を控えた場所に、小山を思わせるほどの大きさの苔むした岩が据えられ、庭全体の穏やかさとは対照的に、荒々しい情景を醸し出している。

(岩がある――)と、浅見はふと思った。例の漢詩の左下端の「岩」の字が、意味もなく脳裏に浮かんだ。

さらに岡の上の道を行くと水音が聞こえ、せせらぎが見えてくる。これが図面に描かれた「澤」だ。沢を渡る太鼓橋の欄干は朱塗りで、擬宝珠《ぎぼし》を載せている。沢にかぶさるように楓が枝を広げていて、紅葉の頃はさぞかし美しいことだろうと想像させる。

そこから次第に下り坂にかかり、森を抜けると、池の畔を行く道になる。足元に鯉が集まってくるのも楽しい。行く手には古風な建物が見えて、まるで夢から覚めたような現実の世界が戻ってくる。

「やあ、じつに素晴らしいですね」

ありふれた感想だと思いながら、浅見はそう表現するしかなかった。

「そうでしょう。素晴らしいでしょう」

近田もおうむ返しのように言った。

「ええ、京都の仙洞御所《せんとうごしょ》を連想しました」

「ははは、それはお世辞としても、いささかオーバーです。そんなことを言ったら、京都の人に叱られますよ」

近田は照れくさそうに笑い飛ばしたが、浅見としては決してお世辞を言ったつもりではない。少なくとも個人の屋敷の庭で、これほどの規模を備えたものは、滅多にないにちがいない。

そう思いながら、いま見て来た風景が妙に気になってならない。「岩」があって「澤」があったからだ。庭造りに岩や沢があっても珍しくはないにちがいないが、気になりだすと、頭の中に引っ掛かって離れない。

(陽奇荘にも岩があるのだろうか――)

陽奇荘の庭も池泉回遊式だが、ほんの一部を見ただけで、全貌がどうなっているのか知らない。橋の下のささやかな流れが「澤」と言えばそうとも思える。庭のどこかを探せば、岩ぐらいはありそうだ。

「さて、こんなところですかな」

近田に言われて我に返った。ここからは建物の中を通らず、門を出て外の道路に行くことができる。

「ありがとうございました。いろいろご迷惑おかけしました」

浅見は最大級の礼を言って、岩理屋敷を後にした。大きな収穫があったような、何もなかったような、奇妙な感覚だった。ただあの庭の岩と沢が気になってならない。車に戻って、漢詩のコピーを開いてみた。

春水満四澤
夏雲多奇峰
秋月如陽輝
冬嶺秀孤岩

二十の文字のうち、「岩」があり「澤」があった。ほかに該当するものがあるだろうか？――と探した。「春」「夏」「秋」「冬」は外していいだろう。「雲」も「月」もあそこにはない。「満」「多」「如」「秀」「四」「奇」「陽」「孤」「輝」も抽象的なもので、実在感はない。残るは「水」「峰」「嶺」の三文字だ。水は池を意味し、峰と嶺は岡や借景の山を意味するものと言える。

（だからって、それがどうした？——）

浅見は自分の着想に毒づいた。まったく実りのない思案としか言いようがない。

浅見が詩にこだわるのは、詩を書いた紙が簞笥の隠し棚に、それこそ隠すように仕舞われていたからである。単に大切なものだからという以外に、隠しておかなければならない理由があったのではないか——という気がする。もし「大切なもの」ということであるなら、表装して掛け軸にするか、額に入れるかすればいいはずだ。

考えあぐねて、浅見は車をスタートさせた。次の目的地は奥松島である。

2

意気込んで来た割りに、鳴瀬署は拍子抜けするほど閑散としていた。本来なら当然いるはずの報道陣もまったく姿がない。捜査が停滞していることを物語るように見える。

「野蒜築港殺人事件捜査本部」の看板はかかげてあるが、倉持も前田もどこかへ聞き込みに走り回ってでもいるのか不在で、話を聞ける相手がいなかった。

浅見は仕方なく、井上家へ向かった。すでに陽は傾き、ただでさえ鄙びた小野の集落はいちだんと侘《わび》しい。井上箪笥工房は明かりを灯して、ガラス戸の中で何やら作業に勤しんでいる井上孝夫のひたむきな姿が見えた。

浅見はしばらく戸の外で佇み、井上の手が止まるのを待った。そのうちに井上のほうで浅見に気づいて、「やあ」と笑いかけ、ガラス戸を開けてくれた。

「いま、ちょうど上がろうとしていたところでした。片づけて行くんで、家のほうで、待っていてください。女房はいます。邦香はまだですけどな」

それではと、行きかける浅見を「あっ、そうだ、浅見さん、ちょっと待った」と呼び止めた。

「あれからまた、妙な物を見つけたので、見てやってくれませんか」

あたふたと二階に上がって行く。作業場の上がり框《かまち》に腰を下ろして待っていると、小さな桐の板を持って戻って来た。

「これはあの箪笥の隠し棚の蓋ですがね、ここを見てください。これはいったい、何だべ？」

蓋を引っ繰り返した。裏面に文字が書いてある。

在不等辺三角形之重心

「ね、妙なもんだすべ。汚れを落とそうとした時、気がついたんだけど、消してしまってはダメだと思ってね。隠し棚だけに、他の部分よりはきれいだったし、そのままにしておいたんです」

「何ですかねえ?……」

「隠し棚の中には漢詩の紙が入っていたんですよねえ」

浅見は蓋板を引っ繰り返し、頭の上に差し上げて、下から裏面を仰ぎ見た。そうすれば、何かいい知恵でも湧いて来るような気がした。井上も体を低くして、浅見の横から同じように見上げている。むろん、何も分かるはずがないのだが、とにかく、文字の書いてある裏面の下に、あの漢詩の紙片が納められていたことは確かなのだ。

「不等辺三角形の重心に在り——と読むのでしょうね。しかし、どういう意味なんですかねえ? 箪笥のどこかに、不等辺三角形なんてありましたか?」

「いいや、そんなもんはどこにもなかったですよ。箪笥はだいたい、どこを見ても四角だもの」

「確かに……ところで、この文字は、あの漢詩を書いたのとまったく別の、女性の筆跡のように思えるのですが、比べてみましたか？」

「比べてみましたよ。たぶん書いた人は女性でしょう。しかし墨の色は似てるから、同じ時に書いたんでないべか」

同じ時、別の人物が書いた文章が、隠し棚の蓋の裏面にあったということが、重大な意味を秘めているように思える。少なくとも、「不等辺三角形」の指し示すものは、あの漢詩以外になさそうだ。

不等辺三角形というと特殊なもののように錯覚しがちだが、正三角形、二等辺三角形、直角三角形以外、辺の長さが全部異なる三角形はすべて不等辺三角形と称ぶべきものだ。それをあえて「不等辺三角形」と指定するのには、何か理由があるということになるのだろうか。その理由とは、あの漢詩とどのような関係があるのだろうか。

浅見が考え込んでしまったので、井上は仕事場の後片付けにかかった。

「そしたら浅見さん、ここから上がってください」

声をかけられて、浅見は思考の底から引き戻された。三和土に靴を脱ぎ、作業場を通って、母屋へ渡って行く。

井上夫人の智子は、亭主の後ろからふいに浅見が現れたので、ギョッとした。

「あら、浅見さん、いつ見えていたんだすか？」

「すみません。先程から、ご主人のほうにお邪魔していました」

「そうでしたか。ちっとも気がつかなかったから、散らかっていたでしょう。すみませんねえ」

「いえ、すまないのは僕のほうです。前触れもなくいきなり現れて、申し訳ありません。たまたま警察署に知り合いの刑事さんがいなかったものですから」

「刑事さんて言えば、浅見さんのことを喋って行きましたよ。浅見さんのお兄さんは、警察の偉い人なんだそうですねえ。信用しても大丈夫だって言ってました」

「あ、そうでしたか。そんな風に保証してくれると助かります」

立ち話をしていると、井上が「浅見さん、まず坐ってください。智子、お茶をいれたらどうだ」と言った。智子は「そうね。気がきかないで、すみません」と、慌てて台所へ急いだ。

「刑事が来て、浅見さんに聞いたんだけど、漢詩を見せてくれって言うもんで、見せてやりました」

座卓に落ち着いて、井上が言った。

「だけど、何の意味があるのか、ちんぷんかんぷんみたいだったな。あの調子だと、事件捜査には役立たないんでないべか」

「やはりそうでしたか。僕も人のことは言えません。まったく見当もつかないのですから。そこへもってきて、不等辺三角形ですか。ますます謎めいてきました」

浅見はこのあいだ邦香にコピーしてもらった漢詩を眺めた。

しかし、それをいくら眺めてもいい知恵は浮かばない。

「これと、『不等辺三角形の重心に在り』ですか……汪兆銘は何を言いたかったんでしょうかね」

「はあ？　オウチョウメイって何ですか？」

「あ、いや、かつて、そういう名の中国の政治家がいたんです。親日家で、例の陽奇荘に滞在したことがあって、たぶんこの漢詩を書いたのはその人物だと思えるのです。ただの酔狂だけで、こんな謎めいたものを残すはずはないと思うのですがねえ」

話しながら、浅見は汪兆銘が日本に来た時のことを思い描いていた。その姿が戦後の中国で毛沢東《もうたくとう》率いる中国共産党に逐《お》われ、台湾に逃れた蔣介石の姿に重なった。

蔣介石と彼の軍隊は、北京《ペキン》を撤収する際、膨大な財宝を台湾に運んでいる。汪兆銘の場合はどうだったのだろう。三十人と言われる一族郎党と共に、彼が日本に来たのは一九四四年の三月。敗色濃厚とはいえ、日本近海の制海権は日本軍にあった。汪兆銘の南京政府は崩壊寸前だったが、まだ日本政府と日本軍の庇護《ひご》下にあって、中国脱出には時間的にも財政的にも、十分なゆとりがあったにちがいない。復権に備えて、いわゆる軍資金となる財物を日本に移動したのではないか。

もしそうだとすると、その財物がどこかに眠っている可能性はある。これは徳川の埋蔵金より、はるかに現実性を帯びている。この漢詩や「在不等辺三角形之重心」という奇妙な文章が、その在り処を示しているものだとする空想は、あながち戯言《ざれごと》ではないのかもしれない。

殺された柏倉や岩澤は、そのことを知っていたのではないか。少なくとも柏倉にはその可能性は大きい。先々代の奥様に仕えているあいだに、そういう事実があったことを示唆するような言葉を聞かされたかもしれない。陽奇荘の管理をしながら、ひそかに「秘宝」を守り続けていた。あるいは在り処を探し続けていたと仮定するなら、彼がひたむきなくらい陽奇荘に執着した理由も理解できる。

柏倉と岩澤が知り合いだったかどうかは、いまのところ分かっていない。しかし、かつて岩理屋敷に何度も訪れている柏倉が、岩澤家の人々や係累と近しい関係にあったとしても不思議ではない。その繋がりで、岩澤良和が柏倉と接触するチャンスはいくらでもあっただろう。

柏倉は陽奇荘を管理しながら陽奇荘に置き去りになっていた道具や什器類のめぼしい

物を自宅に運び、ひょっとすると、骨董商や古物商などに流していたと考えられる。その中には「幽霊箪笥」の中身もあったかもしれない。そこに岩澤が付け入って、柏倉と手を組んだとすれば、岩澤が坂城の店に持ち込んだ品物の出所が分かる。

「浅見さん、よかったら、今夜はうちに泊まってくださいよ」

お茶を運んで来た智子が言った。

「そうだな、それがいい」

井上も勧めた。

「いいえ、そういうわけにはいきません。このあいだの大江荘に泊まります」

「そしたら、うちから電話しておきますから、ご飯だけでも食べて行ってください。お父さんの釣ってきた穴子が、沢山余っていて、困ってるんです」

「ばか、残りものみたいなことを言うな」

井上が叱った。

「けど、ほんとに食べて行ってくれるとありがたいです」

「では、お言葉に甘えてご馳走になります。そのあいだに、ちょっと警察に顔を出して来てもいいでしょうか？」

「どうぞどうぞ。邦香も夕飯までには戻るって言ってました。それまで、まだ一時間ぐらいはありますから、ゆっくりしてきてください」

鳴瀬署に行くと、今度は倉持も前田も帰って来ていた。浅見が受付にいると、二人揃って下りて来て、「やあ、どうもどうも」と大きな声を出した。周りにいた署員がいっせいに注目するのには参った。

「こっちに来て、署長に会ってください。浅見さんのことを報告したら、今度はぜひ会いたいと言っておりましたので」

腕を引っ張るようにして署長室に連れて行かれた。浅見としては断りたいところだが、そういうわけにもいかない。

署長室には署長と副署長と刑事課長と、それに県警から捜査本部に来ている主任警部まで顔を揃えた。これには浅見もたじたじとなった。一人一人と名刺を交換して、挨拶を交わす。こういうのがいちばん苦手だ。全員、愛想がいいのだが、それは浅見の背後にいる刑事局長へのものだということが分かっている。兄の声望を貶《おとし》めないために、ひたすら頭を下げ続けた。それでも、署長に「浅見さんのお力添えをよろしく」と言われたのが、お世辞とはいえ、事件捜査から排除されないお墨付きになった。

ようやく解放されて応接室に入り、二人の刑事から捜査状況を聞いた。

「浅見さんから助言をいただいたので、その後、多少は進捗がありました」

倉持が解説した。

「まず、岩澤が名古屋の柏倉のマンションに行っていたことが分かりました。名古屋の中川署が採取した指紋の中に、岩澤の指紋と一致するものがあったのです。マンションにはなお、いくつかの骨董品らしきものがありましたので、おそらく、岩澤が旭山商会に持ち込んだ品物は、柏倉のところから出ていると考えられます。また、近所の聞き込みから、中年の男が柏倉の部屋をしばしば訪ねるのを目撃していたというのがあったのですが、写真を見せたところ、それもどうやら岩澤であると判明しました」

「二人が親しい付き合いだったとなると、柏倉氏と岩澤氏は共通の情報を持っていたと見ていいのでしょうね。事件はその情報が動機になっていると考えられますか」

浅見は言った。

「情報というのは、たとえば財物の在り処といったものですね」

「ええ、そうです。それから、二人を殺害したのは同一人物ではなく、柏倉氏殺害の犯人が、岩澤氏である可能性はありませんか。たとえば、利害関係か何かの情報を巡って争いが起き、岩澤氏が柏倉氏を殺害し、次に何者か――『X』としますか。『X』が岩澤氏を殺したか。あるいは柏倉氏殺害は、岩澤氏と『X』の共犯によるものだったということも考えられるのではないかと」

「なるほど……それもあり得ますか。つまり仲間割れということですか。自分らはそこまでは考えていませんでした」

「しかし、そんな風には考えたくないですね」

浅見は自分が言いだした仮説を否定するように、頭をひと振りした。

「柏倉氏から品物を仕入れて生活していた岩澤氏が、供給源である柏倉氏を殺すなんてことは、人間性から言っても、あり得ないと思いたいですよ」

そう言うと、倉持もほっとしたように「そうですよねえ」と言った。しかし、優秀で冷徹な捜査官なら、こんな風に仮説を捨て去らないで、あらゆる可能性に目を見開いているだろう。人間性などという甘っちょろい前提に囚われていては、真相から目を背けているようなものではある。

「どっちにしても、岩澤氏を殺した犯人がいることは間違いないのですから、捜査本部としては、目下、そいつを追いかけることに全力を挙げています。そう遠くなく、犯人の足取りは見えてくると思います」

倉持は強調した。

「野蒜築港や奥松島周辺での目撃情報などはないのでしょうか？」

「残念ながら、いままでのところ、井上家から去った男のその後についての目撃情報は、信用できる正確なものは出てきていません。それらしい男が野蒜駅方向へ歩いていたとか、女性が運転する車に乗り込むのを見たという情報は入ってきてはいるのですが、いずれも曖昧で、岩澤だったかどうかは疑問です。タクシーを含む交通機関の捜査からも収穫はないです。おそらくホシは車を使って行動しているはずだし、どこかで岩澤と落ち合っていたと考えられるので、いずれ何らかの手掛かりは摑めると思います」

希望的観測を繰り返すばかりで、現状からは浅見が得られるものは少なかった。

3

倉持はぜひ晩飯を一緒に――と誘ってくれたが、浅見は井上家に向かった。六時を少し回っていて、邦香が出迎えた。玄関を入った辺りの空気に、すでに穴子を揚げる天ぷらの香りが漂っていた。

「ちょうどいいタイミングですよ」

邦香は嬉しそうに言った。

「父から聞いたと思いますけど、簞笥の隠し棚の蓋の裏におかしな文字が書いてあったというのは、浅見さん、あれは何だか分かったんですか？」

食事の座卓に案内しながら訊いた。

「いや、まだぜんぜん分かりません。ただ、あの漢詩と結びつくことは間違いないという気がするだけです」

「でも、不等辺三角形なんていう幾何学的な言葉と、あの古めかしい漢詩とが結びつくなんて、考えにくいじゃないですか」

「確かに。しかし、五言絶句の二十の文字の配列は、なんとなく幾何学的なもののような気もします」

二人が食堂兼居間に顔を出したのを、焼酎のグラスを傾けながら、井上が眩《まぶ》しそうに目を細めて迎えた。

「そうやって並んでると、恋人同士に見えるな」

「ばかなこと言わないでよ」

邦香は顔を赤くして、父親を叱った。

「んだなあ、ばかなことだな。浅見さんには恋人みたいなのはゴマンといるべな」

「いませんよ、そんなもの」

浅見は本気で否定して、すぐに笑った。

「ははは、自慢できることじゃないですけどね」

「えっ、ほんとにいねえんですか？　だったらどうだべ、うちの邦香なんか、候補者の中さ入れてもらえないもんだべか」

「やめなさいって。浅見さん、まともに相手にしなくていいですよ。もう酔っぱらっているんだから」

　邦香は捨てぜりふを残して台所へ行って、母親と一緒に料理を運んで来た。沢山余っている——と智子が言ったとおり、料理は穴子尽くしだった。家族三人は（またか——）という顔だが、浅見は大いに食った。

　食事と会話が一段落したところで、浅見は邦香に言った。

「さっき邦香さんが言った『幾何学的』という話ですが、実際、あの文章は三角形の幾何学的な図面上で、どこか一点を『重心』という文字で示しているのかもしれないと思いました。僕は数学には弱い人間だけど、三つの頂点から、それぞれの対辺の中点を結ぶ線を引いて、その三本の線が交差する点を『重心』ということくらいは知っています。違いましたっけ？」

「あら、私だって数学なんか苦手ですよ。でも、たぶん浅見さんの言うとおりじゃないですか。私は最初、漢詩を書いた人は、幾何学的にというより、多分に文学的な意味で『重心』と表現したんだと思ったんです。でも、それだと、その文章が具体的に、どこの何を示すのかなんて、ぜんぜん分かりませんよね。いまの浅見さんの解釈ならバッチリ一ヵ所を特定できるじゃないですか。絶対、それです」

「それについては、ちょっと興味深いことがありましてね」

浅見は丸森町の岩理屋敷を訪ねて来た話をした。

「そこの屋敷の古い図面があったのです。その地図上に植栽の指定などが書かれているのですが、その中にこの『岩』と『澤』があったのですよ」

漢詩の紙を広げて、岩と澤を指さした。

春水満四澤
夏雲多奇峰
秋月如陽輝
冬嶺秀孤岩

「あらっ、このあいだの事件の被害者は、岩澤っていう人だったわ」

邦香は気がついた。

「そうです。その岩理屋敷――正しくは岩澤家の屋敷跡ですが、被害者の岩澤氏は、そこの遠い親戚筋に当たる人物でした。そしてですね、陽奇荘の持ち主である名古屋の正岡家に嫁いだ女性は、まさにこの岩澤家の娘さんだったのです」

「えーっ、柏倉さんが言っていた先々代の奥様がその人だったんですか。それって、すごい発見ですね。じゃあ、漢詩に書かれている『岩』と『澤』は、岩理屋敷の庭の岩と沢だったんですか？」

「僕も最初、そんな風に思いました。しかし必ずしも岩理屋敷とは限らないでしょう。岩や沢なんて、大きな庭園ならどこにもありそうです。現に、陽奇荘の庭にも、それらしいものがあると思いますよ。おそらく漢詩の作者は陽奇荘の若奥様の旧姓が岩澤であることを知って、サービス心で岩澤の文字を織り込んだにすぎないでしょう。しかもそれが同時に『不等辺三角形』の謎を秘めるキーワードでもあったとすると、すごいアイデアマンですね。とはいえ、漢詩が示すものが庭の岩と沢の位置関係だと仮定して、それを結ぶ線が不等辺三角形の一辺だとしても、残りの二辺はどこと結ぶ線なのかが分かりません」

「やっぱり、『岩』と『澤』と同じように、この漢詩に書かれた文字にそのヒントが隠されているんじゃないんですか？」

「僕もそう思ったのですが、それじゃ、邦香さんはどの文字だと思いますか？」

「たとえば、『水』とか、『峰』や『嶺』……ほかは現実に存在しないものばかりだから、結べそうもないですよね。『月』や『雲』は動いたり消えたりしちゃうし」

「そうですね。僕の考えも同じです。『水』はたぶん池を意味するし、『峰』や『嶺』は築山の岡を意味すると考えました」

「だったら、漢詩の文字の『水』と『嶺』と『峰』のどれかを選んで、『岩』と『澤』を繋ぐ線を引けば、不等辺三角形が描けるんじゃないですか？　それを庭の図面に引き写せばいいんですよ」

「ところが、この漢詩を見ると、その三つとも、不等辺三角形を描く線にはならないのです。直角三角形か、『峰』に至っては、『岩』と『澤』を結ぶ直線上にあります」

「あっ、ほんと……」

「それに、図面上に引き写そうにも、池はとめどなく広いし、岡もどこに重心を定めればいいのか、あまりにも漠然としています。というわけで、折角の着想もあえなく挫折しました」

「そうですねえ……やっぱり、私みたいな者が考えることなんて、だめですよね」

「いや、そんなことはない。幾何学的な意味というのは、絶対に正しい解釈だと思うのですよ。それも、ただの三角形ではなく、わざわざ不等辺三角形と特定したのも意味があるにちがいない。ただの『三角形』だと、さっきのように、この漢詩の『岩』と『澤』と、『嶺』か『水』を結ぶことで成立しそうですからね。しかしそうではない、『不等辺三角形』だよと教えているのには、何か意図するところがあるにちがいないのです。漢詩の中の残りの文字のどこかと結べと言っているはずです」

「すばらしい！……でも、どこかしら？」

それで邦香も浅見も沈黙して、ふたたび五言絶句に見入った。

それまで呆れ顔で眺めていた井上が、「へえーっ」と唸るように言った。

「いろんなことを考えるもんだなや。若いもんは頭の回転がいいだな」

「ほんとだねえ」

智子も同調して、「若い」二人の顔をしげしげと見比べた。

食事が終わると、デザートにメロンが供された。浅見が鳴瀬署に行っているあいだに、仕入れてきたのだろう。この歓迎ぶりに、浅見はただただ恐縮した。

九時過ぎまでいて浅見は引き上げた。井上家の人々はまだ名残惜しそうだったが、それに甘えて長居するわけにもいかない。

大江荘は風呂と夜具の支度を整えて、待っていてくれた。ここの人たちは本当に素朴で温かい。松島は観光地として客を迎えるのに馴れた印象があるが、少し先へ行った奥松島は、美しい風景や海産物に恵まれていながら、鄙びた「田舎」のよさをそのまま残している。漁師は獲れた魚やカキを、農家は作物を、それぞれ交換しあって暮らしているような風習もあるらしい。

十一時頃、いつもの生活よりはかなり早い時刻だが、浅見は寝床に入った。民宿の夫婦はとっくに寝てしまって、明かりを消すと、異様なほど静かだ。海は近いのだが、入江のせいか波の音はまったく聞こえない。時折、松ぼっくりでも落ちるような音が遠くで響くのみである。

目を閉じても閉じなくても、辺りは漆黒の闇。その闇の底を見つめながら、浅見は柏倉を殺し岩澤を殺害した犯人の「特性」を考えてみた。二つの事件が同一人物による犯行だとすれば、犯人——「X」は柏倉と岩澤にとって共通の知人であるし、共通の敵でもあったことになる。

柏倉の場合はともかく、岩澤は事件が起きた後、一応の警戒心は持っていただろうに、みすみす殺されてしまうような油断があったのは、犯人がよほど安心できる相手だったということになるのではないか。

それには三つのケースが考えられる。第一に、岩澤自身が柏倉殺害の犯人である場合。第二に、岩澤は「X」が柏倉殺害の犯人だとは知らなかったというもの。もう一つは、岩澤と「X」が柏倉殺害の共犯関係にあった場合だ。そのいずれも可能性はある。さらにそれ以外のケースとして、岩澤が殺されたのは、柏倉の事件とは動機も犯人もまったく無関係のものということもあり得る。

岩澤を殺害した犯人には、野蒜築港周辺の土地勘があることが想定される。深夜、常夜灯もない築港跡に入り込んで、あの場所に「無事」に死体を遺棄できたのは、少なくとも二度や三度は現場を訪れたことがあるからにちがいない。

となると、最も疑わしいのは地元の人間だろう。土地勘があって、岩澤と合流できて、人知れず殺害するチャンスを作れる人物は、そんなに多くない。

素朴で温かい――と感じた人々の中に、凶暴な殺人者がいると想定するのは抵抗があるが、それこそ冷徹に物事を直視しなければならない「探偵」としては、躊躇っていてはいけないのだ。

4

それにしても、犯人の目的＝動機は実際のところ何だったのだろう？――と、改めて疑問が湧いてくる。いわゆる「怨恨」というくくりで動機を求めるにしても、殺すことで目的を達したわけではあるまい。何かの欲得ずくの目的があって、その手段として殺人を犯さなければならなかったはずだ。

現在、考えられるのは、陽奇荘に残されていたと思われる財物を巡る争いである。その一部らしき物は柏倉の自宅で発見されているそうだ。そういった物は岩澤も「X」も見ていて、その価値も分かっているはずだ。

だとすると、やはり真の目的はあの「幽霊篁笥」か、あるいは幽霊篁笥そのものではなく、例の五言絶句の漢詩が関わっているとしか考えられない。

岩澤が漢詩の存在を知っていたとは思えないから、誰かに聞いたか、示唆、あるいは指示されてそれを確かめに来たということになるのだろうか。

岩澤に漢詩の話をした人物と言えば、まず柏倉が挙げられる。柏倉は篁笥の中身を洗いざらい運び出しているのだから、隠し棚の存在に気づいていた可能性は高い。漢詩の紙のことも知っていたと思うのが自然だ。しかし、柏倉が漢詩を取り残したままにしておいたのは、彼がその本当の価値を知らないまま放置していたのではないか。篁笥を修理に出す時点でも、そのことを失念していたくらい無関心だったということだ。

ところが、ある時点で岩澤は漢詩の存在を知った。岩澤が漢詩のことを知ったのは、柏倉からそういう物があるという話を聞かされたと考えられるが、柏倉自身が知らなかったのだとしたら、価値のある物とは聞いていなかったのではないか。それが突然、あたかも漢詩の価値を悟ったかのように、奥松島までやって来た。

どうしてそういう行動を起こしたのか。いったいどうやって漢詩の価値に気づいたのかを推測することが、岩澤の行動の意味を理解することに通じるはずだ。岩澤自身が何も知らないで発想したとは考えにくいから、何者か――たとえば「X」――の示唆があって、行動を起こしたにちがいない。いったい誰が岩澤に、漢詩の価値を吹き込んだのか。

それに、もう一つ不思議なのは、岩澤がわざわざ箪笥を見るために奥松島までやって来た理由だ。漢詩のことを知っている人物なら、浅見と同じようにメモを取っていそうなものではないか。漢詩の内容を知っていて、さらにそれを確かめに行かせる必要はなさそうに思える。

もしかすると、「X」が岩澤に探らせようとしたのは、漢詩ではなく箪笥そのものだったのではないか。漢詩の意味をさんざん考えあぐねた挙げ句、到達した結論が、漢詩の謎を解く何かが箪笥に秘められているのでは――と気づいたのではないだろうか。浅見は井上を通じて「在不等辺三角形之重心」というキーワードらしきものを発見したのだが、それとは知らないまでも、それに類するヒントが箪笥本体に秘められているというのは、考えつきそうなことである。

もしそうだとすると、柏倉が箪笥を修理に出したと知って、「X」は慌てたにちがいない。箪笥が下手に解体されたりしたら、そのヒントまで消されてしまう危険性があるのだ。現に井上は隠し棚の蓋の裏面に書かれた落書きのような奇妙な文章を、もう少しで消そうとしていたという。

「X」は、柏倉の不用意を詰《なじ》り、柏倉のほうもそれに反駁《はんばく》しただろう。そのトラブルの過程で何らかの理由があって、柏倉は殺害されるような事態に至ったのかもしれない。

これまでは、どういう事件だったのか、その全体像がなかなか摑めずにいたが、ようやく、何が動機で、どういう展開だったのかが推測できるようになった。いまのところ、登場人物は柏倉と岩澤と「X」の三人である。動機は陽奇荘に秘められた、(汪兆銘にまつわると思える)財物を巡る葛藤。狂言回しに「幽霊箪笥」の存在がある。

それに加えて「五言絶句の漢詩」と、それを解くキーワードらしき「不等辺三角形」の文章がある。背景や道具立てには興味が尽きないが、謎が解けない。意味不明で難解きわまる推理ゲームではある。

闇の中のさらに深い闇のような混沌の謎に迷い込み、いつの間にか眠りに落ちた。

漁に行く船か漁から戻った船か、エンジンの音で目が覚めると、窓のカーテンは陽を一杯に受けていた。みそ汁の旨そうな香りがここまで漂ってくる。それに誘われるように浅見は起き出し、顔を洗って食堂に出た。

朝食にしては豪勢な料理がテーブルに並んでいる。こういう宿に泊まって、何よりも嬉しいのは、必ず焼き魚が添えてあることだ。もちろん主食はパンではなく白い飯である。これが浅見家とはまったく違う。そして奥松島産カキの旨煮と、石巻名産のかまぼこと、渡りガニのみそ汁。ディナーでも贅沢すぎるメニューだ。

宿のご亭主はすでに市場に出かけていて、おばさんが一人でお相伴とお給仕をしてくれた。ご亭主は寡黙だが、おばさんは饒舌によく話しかけてきて、楽しい。

「浅見さんは、築港で人が殺された事件のことを、調べてるんだとね」

おばさんが言った。

「よく知ってますね。警察から聞いたんですか？」

「そうでないんですよ。警察には、ややこしいことはあんまり話さないんだ。井上さんの奥さんに教えて貰ったの」

「しかし、刑事さんが聞き込みに来たのではありませんか？」

「ああ、回って来たよ。誰か怪しい人を見なかったかとか訊いてたっけな」

「それで？」

「見てねえって、そう言っただよ。見たなんて言ったら、ああだこうだ、うるさく訊かれて、面倒くさくて仕方ないから」

「えっ、じゃあ、本当は見たんですか？」

「見たって言っても、怪しい人かどうかは分からないすけどね。怪しいって言ったら、知らない人はみんな怪しいことになってしまうべ。浅見さんだって、初めて見た時は怪しい人だ」

「ははは、なるほど、そうですよねえ。僕なんか大いに怪しい。しかし、怪しいかどうかはともかくとして、見知らぬ人は見かけたんですね？」

「んだ、見かけただよ。と言っても、車に乗ってるところを見ただけだすけどな」

「あ、車だったんですね。それは野蒜築港の事件があった日のことですか？」

「んだ。その日の夜だよ」

「時刻は何時頃ですか？」

「夜の九時ぐらいだったべか。お父さんがイカ釣り船に乗るんで、港まで送って帰って来る途中、漁港の倉庫の脇で停まっている車を見たんだ。ふだんはそこにそういう車があるのを、見たこともないすもんね。怪しいって思ったんだよ」

警察が推定した死亡時刻よりは少し早いが、絶対的な差ではない。

「いつもそんな風にご主人を送って行くんですか？」

「そうでないけど。お父さんが警察に捕まって、免許証取られていた時があったの。お酒飲んで運転したって言って」

「えっ、飲酒運転なんかしたんですか？」

「飲酒運転て言っても、ほんのちょびっとだす。結婚式でお酒出されたら、断れないべ。それもほんのちょびっとだよ。それを、少しだけ。結婚式えならともかく、いきなり免停だなんて言うのはおかしいべ」

おばさんは憤激しているが、刑事局長の弟でなくても「そうだ」と同調はできない。しかし、そういうことがあって警察嫌いになることはあるのだろう。

「その車はどんな車でした？　この辺りでは見かけない車だったんですか？」

「ああ、見たこともない、かっこいい車だったよ。この辺りは軽自動車か、トラックかワゴンみたいなのが多いべ。あんなしゃれた乗用車はめずらしいべ」

「というと、他県ナンバーでしたか？　ナンバープレートまでは見ませんでしたか？」

「どこの車だべと思って、通り過ぎる時にちょこっと見たら、宮城ナンバーだった。こんな立派な車に乗ってる女の人っていうのは、何をしてるんだべと思ったよ」

「えっ、女性だったんですか」

「んだ、女の人だった。もちろん見たこともない人だったけどね」

倉持部長刑事が、岩澤らしき男が女性の運転する車に乗り込むのを見た——という目撃情報があると言っていた。その女性と同一人物なのだろうか。

「女性は一人で乗っていたのですか？」

「一人だった。後ろ姿だし、暗くてはっきり見えなかったけど、あんなとこで一人で、何をしてたんだかね。誰か、待っていたんだか」

「いくつぐらいの女性でした？」

「そこまでは分かんねえすな。ジロジロ見たわけじゃないし」

「その漁港の倉庫から、築港跡の現場までは、近いのですか？」

「近い近い。車だど三分もかかんねえす」

もしその女が岩澤殺しの犯人だとすると、築港跡付近から人気が去るタイミングを計っていたということが考えられる。

「この話、警察に話してもいいですか？　捜査の参考になると思うのですが」

「それは困るよ。刑事さんに黙ってたのは、隠していたと思われるんでないべか」

「大丈夫です。相手は女性だったし、怪しい人には思えなかったから、黙っていたのだということにすればいいんです。警察は絶対に怒ったりはしませんよ。保証します」

「そうですか。ほんとに大丈夫だべか。お父さんに怒られるんでないべか。余計なことを喋ったって」

おばさんは顔をしかめ、後悔の色をありありと浮かべた。それを見ると気の毒に思えるが、しかし話を聞いた以上、警察に黙っているわけにはいかない。おばさんには繰り返し「大丈夫」と強調して慰めた。

倉持にアポイントを取っておいて、大江荘を出てすぐ、鳴瀬署へ向かった。

しかし、浅見が期待したほど、この話に対する倉持の反応は強くなかった。「女性ですか」と首を傾げた。

「死体の着衣などに、地上を引きずったような形跡がないんです。犯人は岩澤を抱えて、運河に向けて放り捨てたと考えられるんですが。犯人が女性というのはいかがなものですかねえ。もし可能性があるとすれば、共犯者がいたということですか。男の共犯者が存在すると仮定すれば、あるいはその女が犯人の片割れかもしれませんが」

「しかし、目撃情報に、岩澤と思われる男が女性の車に乗ったというのがあったのではありませんか」

「ああ、あれも確かな情報ではないのです。しかも、車は仙台方面へ走って行ったということでした。いずれにしても、一応、改めて大江荘に事情聴取に行ってみます」

「そうそう、それについてですが、その際、前回の聞き込みでこの話をしなかったのは、刑事さんに『怪しい人物』と訊かれ、怪しい人物が女性だとは思わなかったからだと言ってましたので、その点を問題にはしないでください。そうでないと、僕がいらぬ告げ口をしたことになりますからね」

「承知しました。浅見さんに迷惑がかかるようなことはしません」

倉持の確約を取って、浅見は鳴瀬署を引き上げた。倉持は「東京へお帰りですか？」と、なごり惜しいのか、それともホッとしたのか分からない表情で浅見を見送った。

鳴瀬奥松島ＩＣから三陸自動車道に乗る。このルートはゆるやかな丘陵地を行くコースだ。風景は深まりゆく秋へと、はっきり傾斜しつつある。山野は少しずつ色づき始めている。岡の上を柔らかく黄褐色に染めているのは萩の群生だろうか。岩理屋敷の庭にも、萩が群れていた。

そう思った瞬間、浅見は漢詩の「秋」の文字を連想した。「萩」には「秋」が隠されている——あの漢詩の「岩」と「澤」と「秋」の文字を結べば不等辺三角形になる。庭の図面上で、岩と沢と萩を結んで形作った不等辺三角形の「重心」を求めると、どの辺りを指し示すのだろう？

いや、あの図面は岩理屋敷のものであって、陽奇荘の庭に当てはまるかどうか、それに陽奇荘にも萩の叢生があるかどうかも分からない。

とはいえ、浅見はいま生まれた着想にワクワクした。陽奇荘の庭を一刻も早く確かめたい思いで、アクセルを踏む足に力が入った。

第七章　連想ゲーム

1

美誉はいつもどおり、いちばん遅れてダイニングルームに入った。正岡家の朝食は賑やかだ。よほどの特別な用事でもないかぎり、父の佑直以下、母の節子、妹の佐知と由華、それに離家の祖父母・佑春と友枝の全員が顔を揃える。それが正岡家の不文律だ。

祖父の佑春は七十歳。健康で、ゴルフもシングルで回れるほどだが、古希を迎えるのと同時に、正塚屋の社長の椅子を息子に譲り、自分は会長に退いた。同時に銀行役員をはじめ、沢山の会社や団体の仕事からも離れ、ほとんど悠々自適の日々を送っている。

美誉はこの祖父が大好きで、「おじいちゃん子」と呼ばれて育った。何よりも、美誉にとっては「歴史上」の出来事である戦争中のことを知る人物であることで、無条件に尊敬に値する人物だと思っている。佑春は決して饒舌なほうではないけれど、美誉だけにはよく昔語りを聞かせる。陽奇荘で暮らした四十余年の日々のことも、戦中戦後の混乱期を中心に話す。まるで備忘録の代わりに、美誉の柔らかい脳に記憶を留めるように、断片的な思い出を語るのである。

食事の給仕はお手伝いの萬来澄恵が務める。澄恵は秘書の河村の遠縁にあたる女性で、先代のお手伝いが結婚したあと、河村の世話で正岡家に住み込むようになった。今年二十九歳。誰もが適齢期を過ぎつつあることを承知しているのだが、本人を含め、一人としてそれに触れたがらない。澄恵はいまどき珍しい、折り目正しく気配りのいい女性で、いまや正岡家になくてはならない存在であった。「三十歳までには、わしがいいお相手を見つけてあげる」と言っていた佑春でさえ、近頃はその件は忘れたふりに徹している。

このところ、食卓にのぼる話題は、浅見光彦という青年のことが多い。正岡家で浅見に会ったのは佑直と美誉、佑春と友枝、あとは河村と澄恵と運転手の浅尾。それに病院にいる錦恵の八人。節子と佐知、由華は外出中で会えなかった。浅見青年の評判は全員が一致して良好で、とくに美誉は「今風のイケメンじゃなくて、イギリスのロイヤルファミリーみたいに高貴な感じ。とにかくすてきなひと」と絶賛した。澄恵でさえ、ごく控えめに「とても」と頬を染める。佐知と由華はそのことが大いに不満なのである。

「今日、浅見さんみえるらしいよ」

佑直が言うと、二人の妹は異口同音、「何時頃？」と訊いた。

「そうだな、昼頃じゃないかな」

「何時頃までいるの？」

「学校が終わる頃かな」

「なんだ、つまんない」

「私は午後は休講だから、家にいるわ」

美誉がしらっと言ったとたん、妹二人に「卑怯者」と睨まれた。

「ははは、浅見さんはたぶん、泊まってくれるはずだよ。この前は慌ただしく日帰りだったがね」

佑直が宥《なだ》めるように言った。

「じゃあ、今日は部活は早めに切り上げることにする」

学校へ行く妹二人が席を立った後、四人のおとなと美誉がテーブルに残った。浅見の話の流れのように、柏倉の事件のことが話題になった。佑春が「どういうことなのかねえ」と深刻そうな表情で言いだした。

「あんなおとなしい男が、誰にどういう恨みを買ったものか……」

「私は会ったことがないんだけど、いい人だったの？」

美誉が言った。

「そうか、おまえは知らないんだな。美誉が生まれる時、母さんを病院まで運んだのは、柏倉だったんだけどね。私は仕事が忙しい最中で、彼に任せっきりだった。頼りになる、いい人間だったと思うよ。ねえお父さん」

佑直に言われて、佑春は何度も頷いた。

「真面目で一刻者だったな。こうと決めたら動かない。おやじとおふくろが、何度も結婚するよう勧めても『いえ、私は結婚はいたしません』と、とうとう独身を通したらしい。陽奇荘からここに移る際、独立させ銀行に勧めさせたが、その頃も、銀行を退職してからも陽奇荘の管理を怠らなかったし、結局、柏倉は死ぬまで正岡の家に尽くしてくれたということになるな」

「でも、陽奇荘にあった道具類なんかを、自分のマンションに運び込んどったりして、ちょっとどうかなっていう点もあったんじゃないんですか？　勝手に売ったりもしとったんでしょう？」

「さあ、それはどうか分からない。だいたい、陽奇荘にどのくらい、家財道具なんかが残っていたのか、あまりよく知らないんだ。まあ、暢気《のんき》といえば暢気な話だが、おやじもおふくろも、わしたちも、整理だとか管理だとかいう細かいことは面倒くさくて、全部、柏倉にやってもらっとったからね。不用品かどうかはともかく、少なくともこの家で使う物なんかはなかったと思う。かりにあったとしても、いいじゃないか。柏倉はそれを自分のためにどうこうしようとする男じゃないよ。あの箪笥を修理するのに、何十万円も自腹を切って払うような人間だからね」

「ふーん、そうなの。まるで、陽奇荘の思い出を守るために生きとったみたい」

　美誉が言った。

「なるほど、美誉はうまいことを言うな。そうかもしれない。彼にとって、陽奇荘にいた頃がいちばん幸せだったのだろうよ。ここだけの話だがね、柏倉は錦恵のことが好きだったんだ。好きというより、憧れに似た気持ちだったのだろうけどね」

「えっ、叔母さんをですか？」

　佑直が驚いた。美誉も少なからずショックだった。ついこのあいだ、病院の錦恵を見舞ったばかりだが、あの大叔母からはそんなことはこれっぽっちも想像できない。しかし、錦恵には錦恵の、柏倉には柏倉の青春があったことも確かだ。

「ああ、たぶん間違いない。彼の独身主義はそのせいだと思っとる」

「へえーっ、それで、叔母さんはどうだったんですか？」

「錦恵だって気づいとったと思うよ。気づかなければ、よっぽど鈍い。しかしまったく反応を見せなかったのだろう。完全な柏倉の片思いだな。しかし、それでも一つ屋根の下に憧れのひとがいるというだけで、彼は幸せだったにちがいない」

「なるほどねえ。まるで映画のラブロマンスみたいだな」

　佑直がしみじみとした口調で言ったが、父の感想はここにいる全員に共通していると、美誉は思った。古めかしいけれど、それはそれですてきなラブストーリーだ。

「ところでお父さん、浅見さんが電話で言ってきたんだけど、汪兆銘の財宝が陽奇荘に隠されとる可能性なんて、あり得ることなんですかね？」

佑直が訊いた。

「わしには分からんよ。汪兆銘さんがいた頃は、わしはまだ五つかそこいらだ。知っとったとすれば、わしの両親ぐらいなものじゃないかな。しかし、それらしいことは何も言わずに亡くなった。ただ、戦後しばらく経ってから、ＧＨＱのＭＰが来て、何やら調べとったが、その時、汪兆銘という名前を聞いた記憶がある。その頃からすでに『汪兆銘の秘宝』みたいな伝説が生まれとったことは事実だ」

「そんな伝説があるの？」

美誉は目をみはって訊いた。

「ああ、わしは伝説にすぎないと思うが。歴史学者の中にも秘宝はあり得ると主張する人がいることも確かだよ。しかし本当のことは分からん」

「そのことを、柏倉は知っとったのでしょうか」

佑直が言った。

「知っとった可能性はあるな。柏倉はおふくろに可愛がられていたから、そういう話題に触れるチャンスもあっただろう」

「彼が陽奇荘に執着しとったのは、その伝説を確かめたかったからだとは考えられませんか？」

「ないとは言えんが、どうかな。柏倉にかぎって、そんな私利私欲はなかったと思いたいね。それに、伝説みたいなものは人の口の端《は》に上《のぼ》って、無責任に流れてゆくもんだ。噂話ぐらいは聞いとる人間も少なくないんじゃないかな」

祖父と父の話を聞いていて、美誉はふと思いついた。

「そうだ、私、陽奇荘のことを少し調べてみようかな」

「調べるって、何を調べるんだ？」

佑直が訊いた。

「だから、汪兆銘が来た頃の陽奇荘の歴史だとか。それに、それこそ財宝が隠されとるかもしれない伝説とか。あの建物自体、調べる価値があると思うし」

「まさか、本気で財宝探しをしようなんて言うんじゃないだろうな」

「そんなことは信じてないけど。でも、副産物として宝物が出てきたら、儲《もう》けもんじゃないですか。ま、それは冗談として、ああいう別荘があった当時のことを調べれば、それだけで卒論のネタぐらいにはなると思う」

「おいおい。陽奇荘には正岡家の家族が住んでいたんだぞ。自分の家のことを卒論に書いてどうするんだ。そんな世間に恥を晒すようなことはしないでくれ」

「だけど、あんなだだっ広い別荘がこの名古屋にあったなんて、いまどきびっくりするような話でしょう。大丈夫よ。そんなプライバシーに関するようなことは書かないから安心してください」

　美誉は父が何を言おうと、そうする気持ちに傾いていた。佑直も言いだしたら後に引かない、美誉の頑固さは承知している。

　佑春はにこにこしながら、二人の言い合いを聞いていたが、ひとまず結論が出たのを見て、「もし必要なら、陽奇荘の図面があると思うよ」と言った。佑直は「困るなあ、お父さんまでけしかけては」と苦笑したが、諦めた様子だ。

「そうだ、それより美誉。おまえ、午後は休講だって言ってたな」

「ええ、ほんとにそうですよ」

「ははは、嘘だとは言ってないよ。そういうことだったら、おまえの車で浅見さんの案内をしてあげてくれないか。彼は今回は新幹線でみえるのだそうだ。確かに、東京から毎度毎度、車で来るんじゃ大変だからな」

「いいですよ。私がアッシー君を務めればいいのね。面白そう。たぶん浅見さん、陽奇荘へ行くって言うに決まっとるから、私の目的とは一致するし」

美誉はなんだか、今日はいいことが起こりそうな気がしてきた。

2

名古屋まで新幹線で行くのは、浅見にとっては珍しいことだ。それより遠く、大阪や神戸、時には四国や九州へさえ車を使うのだから、たかが名古屋辺りの距離なら、当然のようにソアラを駆って行く。

しかし、名古屋と奥松島を行ったり来たりの「取材」の旅は、いささか疲れる。それに時間も惜しい。というわけで、新幹線を利用することにした。当たり前の話だが、乗ってみれば、新幹線は早くて楽だ。それに一人旅の場合は移動コストも変わらない。

ただ、現地で走り回るのにはマイカーが便利だが、それも正岡のほうで車を提供すると言ってくれた。

浅見が正岡家に着くと、美誉が門扉を開けてくれて、「私がアッシー君を務めさせていただきます」と言った。玄関先には彼女の車が用意されていた。真新しいベンツのクーペタイプ。色は「ファイアオパール」という、まさに燃えるように輝く赤だ。いかにも女性的で、浅見の目には眩しすぎる。

　そんなわけで、浅見は玄関先で正岡夫人に挨拶しただけで、上がってお茶を飲むひまもなく、陽奇荘へ向かうことになった。考えてみると、女性の運転する車に乗るのは、新幹線で名古屋まで来るよりも、希有のことだった。美誉はあまり化粧っ気のないタイプだが、それでも車内にはほのかな香りが漂っていて、ふだんとは違う雰囲気だ。

「浅見さん、陽奇荘に汪兆銘の財宝が眠っとるって、ほんとですか？」

　車を走らせながら、美誉はいきなり訊いてきた。

「ああ、お父さんから聞いたんですね。財宝かどうかはともかくとして、何かを暗示するような、暗号文みたいなものが見つかったことは事実です」

「それは例の漢詩のことでしょう？」

「いや、それ以外にもう一つ、気になる文章があったのですよ。それも、あの箪笥の中に隠されたようにありました」

「へえーっ、どういう文章ですか？」

　浅見は隠し棚の蓋の裏面から見つかった、「在不等辺三角形之重心」という文章を説明した。運転しながら、美誉はその漢文らしき文章を諳《そら》んじている。それから浅見は丸森の岩理屋敷を訪ねた話をした。図面を見せて貰ったことや、漢詩に書かれた「岩」「澤」

の文字が、その図面にも書かれていたことについても話した。この符合に意味があるのかないのか、目下のところは五里霧中状態なのだが、美誉は異常なほどの興味を示す。ハンドル捌きが疎かになるのではないか——と心配になった。

「岩理屋敷の庭には確かに『岩』も『澤』もありましたが、ほかに『不等辺三角形』を構成する点が見当たらなかった。ところが、庭の一ヵ所に萩が群れている場所があったんです。『萩』には『秋』が隠されています。漢詩の『春夏秋冬』の『秋』に符合する。漢詩の上では、『岩』と『澤』と『秋』を結べば不等辺三角形が完成します。そのことに気づいて、もしかすると、陽奇荘にも萩の叢生があるかもしれないと思いました」

「すごーい！　面白いですねえ」

美誉は歓声をあげた。

「やっぱり浅見さんは天才ですね。天才的な名探偵なんですね」

「ははは、やめてくださいよ、その名探偵というのは」

浅見は照れて笑ったが、むろん若い女性に褒められれば、悪い気はしない。

ところが、陽奇荘に着いて、あらためて庭を調べて、挫折感を味わうことになった。

陽奇荘の庭には、どこを探しても萩の叢生は見つからないのである。

陽奇荘の広大な敷地は、大きく「南園《なんえん》」と「北園《ほくえん》」に分けられる。南園のほうは再開発の波に押されたのか、それとも経済的な理由で切り売りしたのか、かなり侵食されて、狭くなっている。以前のまま残っているのは北園側一帯。正岡家が四十年間、寓居《ぐうきょ》し、汪兆銘が滞在した「伴華楼《ばんがろう》」という建物などはすべて北園にある。陽奇荘というのは、本来、その広大な施設全体の名称だったのだが、現在、「陽奇荘」と称ぶのは、この「伴華楼」のことを指していると言っていい。

浅見が期待したとおり、その北園に岩はあった。建物の裏の中庭のような場所に、巨大な小山を思わせる、みごとな岩が苔《こけ》むして鎮座していた。「不等辺三角形」の基点としての条件が「不動のもの」ということなら、この岩を動かすのは至難の業《わざ》にちがいない。

沢はやはり、白雲橋《はくうんきょう》という橋が架かっている、あの小さな水路をそれと想定できる。白雲橋は京都の修学院《しゅがくいん》離宮の「千歳橋《ちとせばし》」を模して造られたそうだが、下を流れる沢はもちろん、橋も文化財的な価値が高く、そう簡単に壊したり撤去したりはできないだろう。

しかし、問題の萩はいくら探しても、ひと叢《むら》どころか、ただの一本も生えていない。

「もしかすると、全部枯れてしまったのかもしれませんよ。だって、汪兆銘が来てから、もう六十年以上も経っとるんでしょう。萩どころか、松だって枯れてしまいそうじゃないですか」

美誉はしきりに慰める。しかし、そんな風に慰められるとかえって最前の「絶賛」とのギャップを感じて、情けなくなる。

「いや、根本的に間違っているのだと思いますよ」

浅見はあっさり兜《かぶと》を脱いだ。

「岩や沢と比較すれば分かることですが、そもそも、そんな風に枯れて消えてしまうようなものを、目印の対象に選ぶはずがないのです。萩に目をつけた時は、やったと思ったんだけど、そんなことに気がつかなかったんだから、話にならない」

自嘲《じちよう》するだけでは足りなくて、われとわが頭を殴りつけたい衝動に駆られた。

「そうかなあ。私は萩に秋が隠されとるっていう、その着想はほんとにすごいって思うんですけどねえ。漢詩を作った時、汪兆銘は、萩が消えてしまうなんて、考えなかったのかもしれないじゃないですか」

「ははは、その汪兆銘の漢詩かどうかも、決まった話ではありませんよ」

浅見はいよいよ退嬰《たいえい》した気分に落ち込んでいきそうだ。

「あの漢詩の中のどこかに、ほかのポイントが隠れていないのかしら？」

「不等辺三角形を形成するとすれば、『夏』と『秋』の字ですよね。夏だとすると榎《えのき》の木ということも考えられますが。しかし、岩理屋敷には榎はなかった。もともと植生から言って、榎は関東以南に多い木なんです。しかし、さっきから気をつけているのだけど、ここにもどうやら、見渡したところ、榎の木はなさそうですね。それに、あったとしても、やはり枯れたり倒れたりしかねないという条件は萩と同じです」

「でも、萩よりは丈夫そうですよ。どこかに榎はないかしら。椿《つばき》はあるんだけど、『春』では直角三角形だし……」

美誉は未練げにあちこちと視線を飛ばしながら、庭を歩き続ける。広い建物を囲む庭だから、一周の距離は岩理屋敷のそれよりも長いくらいだ。そこを二周半した。整備された通路があるわけでもない所を歩くから、靴も汚れてくる。

「諦めましょう」

浅見はついに提案した。ちょうど稲荷神社の前に辿り着いたところだ。そこからなら参道の石段と細道が屋敷へ続いていて、靴を汚さずに歩ける。二人は無口になって、俯《うつむ》きかげんで、赤い小さな鳥居をいくつも潜り、屋敷に向かう坂を下った。

建物に入り、スリッパに履き替える。このスリッパも柏倉が用意していたものかと想像すると、事件のことが現実感を帯びてくる。柏倉や岩澤の怨念が、早く事件を解決しろと迫っているような気がするのである。

この前の時は駆け足状態でさらっとひと巡りしたのだが、今回は気合を入れて陽奇荘の全館を見学することにした。

玄関ホールには、近代的デパートとしての正塚屋の創始者で、陽奇荘を建てた正岡佑高のブロンズ像が据えられている。正面には受付とクロークがあり、ホテル並の規模であったことを物語る。

玄関ホールに続いて応接室。その隣にはビリヤード室があったらしい。もう一つの応接室には暖炉が備わっている。暖炉は二階の部屋にもあった。かなり大きなもので、デザインが一風変わっている。壁面に瓦が埋め込まれているのだ。最も古そうな軒先瓦には「推古朝高市郡飛鳥村字奥山十三重石塔」と朱書きされている。使われたのはたぶん、天平《てんぴょう》の甍《いらか》や飛鳥時代の瓦だと思われる。

二階にはそのほか書斎や茶室、客間など、沢山の部屋がある。汪兆銘が滞在したのはどこなのか、想像しながら巡ったが、あまりにも広く、部屋が多すぎて、目が眩《くら》みそうだ。この建物は陽奇荘にいくつもあった建物のうちの一つで、ほかにも同じような規模の建物があったというのだから、全体の規模がどれほどのものか、想像を絶する。

階段を上ったり下りたり、若い二人もだんだん疲れて、ますます無口になった。

最後はやはり地下室に下りることにした。懐中電灯を頼りに、暗い中を若い女性と二人だけで行くのは、心細いのと同時に、何となく後ろめたい気分だが、美誉はそういう意識はまったくないらしい。足元を照らしながらずんずん階段を下りる。

　地階ホールには三つのドアと四つの壁面がある。そのうちの三つのドアの向こうはそれぞれ部屋になっていて、一つのドアだけが、廊下に続いている。その廊下に面しても、四つのドアがあり、その一つが問題の「幽霊簞笥」のあった部屋である。この前の時はさほど感じなかったが、黴臭さが鼻をついた。地下全体に湿気が重く漂っている。柏倉が生きている頃は、換気にも気を配っていたのかもしれない。

「この地下道はどこへ続くんですかね？」

　部屋を出て、地下の廊下の先を見やった。懐中電灯の照射する明かりでは、ぼんやりと闇が浮かび上がるばかりだ。

「さあ、どこへ行くのかしら？」

　美誉も首をひねる。とにかく行ってみることにした。

　地下道の床も大理石を市松模様に敷きつめてある。両側の壁は仏画のような壁画で飾られている。インドの石窟《せっくつ》に描かれている壁画とそっくりで、日本人の感覚から言うと、少し不気味な感じがする。

　地下道は三十メートルほど行った所で右折して、間もなく行き止まりになっていた。その先まで、まだまだ続いているのを、強引に遮断したような、コンクリート打ちっぱなしの、荒々しい壁面が立ちはだかっている。

「たぶん、別の建物と地下で繋がっとったんだと思うんですけど」

美誉が自信なさそうに言った。

「祖父のところに図面があるみたいです」

そこから引き返し、建物を出た。振り返ると、無機質のはずの建物が、何か意思があるもののように、闖入者を見下ろしている。二人はまるで追い立てられるように陽奇荘を去った。

正岡家では浅見のための部屋が用意され、お手伝いの澄恵が案内してくれた。一階の庭に面した洋間で、ホテルのスイートほどの広さがある。ツインベッドと専用のバストイレつきだ。インターネット用の端末まで備えてあるのには感心した。澄恵は、まるでホテルのメイドのように、懇切丁寧にバスの使い方を教えてくれた。

荷物を置いて、美誉の先導で離家の祖父・佑春を訪問した。

佑春は三人の孫娘の中で最も可愛がっている美誉と、遠来の若い客を迎えて上機嫌だった。

「このところ、わが家の話題は浅見さんで持ちきりでしてね。間もなく美誉の妹たちも帰って来るが、質問攻めにあうかもしれませんよ。覚悟しておいたほうがいい」

夫人が紅茶とケーキを運んで来て、話の仲間入りをした。

「ところで、陽奇荘へ行ったそうだが、何か収穫はありましたか？」

「はあ、残念ながら、思ったほどの収穫はありませんでした。じつは……」

浅見は例の漢詩と「不等辺三角形」の文章から引き出した謎の話をした。岩と沢と、もう一つのポイントを結ぶ不等辺三角形を完成させれば、謎解きができるのでは――という着想から、漢詩の「秋」に符合するものとして萩を想定したところまでは、佑春も身を乗り出して聞いていた。ところが陽奇荘に萩はなく、たとえあったとしても枯れて消滅する可能性があることに気づいたことで、折角の着想もあえなく挫折。

「代わりに榎の木でもあればと思ったのですが、それもありません」

意気消沈の浅見の言葉を引き取って、美誉が言った。

「でもね、ひょっとすると、昔はあったかもしれないじゃない。お祖父ちゃまのところに陽奇荘の古い図面があるかもしれないって言ってたけど、それ、いますぐ見られますか？」

「ああ、たぶん見つかると思う。ただし、現状は相当、様変わりしとるよ。敷地を削って、マンションなんかも建てたからな。ちいと待っていなさい」

佑春は奥へ引っ込んだが、探し出すのに苦労したのか、持って来るまでかなりの時間を要した。

布引きの表紙の、大判のケースを開くと、岩理屋敷で見たのと似た、四つ折りの図面が現れた。こっちのほうが保存はよく、紙の白さも、墨の色も、六、七十年以上も前に引かれたものとは思えない。テーブルからはみ出るほどの大きさだから、立ち上がって俯瞰《ふかん》することになった。

(似ている——)

浅見はドキリとした。岩理屋敷の図面の記憶が甦る。同じ造園家の設計によるものか、ひょっとすると、実家の気配を再現しようという雅子の意思が反映されているのかもしれない。それほどにデザインポリシーの共通点があるように思えた。

畳一枚分の紙に、陽奇荘の全容がじつに精緻《せいち》に描かれている。見れば見るほど広く、細やかな設計で、迫力さえ感じられる。建物の配置。入り組んだ通路。池や沢。沢に架かる「白雲橋」。例の巨大岩や植栽の位置なども細かく指示してある。建物は主なものだけでも「伴華楼」「陽奇荘座敷」「聴松閣《ちょうしょうかく》」「有芳軒《ゆうほうけん》」「暮雪庵《ぼせつあん》」「西行庵《さいぎょうあん》」「不老庵《ふろうあん》」。ほかに茶室や四阿、峠の茶屋などがある。さらに弓道場が二棟。倉庫。寮の建物が二棟、テニスコートなど、呆れるばかりの規模だ。それに例の稲荷神社が鎮座している。

植栽は松、竹、椎《しい》、椿、桜《さくら》、楓……等々を指定しているが、その中に「萩」も「榎」

もなかった。

「ありませんね」

浅見は落胆を隠さずに言った。

「ここのどこかに、夏か秋を意味する文字が使われているといいのですが」

「楓はどうかしら。『秋』の字そのものではないけど、秋を象徴してますよ」

美誉が発見した。

「なるほど、いいかもしれませんね」

浅見も賛意を表したが、佑春はあっさり首を横に振った。

「だめだな。楓はいまはないはずだ。マンションを建てる時に、北園のほうに移植したが土地に馴染まないのか、枯れてしまった」

「そうでしたか。やはり、植物はそういうことがあるから、ポイントには指定しなかったのでしょうね。そうではない物。たと岩や沢など、人為的に動かしにくい物でなければならないと思います」

「だとすると難しいですなあ。建物でさえ、このうちの半分近くは取り壊してしまいましたからねえ」

佑春は気の毒そうに言った。

離家を辞去して、夕刻まで、浅見はパソコンに向かって原稿書きに専念した。旅先といえども、探偵もどきをしていようとも、本業の原稿書きは疎かにできない。

3

澄恵が呼びに来て、ダイニングルームへ出て行った。

夕食のテーブルには、仕事の関係で少し遅くなるという、主の佑直を除く全員が参加している。学校から戻った美誉の二人の妹、佐知と由華は、浅見が自室から現れるのを手ぐすね引いて待ち構えていたように喋った。佑春が予言したとおり、質問攻めである。

「浅見さんがこれまでに解決した事件て、いくつぐらいあるんですか？」

「その中でいちばんすごい事件は、どういう事件ですか？」

「思い出に残る犯人ていますか？」

等々から始まって、「少年時代の夢は？」「これまでの人生でいちばんよかったのは何歳ぐらい？」「自分で肉食系か草食系か、どっちだと思いますか？」「一日の平均睡眠時間は？」「好きな女性のタイプは？」「結婚はしないのですか？」と際限がない。

母親の節子が「いいかげんにしなさい」と叱って、ようやく食事に専念できたという有り様だ。二人は高校生と中学生。姪の智美と甥の雅人《まさと》と同じ年代だが、(うちの二人のほうが出来はいいな——)と、浅見はひそかに思った。もっとも、子供らしい無邪気さという点では正岡家の姉妹が勝っている。浅見の母親・雪江のような、きびしく躾《しつ》ける家風ではないから、のびのび育っていることは間違いない。

「そういえば浅見さん、ご結婚は?」

佑春までが、孫たちの尻馬に乗るように訊いた。少しアルコールが入って、口が軽くなっているのかもしれない。

「残念ながらまだです」

「そうですか。それはいけませんなあ。しかしご予定はあるのでしょう?」

「いえ、それもまったく」

「本当ですか? 信じられん。この美誉がもう少し歳がいっとれば、ぜひとも貰ってもらうのだが」

「あら、ひと回りくらいの歳の差なんか、ふつうですよ」

美誉が口を尖らせて真剣に抗議したので、当の美誉以外の全員が爆笑した。

「どうでしょうなあ、あそこにいるスミちゃん——澄恵などは。歳恰好《としかっこう》は浅見さんにぴったりですよ」

佑春は少し声のトーンを落として、キッチンのドアのところに控え、ときどきご飯のお代わりなど、お給仕をしている澄恵を指さして言った。「スミちゃん」と聞いて、浅見は驚いた。浅見家のお手伝いも須美子。まさにスミちゃんだ。そういえば、須美子もそういうお年頃なんだな──と、いまさらのように思った。

「いい娘ですよ。面倒見がいいし、気立てがいいし、それに美人だ。いかがです？」

「あなた、およしなさいよ。失礼ですよ」

友枝夫人が窘めた。

「浅見さんにはきっと、すてきな方がいらっしゃいますよ。ねえ」

そう言われて、浅見は苦笑して沈黙するしかなかった。否定しきるのも情けない。

それから話題はやはり、今日の「陽奇荘探検」に移った。例の漢詩にまつわる謎解きの話は、佑春と美誉以外はほとんどが初耳のことばかりだ。とくに美誉の妹二人は興味津々の様子で、浅見と姉の説明を食い入るように聞いている。

漢詩の意図するところを解明し、彼女たちからは曽祖母にあたる先々代夫人の里の名字「岩澤」の文字とともに、「不等辺三角形」を完成させる最後のキーワードになるはずの「秋」を「萩」に求め、陽奇荘の庭を彷徨《さまよ》ったが挫折した──と話すと、「ふーん、そうなんですかァ……」と、まるで自分のことのように落ち込んだ。そういう感情の起伏を素直に表すところは、いかにも少女らしくて可愛らしい。

仕事で遅れた佑直が帰宅した。秘書の河村がダイニングルームまで顔を出し、浅見に挨拶して「これで失礼します」と帰って行った。

佑直がテーブルにつくのを待って、佑春はグラスを置いて「ご飯にしよう」と、澄恵に合図した。佑直はあまり飲まないのか、すぐに食事を始めた。

「今日のご飯は旨いな。新米かい？」

佑直は訊いた。

「いえ、新米はまだですけど」

澄恵は申し訳なさそうに答えた。

「そうか。よほど空腹だったのかな。しかしそろそろ新米の季節だね」

「はい、間もなく送ってくると思います」

浅見家にも、季節になると、須美子の実家のある新潟からコシヒカリの新米が届く。今頃は稲刈りの真っ最中だろう。見渡すかぎりの広い稲田を、コンバインが忙しく行き来する光景が頭に浮かぶ。文字どおり、秋を告げる風物詩だ。

そう思った瞬間、浅見は（あっ――）と思いついた。

「そうか……」

思わず、呟《つぶや》きが漏れた。全員の視線が浅見に集中した。

「何か、入ってましたかな？」

佑春が心配そうに言った。遠くにいる澄恵までが、不安そうにこっちの様子を覗き込んでいる。ご飯に砂でも混じっていたのではないか――と思ったらしい。

「いえ、そうではありません。ちょっと思いついたことがあったものですから」

「ほうっ、何ですか？」

佑春が訊いた。

「稲です。新米から稲を連想しました」

「はあ、稲、ですか……」

それがどうした？――という顔だ。

「もしかすると、漢詩の秋を象徴するものは稲ではないかと思ったのです」

「なるほど。確かに稲は秋のものですが、陽奇荘に稲田はありませんよ」

佑春は笑いを含んだ口調で言った。

「そうではなく、稲荷神社があります」

「あっ、なるほど」

「稲荷神社なら、おそらく妄《みだ》りに壊すことはしないでしょうから。未来永劫はオーバーとしても、長いこと残り続けるはずです」

「おっしゃるとおりですな。そうか、お稲荷さんでしたか。なるほど……」

佑春は感心し、ほかの皆も、その新説を咀嚼《そしゃく》するあいだ、しばらくは声も出ない。

「そうと分かったら、あの図画を確かめたくなりますな。早いとこ食事を済ませて」

急に、箸の使い方が忙しくなった。

「デザートは後にしようかな」

佑春が提案して、食後の果物とコーヒーはおあずけになった。佑春が席を立つのを待って、美誉が、そして妹二人と、最後に浅見も「ご馳走さま」を言った。妹たちが図画を見てもしようがないと思うのだが、好奇心を抑えつけることはできない。

稲荷神社は陽奇荘の敷地の最も北のはずれにある。「澤」を暗示すると思われる白雲橋と、そのものズバリの「岩」と、稲荷神社の「⛩」マークを結ぶ線を引くと、細長い不等辺三角形が描けた。そして、その重心にあたる場所付近には四阿がある。

「ここかしら」

美誉がいちはやく言った。

「そのようですね」

浅見も意気込んだ。

しかし佑春は首を横に振った。

「いや、その四阿はとっくに取り壊したよ。柱が腐って、倒壊の危険があったもんでね。いまは土台石もないはずだ」

「そういえば、こんなところに四阿なんかありませんでしたね」

浅見も認めた。土台石まで撤去したとなると、かりに何か埋まっていたとしても、すでに掘り出されているにちがいない。三人の姉妹も、いちように「なーんだ……」という顔になった。

それに、子細に見ると、四阿の位置は正確に不等辺三角形の重心とは言えないかもしれないのであった。実際に測量してみなければはっきりしないが、実寸にして、五メートルか十メートルの誤差はありそうだ。

かといって、その付近には四阿以外に、何の施設も樹木の名も書き込まれていない。そこはいくぶん高い岡になっていて、四阿に落ち着いて周囲を見渡すように設計されていただろうから、視界を遮るような物は何も造らなかったにちがいない。

全員が落胆の体も露に、ダイニングルームに戻った。

「どうでした？　どうやらあてが外れた様子ですね」

まだ食事途中の佑直が言った。

「ええ、だめなようです」

それとおぼしき場所にあった四阿が、すでに撤去されていたこと。それに、四阿があった場所も、正確な位置ではない可能性があることを解説した。

デザートはマンゴーだった。宮崎産だそうで、じつに甘い。

「浅見さん、コーヒーはいかがですか？」

節子が訊いた。浅見は遠慮せず「頂戴《ちょうだい》します」と言った。今夜はもうひと働きしなければならないのだ。

ひとしきり、雑談が交わされた。三人姉妹はまた、浅見に質問を投げてくる。「好きなタレントは？」「もう一度行きたい場所はどこですか？」「タイムマシンで行くとしたら、どの時代にしますか？」などと、愚にもつかないことなのだが、浅見はいちいち丁寧に答えてやった。

「さて、そろそろ年寄りは引っ込むかな」

佑春は妻を促して立ち上がった。

「あなたたちも宿題があるんでしょう」

節子夫人は娘たちを追い立てた。

ダイニングルームに佑直夫婦と浅見だけが残った。浅見も自室に戻ろうかと思った時、廊下の方角から足音が響いてきて、佑春が慌ただしく現れた。何か異変でも発生したのか——と、テーブルの三人が腰を浮かせた。

「浅見さん、どえらいこっちゃ。大変なことを思い出しましたよ。四阿の脇には梅の木が植わっとるのです」

佑春は息を切らせて言った。

4

浅見はむろん佑春の言う意味が理解できなかった。ひょっとすると、この老人は錯覚を起こしているのでは？——と疑った。梅は春のものである。漢詩の「春夏秋冬」の文字の「春」は、それと「岩」と「澤」を結んでも直角三角形にしかならない。

「まあまあ、坐って、落ち着いて」

佑春は三人の「聴衆」を宥めるように言ったが、最も落ち着かなければならないのは佑春自身だ。

「梅の木がどうかしたんですか？」

佑直が無遠慮な訊き方をした。

「ああ、そうか、おまえも知らんのだな」

「知ってますよ、梅の木ぐらい。毎年、いい花を咲かせていますからね」

「そのとおりだ。ところが、あの図面には梅の木が書き込まれとらん。それはなぜか。じつはな、図面を引く時点では、梅の木のことは想定されとらんかったのだ。じつは、あの梅の木は、終戦の前の年、汪兆銘さんの滞在を記念するために植えられた、いわば記念樹というわけだ」

「えっ、汪兆銘の、記念樹ですか？」

浅見は思わず問い返した。

「そうです。汪兆銘という人は梅の木が大好きでしてね。そのために、汪兆銘の来日中は、彼の動向に関係のあることすべてに、軍の機密で『梅号』という名称が使われとる。何か物資を調達する際も『梅号用』と呼んだくらいです。そのこともあって、梅の木を植えようということになったのでしょうな。母の話によると、汪兆銘は梅の木を植えた頃はまだ元気で、車椅子に乗ってはいたが、植樹の様子を楽しげに眺めとったそうです。亡くなった後、中国で葬られたのですが、墓は孫文の陵墓と隣りあった『梅花山』というところに造りました。もっとも、戦後、中国政府は墓を爆破し、代わりに、漢奸である汪兆銘が後ろ手に縛られた銅像を作って、衆目に曝《さら》すというやり方で罰していますがね」

佑春はひと息ついて「どうです浅見さん、この話、面白いでしょう」と言った。

「面白いどころか……」

浅見は興奮して、思わず「ゴクリ」と音を立てて唾を呑み込んだ。

「これこそ本命だと思います。失礼ですが、会長さんは……」

言いかけるのを、佑春は手を挙げて制した。

「あ、浅見さん、わしのことは佑春と呼んだってくれませんか。どうも家の中で会長と呼ばれるのは気色が悪い」

「分かりました。それではそうさせていただきますが、佑春さんはその時、植樹の現場に立ち会ったのですか？」

「いや、わしは幼稚園に行っとったもんですから、その話は母から聞いたのですがね。しかし、おとなたちでも、立ち会えた者はごく限られとったようです。汪兆銘の周辺は常に厳戒態勢にあった。陽奇荘に滞在したのはたった三日間だけで、すぐに病院へ戻ったのだが、滞在中は陽奇荘のすべての入口に衛兵が立ち、屋敷内にも巡回の兵隊がウロウロしておりましたよ。おそらく夫人と随行の人と、わしの母以外は、梅の木を植えた庭師が二、三名いた程度ではないですかな」

「では、その際に梅の木以外の何かを埋めたかどうかは、分からないのでしょうか？」

「分かりませんな。少なくとも母からは何も聞いておりません。知っていても話さなかったでしょうがね。そうそう、そういえば、あの梅の木の脇には石碑が建っていたんだ。確か『汪兆銘主席御滞在記念』と彫ってあったと思うが、戦後すぐ、進駐軍に見つかる前に撤去してしまった。汪兆銘との関わりそのものが秘められたんじゃないかな。戦勝国側から見れば、汪兆銘はA級戦犯と目されていただろうからね」

「本当に、汪兆銘は財宝か何かを埋めたんですかね？」

佑直が言った。

「どうかなあ。本当のところは、わしには分からんよ」

佑春は自分が披露したくせに、懐疑的な口調で首を傾げた。

「掘ってみますか」

「梅の木の下をかね。掘ってもいいものかどうかだな。あれだけ根を張っているものを、無闇やたら掘ると、木が枯れるかもしれん。わしの立場から言わせてもらうなら、やめたほうがいいな。あれはおふくろの記念樹でもあるからね」

「なるほど……そういうことのようですが、どうですか、浅見さん？」

佑直に訊かれて、浅見は困惑した。事件の真相に迫るには、そこまでやらなければならないとは思うが、文化財的価値のある梅を、むざむざ枯らすのも忍びない。

「そうですね。考えてみると、宝探しが本筋ではありませんから、掘らずにすむものでしたら、そっとしておいたほうがいいかもしれません」

「それで、事件解決に差し障りが生じることにはなりませんか？」

「それは何とも言えません。しかし、あの漢詩の謎が示す場所は梅の木であり、その下には何かが埋められている――と仮定してかかれば、掘っても掘らなくても、実際上は大差ないと思います」

「そうですか。そう言っていただくと気が休まる。とはいえ、梅の木の場所が、例の不等辺三角形の重心に位置するのかどうかは、きちんと測量して、確かめたほうがいいのではありませんか」

「おっしゃるとおりですね」

「それじゃ、明日にでも河村に、測量の専門技師を頼むよう、指示しましょう」

それを結論としてお開きになった。

浅見はバスを使ってから、ふたたびパソコンに向かったが、ついさっき聞いた汪兆銘の「故事」と梅の木の話が頭の中に去来して、思案がまとまらない。図面には引かれてなかったが、梅の木がある場所が四阿の近くだとすると、確かに不等辺三角形の重心の位置に該当しそうに思える。

　個人的には梅の木の下を掘りたい衝動に駆られるが、それは財宝への興味というより、どちらかというと、単に何が出てくるかを知りたいだけの好奇心によるものだ。枯れるおそれを冒してまで掘ることはない。

　そう思ういっぽうで、現に二人の男が殺されている事実も無視できない気がする。実際、その梅の木の下に何かが埋まっていて、それが事件の動機になっている可能性があるかもしれないのだ。

　ベッドに入ったのは午前一時過ぎ。あれこれ思念が浮かんだり消えたり、なかなか寝つけなかったが、緊張しているせいか、朝は起こされる前の七時には目が覚め、澄恵がドアをノックした時には、すぐに部屋を出られる恰好でいた。

　子供たちのいる家の朝が早いのは、浅見家でも同様だ。浅見家では、ただ一人、叔父で居候の浅見だけ、皆が出かけた後に、のこのことリビングに顔を出すのだが、他人の家ではそうはいかない。

　正岡家のダイニングルームには、すでに全員が顔を揃えていた。

「いま、お祖父ちゃまから聞いたけど、不等辺三角形の重心にあるのは、梅の木だったんですってね」

美誉が浅見の顔を見るなり、言った。

「ええ、その可能性が高いようです」

「でも、掘ってみないんですって?」

「そう決めました」

「それでいいんですか? そんなことで、事件の謎が解けるんですか?」

挑むような口調だった。

「おいおい、美誉、朝っぱらから物騒な話をするんじゃないよ」

佑直が窘めた。

「梅の木を掘らないのは浅見さんの考えじゃないのだ」

佑春が言った。

「わしが、できるなら掘らんほうがいいと言ったのだよ。もし掘れば、梅の木が枯れるおそれがあるからね」

「ああ、そういうことなの……」

美誉は黙ったが、得心したわけではないらしい。物足りなさそうな顔でパンを千切っている。

「浅見さんはパンでおよろしかったのかしら?」

節子が気にして、訊いた。

「はい、わが家も朝はパン食です」

それはそのとおりなのだが、本心を言えば和食系のほうがいい。奥松島の民宿の朝食が懐かしい。

中学、高校の二人の妹からかなり遅れて、美誉も大学へ向かった。てっきり車で行くのかと思ったが、学則でマイカー通学は禁止されているという。美誉は「私の車、使ってください」と言ったが、佑直は「あんな赤い車はいやでしょう。私の車にしなさい」と言ってくれた。車はレクサスで、メーカーの社長への義理で買ったのだが、ふだんは運転手つきのベンツで移動するから、実際はほとんど使うことがなく、ガレージで埃をかぶっているのだそうだ。

しかし実際は埃をかぶっているどころか、ガソリンも満タン、バッテリーも問題なかった。浅尾という運転手が、怠りなく整備しているらしい。その車で、浅見は中川警察署に行くことにした。出掛ける前にちょうど、秘書の河村が正岡社長を迎えに来た。

「中川署へいらっしゃるのでしたら、野崎という県警の警部をお訪ねになるとよろしいかと思います」

教わったとおりに、受付で訊くと、すぐに野崎が現れた。

「どうもご苦労さまです。野崎です」

初対面から丁寧な挨拶をされたが、その理由は分かった。

「先程、正岡さんからお電話をいただきました。浅見さんは浅見刑事局長さんの弟さんだそうですね」

その後の応対もそつがなさすぎて、浅見はかえって恐縮した。兄の七光の恩恵に浴すのは本意ではないのだけれど、余計な交渉なしに作業が順調に進むことはありがたい。

とはいえ、ここの捜査本部でも、奥松島同様、捜査はあまり順調とは言えないようだ。いまだに被疑者どころか、事件の全貌すら把握できないでいるらしい。

「えーと、浅見さんはすでに、松重閘門で起きた殺人死体遺棄事件については、正岡さんから話をお聞きになっていることと思いますが、じつは、宮城県鳴瀬署管内の東松島市野蒜築港というところで殺人事件が起きておりまして、その被害者と当方の事件の被害者との関係について、先方の捜査本部から連絡がありました。調査したところ、確かに双方の被害者には接点があり、事件も関連性がある疑いが見えてきたところです。近々、合同捜査に踏み切る方向で……」

話はそこからスタートした。浅見が途中で制止して、「あ、その件については、僕のほうでも少し調べています」と言わなければ、さらにえんえんと野崎の説明が続いたにちがいない。

逆に浅見はこれまでに得た情報について、野崎警部に説明することになった。柏倉と岩澤の関係から始まって、東京日暮里の旭山商会のこと、宮城県丸森の岩理屋敷のこと、さらには奥松島の漁港の倉庫脇での民宿のおばさんの目撃談等々、浅見が抱える情報のほうが、警察のそれよりもはるかに大量だ。

野崎は驚いて、途中で浅見の話を遮った。急いで手空きの捜査員をかき集め、浅見のレクチャーを聞かせるというので、もう一度、最初から話を始めなければならなかった。

事件の概要ということになると、柏倉と岩澤は骨董品や美術品などのブローカー的な仕事で結びついていて、その関係で何らかの軋轢《あつれき》があって、利害関係のある何者かに殺されたのではないか――と推測される。

問題は、そこに「幽霊簞笥」という、奇妙な「小道具」が関わっていることだ。現に、岩澤はその簞笥を追って奥松島まで行って殺されているのだから、何か意味があると思われるのだが、そこからまた謎が深くなる。隠し棚から出てきた「漢詩」や、蓋の裏面に書かれた「文章」など、ミステリー小説のネタならともかく、現場の捜査員にとっては厄介なだけの代物だ。

浅見もあえて、それらの「謎」については漢詩と文章が見つかったという事実のみを提示するだけで、特別な意見を話すことはしなかった。もちろん、汪兆銘のことも話さないし、「不等辺三角形」の示すものが陽奇荘の梅の木らしい——などということも黙っていた。もし話して、警察が「梅の木を掘る」などと言いだしたら迷惑なことだ。

結局、浅見が警察に情報を与えただけで、警察から得たものは、柏倉の死因とか、柏倉家の家宅捜索の結果など、すでに明らかになっているような事実のほかは何もないという結果に終わった。

「今後とも、浅見さんのご協力をお願いします」

野崎は最後まで、むしろ別れ際に至っていっそう、低姿勢になっていた。

第八章　梅の木は掘られた

1

美誉の通うS女学院大学から陽奇荘までは地下鉄で三駅、比較的近い距離である。そのことは前から知っていたけれど、一度たりとも行く気になったことはない。それが今日は違った。友人の誘いも断って、一人で陽奇荘へ向かった。気まぐれというのではなく、はっきりした目的があった。この目で梅の木の存在を確認したかったのだ。

梅の木が不等辺三角形の重心にあたる位置にありそうだと分かったのに、祖父も、それに浅見までも、あまりにも冷淡すぎる。梅の木が大事だからという理由だけで、掘るのを諦めるなんて、つまらない。根を傷めないような工夫だってあるはずじゃないか。とりあえず作業にかかってみてもいいのに——と、大いに不満なのだ。

陽奇荘は相変わらずシーンと静まり返っていた。周辺の街はそれなりに賑わっているのだが、塀に囲まれた敷地の中は、空気さえ動かない。美誉にとっては、正岡家の別荘と言ってもいいようなものなのだから、親しみを持てるはずなのだが、近づけば近づくほど、よそよそしさを感じさせる建物だ。半世紀以上もかけ離れた、生まれた時代のギャップのせいなのかもしれないけれど、まるでホラーの世界に紛れ込むような寒々しい気持ちに襲われる。

（やっぱり、浅見さんと一緒に来ればよかったかな――）

門を入ってから、美誉は少し後悔した。だからと言って、尻尾を巻いて引き返すようなことのできない性格だ。

玄関前を素通りして、白雲橋を渡ってゆるやかな坂を登って行く。木立の切れた先に梅の木が立っている。樹齢は七十年以上ということになるのだろう。梅は葉が少なく、枝振りがはっきり見える。現在はさほど手入れが行き届いていないのかもしれないが、基本的な形はとても面白い。素人目にも丹精こめて作られたものと思えるくらい、いい姿をしている。祖父が掘りたくないと言うのも、分かるような気がした。

梅の木まで十メートルほどに近づいて、美誉の足が止まった。

（うそっ――）と息を呑んだ。

梅の根元が掘り返されているのである。大きな根と根のあいだに、黒々とした穴が不気味に口を開けている。

根の脇から木の幹の真下に向けて、斜めに掘り進んだと思われる。深さは一メートル以上あるだろうか。大きな根を避けた形跡はあるけれど、それでも根には白い傷がついている。細い根は無残にも切られて、掘り除けられた土に塗《まみ》れていた。何が行われたかを判断するより早く、美誉は本能的に、恐ろしい犯罪の気配を察知した。

美誉は震える手でバッグからケータイを取り出した。どこへ電話しようかと一瞬、迷ったが、とりあえず自宅に電話した。澄恵が出たので、祖父を呼んでもらった。しばらく待つあいだ、恐怖と怒りで体が震えた。

「はいよ、わしだが」

祖父ののんびりした声が聞こえた。

「お祖父ちゃま、大変！　梅の木が掘られてます」

「ん？　何のことだ？　梅の木が……陽奇荘の梅の木のことか？」

「そうよ、陽奇荘のあの梅の木の下が、ザックリ掘られているの」

「どうして……美誉は陽奇荘へ行ったのか。一人でか？」

「ええ一人よ。大学の帰りに寄ってみたの。そしたら梅の木がひどいことに……まさか、あの浅見さんが？」

「あほなことを言うな。浅見さんが掘るわけないだろう。それより、浅見さんに電話して、すぐに来て貰いなさい。ケータイの電話番号は分かるな？　それと、周りには誰もいないのか。大丈夫なのか？」

「ええ、大丈夫、誰もいない。じゃあ、浅見さんに連絡してみる」

誰もいないと言ったものの、立木の陰や建物のどこかに誰かが隠れていないかどうか、確認したわけではない。美誉は不安になって門へ向かった。早足で歩きながら浅見のケータイに電話した。何回も呼び出し音を鳴らして、ようやく浅見の声が聞こえた。

「浅見さん、大変！……」

祖父に告げたのと同じことを言いながら、美誉はまたしても、（もしかしたら、浅見さんが？――）という疑惑が胸を掠《かす》めた。

「分かりました。ちょうど陽奇荘へ行く途中でした。間もなく着きます。門の外の人目のあるところで待っていてください。くれぐれも一人きりにはならないように」

浅見は落ち着いたバリトンで言った。その指示に急かされるように、美誉はあと僅かの距離を走って門の外に出た。浅見の言うとおり、そこはあまり人通りがないとはいえ、とにかく天下の往来である。犯人が隠れていたとしても、ここで襲われることはまずないだろう。ほんのかすかでも浅見を疑ったりしたことを後悔した。

浅見が来るまでの約十分が、永劫《えいごう》のように長く感じられた。見慣れたレクサスが来て、門の中に入り浅見が降り立った。美誉は駆け寄って浅見の胸にしがみついた。こんなことは初めてだ。この私が、ばかみたい――と思いながら、涙が出て困った。

「行きましょう」

浅見に励まされて、ようやく自分を取り戻した。先導する——というより、背後を浅見に護られながら岡の頂へ急いだ。木立を抜け梅の木に近づくと、「あそこです」と指さして、美誉は浅見を先に行かせた。暗い穴の底から、何か得体の知れないものが飛び出しそうな不安を感じた。

「なるほど、掘られてますね。だいぶ根が傷んでいる。これはひどいです」

浅見は見たままを無感動な口調で言った。もっと驚いて貰いたかったのに——と、美誉は大いに不満だ。

「そんなことより、いったい誰の仕業なんですか？」

思わず、抗議するような言い方になった。浅見はびっくりした目を美誉に向けたが、すぐに苦笑して言った。

「まったく、何者ですかねえ。そして目的は何だったのかな？　それはともかく、美誉さんはどうしてここに来たんですか？」

「どうしてって……たまたま大学の帰りに寄ってみただけです。梅の木が本当にこの場所にあったかどうか、確かめたくて」

「なるほど、それじゃ僕と同じことを考えたんですね。僕も梅の木の位置を確かめて、それから、根を傷めないで掘る方法はないかどうか調べるつもりでした。しかし、こんな乱暴な掘り方をしたんじゃ、梅の木もたまったもんじゃない。お祖父様が見たらショックでしょうね」

「どうしましょう。警察を呼びますか」

「いや、それはどうですかね。ともあれお祖父様に報告して、指示を仰いだほうがいいと思いますよ」

「だったら、浅見さんから祖父に説明してください」

美誉はケータイを取り出した。佑春が電話口に出ると、「ちょっと待ってね」と、浅見に代わって貰った。浅見は冷静な口調で現状を伝えた。美誉のように感情ばかりが先走ってしまうことはなく、正確に梅の木と、掘られた穴の状態を説明している。

「やはりお祖父様は、警察を呼ばないほうがいいとおっしゃってます」

電話を切ると、ケータイを返しながら、浅見は言った。

「どうしてですか？　現場検証とか、しなくてもいいんですか？　犯人を特定しなくていいんですか？」

美誉は精一杯、警察用語を使った。

「警察が介入すると、話が大げさになりますからね。盗掘と言っても、何を盗まれたか特定できるわけではないし、せいぜい住居不法侵入、器物損壊程度の容疑でしょう。実際はもっと重大な意味があるのかもしれないけれど、警察としてはそういう単純な扱いをするしかないはずです」

「じゃあ、何もしないで、ただ穴を埋め戻すしかないんですか？」

「いや、それなりに調査はしますよ。たとえば、犯人の足跡とか、掘るのに使った道具類とか、犯行時刻の推定とか、いろいろやることはあります」

言いながら、浅見はジャケットのポケットから小さな巻尺を出して、地面にしゃがみ込んだ。そう言われて美誉も気がついたが、掘り出した土の上に数個の足跡が鮮明に残されていた。その長さと幅を計り、ケータイで撮影している。

「靴のサイズから、かなりの大男が想像できますね。穴は先の尖ったスコップを使って掘ってます。おそらく深夜の作業だったのでしょう。昨夜は曇り空で真っ暗だったから、懐中電灯の明かりを頼りに、文字どおり闇雲にスコップを振るっていたらしい。根っこの傷が多いのはそのせいですね」

浅見はときどき腰を屈めぎみにして、地面を見つめながら、梅の木の周囲を巡ってから次第に坂の下へ向かって行く。美誉はしばらく佇んで眺めていたが、浅見がそのまま去って行ってしまいそうなのに気づいて、慌ててそのあとに続いた。

「面白いですねえ」

突然、立ち止まって浅見は言った。

「犯人は梅の木まで行く時には、試行錯誤しているかのように、ジグザグのコースを歩いているのに、帰りはほぼすんなりと門へ向かっています」

「それが、どう面白いんですか？」

美誉は訊いた。

「つまり、犯人は陽奇荘のことは知っているのに、庭のことはほとんど知らないのではないか。まして梅の木がどこにあるのかなどということは、まったく知らなかったと考えてよさそうです。立木の一本一本を確かめながら岡の上へ向かっていますよ。少なくとも、あの乱暴な掘り方と併せ考えて、庭師の仕業でないことは確かです」

「そんなの、当たり前でしょう。いったい誰なんでしょう。こんなことをするのは」

「常識的に言って、柏倉さんや岩澤氏を殺害した犯人ということになるのでしょう」

「やっぱり……」

「彼らから情報を仕入れていなければ、何も分からないはずですからね。ただ、梅の木の下に目をつけたのはなぜなのか。どういうきっかけで知り得たのかが不思議ですね。われわれでさえ、昨日、偶然のように気がついたくらいですから。それも、お祖父様が汪兆銘の梅の木を思い出していなければ、永久に気づかないままだったにちがいない」

「あ、ほんと、そうですよね」

「問題は、梅の木の下に実際、何かあったのか。そして犯人がそれを掘り当てたのか、ですね」

「どうなんですか？」

「僕は掘り当てていないと思います。何か、たとえば箱のような物だとすると、穴の底から外まで引きずり出した痕跡が残っているはずでしょう。それがありません。犯人は頑張って掘ってみたものの、目当ての物に辿り着けないまま、おそらくタイムリミットがきて諦めたのだと思います」

「タイムリミットって？」

「夜明けですよ。明るくなる前に引き上げなければなりませんからね。作業に取りかかる時間も遅かったのかもしれない。日が暮れてからすぐに掘り始めていれば、十分、時間はあったと思うのだけれど……とにかく、掘り返された土の湿り具合から見て、そんなに長い時間は経っていないようです。夜が明けるぎりぎりまで頑張ったが、無駄骨になったのでしょう。それとも、元々、何もなかったかのどちらかですね」

「何もなかったんですか？」

「いや、僕はあると思います。それがはたして財宝のような価値のあるものかどうかはともかく、何かを埋めたことだけは、間違いないはずですよ。そうでなければ、あんな漢詩や『不等辺三角形』のような、思わせぶりな仕掛けは考えないでしょう」

きっぱりと言い切る浅見に、美誉は頼もしい「男」を感じた。場違いなことだけれど、これは確かに恋心というものにちがいない。昨夜は「歳の差なんか――」などと言っていた美誉だが、もう少し歳が接近していればいいのに、とひそかに思った。

2

美誉の前では努めて平静を装ったが、梅の木を掘られたことは、浅見にとってショックでないはずはない。見えない「敵」が自分より早く謎解きに成功し、いち早く行動した事実に敗北感を味わった。

それにしても、「敵」が漢詩のことはともかく、「不等辺三角形」の文章まで知っていたのは想定外であった。

敵が動いたところから判断すると、柏倉は簞笥の隠し棚の蓋の裏面に気づいていたと思える。柏倉はそれを「X」に伝えていた。「X」は「不等辺三角形」の謎を解き、柏倉に梅の木を掘ろうと迫ったにちがいない。しかし柏倉は「うん」とは言わなかっただろう。柏倉はとにかく、陽奇荘を、そして梅の木を守る権化のような存在だったのだ。「X」に何らかの切迫した事情が生じたのかもしれない。とにかく、邪魔な柏倉を除いて、梅の木の下に眠るであろう「汪兆銘の秘宝」を掘り出す必要に駆られた。こうして第一の事件、柏倉殺害が実行された。さらに犯人は、警察の捜査が一段落し、陽奇荘に対する関心が薄れる時を待って、昨夜ついに行動に出た——。

ところで、岩澤の場合はどうだったのか。岩澤は漢詩のことまでは知っていたと思える。しかし、その謎を解くキーワードについては、それがどうやら「幽霊箪笥」に秘められていることを聞きかじっていた程度の知識しかなかったのだろう。それを確かめに、箪笥を追って奥松島へ行き、殺された——。

そう推理してきて、浅見はどうしても違和感を覚える。「X」が柏倉を殺した動機は理解できるのだが、岩澤を殺害するに至った動機がよく分からない。「X」と岩澤は共犯関係にあったとするほうが、理解しやすい。松重閘門での死体遺棄にしても、二人での作業と考えれば納得できる。

その場合、「X」が知っていることは岩澤も知っていたとするほうが自然だ。逆に岩澤の知らないことは「X」も知らなかったのではないかと思えてならない。「不等辺三角形」のことを「X」だけが知っていて、岩澤が知らなかったのは不自然なのである。

不自然だろうと何だろうと、事実が物語っている——と言われれば反論できないが、浅見の感覚としては、やはり不自然さを拭いきれない。

それにも増して、「X」に先を越された悔しさが浅見を打ちのめす。自分が「梅の木」の結論に達したのは、多分に幸運と偶然の産物と言ってよかった。ところが、「X」はすでにその謎解きを完結していた。これはきわめて屈辱的なことだ。

あの穴を見た時、穴の奥から「X」の哄笑《こうしょう》が聞こえてくるような気がしたものである。


正岡家に戻ったのは夕刻近かった。あらためて佑春に事態を報告して、この後、どう対処するかを話し合ったが、結論は出ない。梅の木の「穴」を埋め戻すか、それとも掘り進むか、警察に通報したほうがいいか、どれも難しい問題だ。

ともあれ佑直の帰宅を待って考えようということになった。佑直も事情を知って、早めに仕事を切り上げて帰ってきた。夕食のテーブルには全員が顔を揃えた。子供たちのいる場所には、あまり相応《ふさわ》しい話題ではないのだが、佑春は梅の木の問題として話を切り出した。

「いつまでも掘ったまま放置しとったら、梅の木は枯れちまうだろう」

「いずれにしても決着はつけなければならんでしょう。浅見さんの言うように、敵が目的を達していないのだとしたら、まだブツは中にあるわけだな。ことのついでに、もう少し掘ってみたらどうですか」

佑直は積極策を提案した。

「明日にでも、庭師に来て貰って、梅の木の状態を確かめながら作業をすればいい。どうですか浅見さん？」

「そうですね、それが望ましいですね。ただそれはそれとして、問題は今夜です。敵は作業を継続するのではないでしょうか。こちらが梅の木の異変に気づいてないと思っていれば、必ずそうするはずです」

「なるほど……それじゃ、明日では遅すぎるというわけですか」

「僕が張り番をしましょうか」

浅見は言った。

「えっ、浅見さんが？　それはやめたほうがいい。浅見さん一人じゃ危険ですよ。警察に協力を頼みますか」

「いや、警察はいかんな」

佑春が反対した。

「それより、河村に一緒に付き合って貰ったらどうか。彼には詳しい説明をする必要はないが、とにかく浅見さんと一緒に張り番をするよう言いつけなさい」

「いいですが、彼は帰しちゃいましたよ」

「呼び戻せばいいだろう」

「電話してみましょう」

佑直は席を外し、河村と連絡を取って、すぐに戻って来た。

「大丈夫だそうです。いまレストランに入ったところなので、食事を終えたらすぐに来ると言ってます」

「ふーん、レストランかあ。贅沢！」

美誉の下の妹の由華が言った。

「ははは、レストランと言ったって、カレーライスかハンバーグライスだよ」

佑直は笑った。

「独りきりの、侘しい食事タイムだな」

「どうして独りきりなの？」

由華が訊くのに、美誉が「あら、いやだ。由華は知らないの？」と言った。

「河村さんには奥さん、いないのよ。ねえお祖父ちゃま、そうですよね」

「ああ、河村も結婚しなかったなあ。柏倉もそうだったし、ひょっとするとうちのせいかもしれんな」

「カシクラって？」

「ん？　ああ、そうか、由華と佐知は知らないんだな」

佑春は言ったが、それは浅見にも意外だった。事件が起きても、柏倉に関することは、彼女たちには知らされていなかったのだ。テレビはもちろん新聞のニュースでも、正岡家との関係は抑えきったらしい。

「以前、河村みたいに、正岡家の仕事をしとった人だよ」

「ふーん、その人がうちのせいで結婚しなかったっていうのは、どういうこと？」

「それは、うちのために一生懸命尽くしてくれとって、結婚のタイミングを逸したということなのじゃないかな」

「それじゃ、気の毒ですね」

「ああ、気の毒だな。河村が結婚していないのだって同じだ。うちのせいでもあり、おまえたちのせいでもあるんだよ」

結論が出て、娘たちはシュンとなった。

その「気の毒」な河村は、九時近くになって、彼女たちがそれぞれの部屋に引き上げてからやって来た。

「遅くなりました」

手にはコンビニの袋を提げている。中身は飲み物と菓子か何か食料らしい。用意のいいことだ。

「いえ、まだ大丈夫です。あの辺りは十時頃までは人通りがあるそうなので、もし現れるとしたら、それを過ぎた頃でしょう」

午後九時に、浅見と河村は正岡家を出た。車は佑直のレクサス。どっちが運転するのかと浅見が迷っているのを尻目に、河村はさっさと助手席に乗り込んだ。自分が運転することは、まったく想定外らしい。

「河村さんは運転はなさらないのですか？」

車を走らせながら、訊いてみた。

「はい、私は運転ができません。秘書としては落第ですが、どうも、そういう、外を出歩いたりするのが苦手でして。正岡家でも会社でも、専《もっぱ》ら中の仕事ばかりさせていただいているのです」

河村の体型はどう見ても痩せ型。顔は青白いし、まるで迫力がない。いざという時に、はたして戦力になるのかどうか、不安だった。

「今朝、社長から陽奇荘の測量の話があったばかりで、何のことかと思っていたのですが、梅の木が掘られたって聞いて、びっくりしました。いったいどういうことなんですかね」

河村はまだ事情が飲み込めていない様子だ。

「まあ、いずれ分かることです」

説明しようがなくて、浅見はそう言うに留めた。

「浅見さんも独身だそうですね」

河村は唐突に言い出した。

「ええ、残念ながら」

「いえいえ、浅見さんはまだまだお若い。私などはもはや、ジタバタしても時間がありませんからね」

どう応じればいいのか、浅見は返事に窮した。

「失礼なことを伺いますが、河村さんの独身は主義なのでしょうか？」

「いや、そんな立派なものではありません。さしたる理由もなく、何となく独りできてしまいました。五十を過ぎる頃から多少、慌てまして、その気にもなったのですが、いざとなるとなかなか難しいものです。この歳になっても、ぜんぜんその気がないわけではないのです。七十、八十になって頼れる相手がいないというのも寂しいですからねえ。

と申しましても、そんなにこっちの都合ばかり言っていたのでは誰も来手がありません。お金でもあれば、それを目当てに、面倒見てやろうという女性が現れるかもしれませんが」

　喋っていて、自分でも情けなく思うのか、河村は次第に肩を落とした。

「浅見さんのことをお若いと申し上げたが、油断をしておりますと、二十年や三十年、あっというまに経ってしまいますよ。私が陽奇荘にお世話になったのはまだ二十代のことでしたが、それからもう四十年近く経ちましたからねえ」

　浅見は驚いた。四十年前といえば、浅見が生まれるはるか前だ。

「その頃は、陽奇荘に柏倉さんもいらっしゃったのですね」

「そうです。あの人は戦後すぐからずっとでしたから、それこそ二十年以上も先輩だったわけでして。歳は一つしか違いませんでしたけどね」

「どんな方でしたか？」

「それはもう、ひと口に申し上げて、いい方でした。律儀で情に厚く仕事熱心で、とりわけ正岡家に対する忠誠心につきましては、私などはただただ尊敬するばかりでした」

「しかし、正岡家が陽奇荘から現在のお宅に移る際、柏倉さんは外に出され、河村さんが残るような形になったのですね。それは柏倉さんにとっては不満だったのではないかと思うのですが」

「そんなことはありません。社長——いまの会長は、柏倉さんをいつまでも正岡家の中に縛りつけておいては気の毒だと思われたのです。それで銀行に入れ、マンションを差し上げて、結婚でもしなさいという親心があったのだと思います」

「そうなることは必ずしも、柏倉さんは望んでいなかったのではありませんか」

「さあ、そこまではなんとも分かりかねますなあ。銀行を定年で辞められた後も、退職金や年金のほかに、お手当てが出ていたと聞いておりますしね」

「そうですか。正岡家は柏倉さんに対して、ずいぶん厚遇なさっていたんですねえ」

「はい、柏倉さんは単なる使用人ではなく、言ってみればご家族の一員のような意味合いがありましたからね。浅見さんはお聞きになっているかどうか存じませんが、柏倉さんはいわゆる戦災孤児でして、正岡家の先々代の奥様が施設からお引き取りになって育てた方なのです」

「あ、そのことはちらっとお聞きしました。そうですね、そういうことなら、厚遇することも、柏倉さんに人一倍、忠誠心があったことも納得できます。何でも、その先々代の奥様がお里帰りする時など、お嬢さんの錦恵さんと、それに柏倉さんをお供にお連れしたと聞きましたが、そういう事情だったのですね」

「そう、そういうことですよ。ですから、柏倉さんに不満などあるはずがありません」

河村の口ぶりには、少し羨《うらや》ましげなニュアンスが感じ取れた。

陽奇荘に着くと、車を建物の陰のほうに隠して、二人は館内に入り、河村の案内で二階に上がった。

「ここがいいでしょう」

河村は懐中電灯の明かりをドアに向け、ノブを回して浅見を先に部屋に入れた。そこは玄関ホールの上の、元は応接間として使っていたと思われる部屋で、窓際に作り付けの椅子がある。ここからだと、木の間隠れながら門が見通せる。

3

河村はどこからか小さな丸テーブルを運んで来て、飲み物やスナック菓子を載せた。

「ここに置いておきますから、どうぞ召し上がってください」

テーブルの上の物をいったん電灯で照らしてから、スイッチを切った。浅見は「遠慮なくいただきます」と、見当をつけてあった缶コーヒーに手を伸ばした。長期戦に備えて、眠気を醒《さ》ましておかなければならない。プルトップを引き抜こうとして、すでに開けられていることに気がついた。河村がやることにはそつがない。

「正岡家が陽奇荘からいまのお宅に移る際、こういった家具や調度品類の中で、置き去りにしたままのものがずいぶんあったそうですね」

浅見はテーブルを軽く叩いて言った。

「それらの品を、柏倉さんが処分してしまったのではないかと思われるのですが、その経緯を河村さんは何かご存じないですか?」

「ああ、そのことですね。確かにそういう話があるのは知っておりますが……」

河村は言いにくそうに語尾を濁した。浅見は根気よく話のつづきを待った。

「これはまあ、柏倉さんの名誉にも関わることなので、私がはっきりそうだとは申し上げられないのですが、品物のうちのいくつかは柏倉さんが処分してしまったようです」

「つまり、換金したということですか」

「はあ、まあ、そういうことで……」

「しかし、さっき伺った、柏倉さんの律儀な性格からは、そういう勝手なことをしそうな印象はないのですが」

「そうですなあ……悪い相手に利用されたということではないでしょうか?」

「なるほど。実際、奥松島で殺された岩澤という人物が、陽奇荘から出たと思われる骨董品などを、東京の古物商に売りに行っています。具体的に言うと、そういうことでしょうか」

「たぶん……いや、私は詳しいことは知りませんよ。知りませんが、もしあるとすれば、そうだと思います。柏倉さんが自ら正岡家の信頼を裏切るような真似をするとは考えられませんからねえ。ただ、聞いたところによりますと、岩澤という人は、先々代の奥様の親戚筋に当たる人だそうですから、柏倉さんなりに思い入れもあり、信用もしたのではないでしょうか」

「そのようですね。先々代の奥様のことは、柏倉さんのいわばウィークポイントのようなところがあって、それを持ち出されると抵抗できない。つまり相手が悪かったのかもしれません。しかし、相手が悪いというと、その岩澤のほかにもっと悪い相手――むしろ元凶と言ってもいい人物が存在するわけです。昨夜穴を掘ったヤツがそうでしょうが、それにしても、律儀なはずの柏倉さんが、そういう連中に品物を渡してしまったというのは、どういう経緯があるのでしょうかねえ？」

「まったく……何があったのか。魔がさしたというのでしょうかなあ。いずれにしても、騙《だま》されたというのが真相でしょう」

それが結論となった。

それからえんえん、ただ待つだけの時間が流れた。外に声は洩れないと思うが、会話も弾まない。

「本当に来るものでしょうかなあ」

河村は懐疑的な声で言った。

「ええ、間違いなく来ると思います。それも、十時過ぎには来るでしょう。昨夜は中途で時間が足りなくなりましたからね。それに、われわれがこうして待ち構えていることなど、知らないはずですから」

「もし来た場合はどうするんですか？　会長からは、警察に知らせるのは具合が悪いように聞いておりますが」

「ええ、われわれだけで対応します」

「しかし、大丈夫でしょうか。相手はとにかく人殺しですよ。危険ではありませんか」

「危険ですが、取り押さえる必要はないのです。相手の顔を確認できれば、それで十分。たぶん敵は逃げると思いますが、もし襲ってきたら、こっちが逃げ出せばいいのです」

「犯人は一人なんですか？」

「一人のはずです」

「二人……いや、もっと何人もいたらどうします？」

「その場合は躊躇なく警察を呼びます」

「そう、そうですよねえ。それを聞いて安心しました」

そして、浅見の夜光時計が十時五分を示した時、門の辺りに明かりが灯った。

「来ました！」

河村が小さく叫んだ。

明かりは揺れながら、ゆっくり近づいて来る。そして、門から二十メートルほど入ったと思われるところで止まった。ちょうど、白雲橋へ通じる道の分岐点の辺りだ。しばらく止まったままでいたが、ふいに反転したかと思うと、明かりは消えて、おぼろげな人影が門の外へ消えて行った。

「逃げたのでしょうか？」

河村は不安そうに言った。

「分かりません。警戒しているのかもしれません。しばらく待ってみましょう」

しかし三十分以上を経過しても、何も起こらなかった。

「どうやら勘づかれたようですね」

浅見はようやく諦めて立ち上がった。

玄関を出て、明かりが消えた辺りまで行ったが、むろん人の気配はない。浅見はさらに先まで行き、門の外を窺《うかが》ったが、近くにそれらしい車もなかった。懐中電灯で地面を照らしてみた。この辺りは砂利道で、たぶん足跡の採取は不可能だろう。

「何を思って引き返したのですかね？」

浅見は首をひねった。

「われわれの姿が見えたとは思えませんが」

「もしかすると……」と河村が鼻をクンクンさせながら言った。

「排気ガスの臭いを察知したのではないでしょうか」

「えっ、臭いますか？　僕にはさっぱり臭いませんが」

浅見は驚いた。

「はい、ほんのかすかに臭います。いや、私は特に臭いには敏感なたちでして、街を歩いているだけで、あまりにもいろいろな臭いが押し寄せてくるので、気分が悪くなることがあるほどです」

「それにしても、われわれが来て車を隠してから、かれこれ二時間近くは経っていますよ。いいかげん臭いは消えていると思いますが」

「いえいえ、そういうものではありません。臭いの分子は地面の砂利の一つ一つに付着しておりますからね。そう簡単に消えないのですよ」

「なるほど、そういうものですか……」

浅見は感心した。イヌは人間の千倍以上の嗅覚があるそうだが、世の中には特殊な能力の持ち主がいるものである。

「どうしますか。もう一度、中に入って待ちましょうか」

河村が訊いた。時刻はまもなく十一時になろうとしている。

「そうですね……いや、今夜はもう来ることはないでしょう。帰りましょう。河村さんには明日も朝から仕事があるのですから」

車に向かいながら言った。

「それは浅見さんも同じことです」

「いえ、僕の仕事など、たかが知れてます。眠い時にはどこでも眠れますし、怠けたい時にはそれなりに自由が利きますからね。その点、河村さんは正岡社長のスケジュールに合わせて、秒刻みで動かなければならないのでしょうから、大変です」

「それはまあ、おっしゃるとおりですが。しかし、浅見さんには土日も祭日もないのでしょう？　大変なお仕事だと思います」

「はあ、確かにそうですね。よくおふくろに言われるのですが、われながらヤクザな仕事だと思うことがあります。こんなことでは永久に嫁の来手がないでしょうね……あ、失礼なこと言ってしまいましたか」

「ははは、私の場合は事実だから仕方ありません。浅見さんはこれからでしょう。いや、そうは言っても、私だってまだまだ諦めたわけではありませんがね」

強がりを言って、河村は笑った。

車に乗って、陽奇荘を出ると、河村はその続きのように言った。

「考えてみると、柏倉さんも、岩澤という人も、それに浅見さんも私も、全員が独身なんですなあ。浅見さんのように希望のある人は別ですが、なんだか侘しいものです。いまさら嫁を貰っても、あと何年、一緒に暮らせるかと思うと虚しいですが、せめて最期くらい見送ってくれる人がいて欲しい……などというのは愚痴でしょうか」

話題がそれこそ侘しいものになった。

六十歳を過ぎた柏倉や河村はともかく、岩澤は「希望」がないと言ってしまうには若すぎる。希望も野望もあっただろう。岩理屋敷の岩澤家に繋がる者として、現在の境遇に飽き足らず、結婚はもちろん、優雅な生活を夢見たにちがいない。柏倉や「X」と組んで窃盗や故買めいたことをやっていたのも、その「夢」に向かって現状を変えようという思いからだったことは確かだ。

いや、岩澤だけではない。河村がそうであるように、ひょっとすると柏倉にも老後の安心や幸福への望みがあったかもしれない。安心に関しては、正岡家の温情を頼れるとしても、それ以上の幸福——たとえば結婚ということになると、自分でその気になり努力するほかはない。この歳になって女性の歓心を買うとすれば、まず先立つものはお金——という気になるのも当然だ。正岡家の信頼を裏切って、窃盗や故買に手を染めたとしても、あながち責められないことではある。

（しかし——）と、浅見はどうしても理解不能のことが一つ、引っ掛かっている。それは、柏倉がなぜあの時期、「幽霊簞笥」を修理に出したのか——ということだ。いったい柏倉は、修理した簞笥をどうするつもりだったのだろう？——という謎が解決しない。

柏倉が岩澤や「X」と同じように「悪事」に走ったのは、最初から柏倉の意思であったとは思えない。警察の調べによると、銀行預金などは彼の収入や生活のつましさから考えると、意外なほど少ない額だったというから、もともと柏倉は蓄財の意思すらない人物だったのだ。どうやら幽霊簞笥のケースに象徴されるように、陽奇荘のメンテナンスなどに私財をなげうって、正岡家の恩義に報いていたらしい。

その柏倉が窃盗などという、いじましい罪を犯すとは考えにくい。しかし、現実に柏倉の手から岩澤の手を通じて、旭山商会へ陽奇荘の什器類が流れたのは事実としか考えられないのだ。もし柏倉が生きていたら、「いったいどうしちゃったんです？」と、訊いてみたいものである。

河村を自宅マンションの前まで送って、浅見は正岡家に引き上げた。別れ際、河村は心配そうに「このあと、また犯人が来ることはないでしょうかねえ」と言った。

「もしそんなことになると、社長に申し訳が立ちません」

「いえ、正岡さんには僕からちゃんと説明しておきます。犯人は今夜は現れませんよ。それに、僕はあとでもう一度、陽奇荘を見回るつもりです。河村さんは気にしないでお休みください」

「えっ、そうなんですか？　浅見さん一人で大丈夫ですかね？」

「大丈夫です。こう見えても、少林寺拳法をやってまして、腕力には自信があります」

それは嘘だが、河村を安心させる効果はあったらしい。「それでは」と、ようやく帰って行った。

4

正岡家に戻ると、佑春、佑直親子が起きていて、リビングで浅見を迎えた。お手伝いの澄恵が「お茶を」と言うのに、佑直は「いいから今夜はもう寝なさい」と労《ねぎら》った。浅見家の須美子もそうだが、住み込みのお手伝いさんには、家人の側も細やかな心遣いがなければならない。

澄恵が「おやすみなさいませ」と去るのを見送って、浅見は今夜の「張り込み」の結果について話した。怪しい人影が現れたが、こっちの存在に気づいたのか、そのまま立ち去ったと言うと、二人は異口同音に「それはよかった」と言った。

「いえ、よくはありません。相手の正体を確かめなければならなかったのですから」

「いやいや、そんなに無理することはない。無事で済めば、それに越したことはないのですよ」

佑直は慰めを言ってくれた。

「そうおっしゃっていただくと気が楽になりますが、今夜はもう一度、陽奇荘の見回りに行って来るつもりです」

「えっ、河村も一緒ですか？」

「いえ、河村さんは明日のお仕事がありますから、僕だけで参ります」

「それはおやめなさい。そういう危険なことまでお願いするつもりはありませんよ。敵が張り番に気づいて逃げたのなら、それで十分です。浅見さん自身、今夜はもはや、敵は来ないだろうと思っているのでしょう？」

「はあ、僕はそう思ってますが、しかし、絶対に来ないとは断言できません」

「そうなったらそうなったで、いいじゃありませんか。犯人を追いかけたり捕まえたりするのは警察に任せておきましょう。それで決まりです」

佑直がそう結論づけてくれて、正直、浅見はほっとした。あの陽奇荘に一人で潜んでいることだけでも、じつは恐ろしい。まして犯人が現れて「対決」などということになるのは願い下げたいのである。

「浅見さんは冷徹な方だと思っておりましたが、やはりお若いだけあって、血気に逸《はや》りがちなようですなあ」

佑春が気掛かりそうに言った。

「そういうことでは、お兄上もご母堂も、心配なさっておいでではありませんか？」

「いえ、心配はしていないと思います。むしろ、いつまでも独立できないことのほうが心配なのではないでしょうか」

「ははは、それそれ、それもそうですな。まあ、余計なことを言うようだが、早くお嫁さんを貰って、ご母堂を安心させて差し上げるのがよろしい。どうですかな、まだどなたもいないようなら、うちの澄恵などは。あれはしっかりしたいい娘ですよ」

「お父さん」と、佑直が窘めた。

「またその話ですか。お母さんに叱られますよ」

「いいじゃないか。澄恵ならわしだって保証できるよ。よく働いてくれるし、気立ても優しい。いい奥さんになると思いますがなあ」

「お父さん」

「分かった分かった。ははは、どうも歳を取ると、お節介を焼きたくなる。さて、そろそろ退散しますかな」

それを汐《しお》に席を立ち、浅見は自室に引き上げた。それからバスを使い、少し原稿書きをして、横になった。しかし、なかなか寝つけない。明かりを消して目を瞑《つむ》っても、陽奇荘での出来事が浮かんでくる。懐中電灯が門を入ったところで立ち止まり、そのまま引き上げたのが、どうにも悔しくてならない。敵はなぜ浅見たちが潜んでいることを察知したのだろう——と思う。河村は排気ガスで気がついたと言うが、浅見にはまったく臭わなかった。自分では五感どころか、第六感にさえかなりの自信があるだけに、そのこともいまいましい。

それ以前に、浅見が苦労して、しかも幸運に恵まれて、やっとのことで発見した「不等辺三角形」の謎がいち早く解かれ、あの梅の木に先行されたことも屈辱的だ。いかなる思考回路でその結論を導き出したのか、犯人に会って聞いてみたいくらいなものである。

(なぜ分かったんだ?——)

浅見はベッドの上で輾転《てんてん》としながら、その疑問に囚われ続けた。

(犯人「X」はどうやって謎を解いたのか?——)

「X」はおそらく、柏倉か岩澤を通じて漢詩のことを知ったのだろう。そのことや、漢詩に「岩」と「澤」という、先々代夫人の実家の名前が使われていることに「X」が気づいたとしても、それほど驚くには当たらない。

しかし、箪笥の隠し棚の蓋に隠されていた「在不等辺三角形之重心」のキーワードの存在を知らなければ、そこから先へは進めない。さらに、キーワードを知ったとしても、その意味を解くことができなければ図形を描くことができない。

漢詩の文字の配列の中で、「岩」と「澤」とを結んで不等辺三角形を描く三つめの点は「秋である」と気づいたのは、僥倖《ぎょうこう》のようなものだった。「秋」を象徴するものが「稲」であるという類推が生まれ、そこから稲荷神社に到達するのは、浅見がそうであったように、偶然か幸運に拠らなければ、ほとんど不可能に近いと思われる。

それを敵はやってのけた。

（どうやって？――）

堂々巡りのように疑問が寄せてくる。暗闇の中に瞳を凝らし、浅見は繰り返し繰り返し自分に問い掛け、「X」が自分と同じ結論に辿り着いた経緯を推理してみた。

「X」が何者であるのかは措いておいて、まずは柏倉と岩澤と「X」が知己であったことは間違いない――という前提からスタートする。

ある時点で、おそらく三人とも、漢詩については知っていたと思われる。岩澤と「X」の二人は柏倉からその話を聞かされたか、漢詩の紙を見せられたのだろう。「埋蔵金」の在り処を暗示するかどうかはともかく、いかにも意味ありげな文面だ。岩澤と「X」にヤマっ気でもあれば、すぐに汪兆銘の財宝――という連想が浮かんだにちがいない。柏倉を動かして、財宝探しを始めようとしただろう。

それに対して、柏倉がどう対応したのか。自ら積極的に動こうとしたかどうかは分からないが、無下に断れない関係にあったとすれば、岩澤や「X」に押し切られたこともあり得る。ただし、隠し棚の蓋の裏面に書かれていた「在不等辺三角形之重心」の文章については、柏倉はあえて教えなかった。おそらく、何らかの理由があって、岩澤か「X」に不信の念を覚えたためではないか。箪笥を修理に出したのは、彼らの追及から「秘密」を遠ざける目的もあったかもしれない。

おそらくその時点までは、岩澤と「X」は「不等辺三角形」の文章は知らなかったようだ。しかし、柏倉から簞笥に、漢詩以外の秘密が隠されていることは聞かされていたと考えられる。それを知ろうとした矢先に、柏倉が簞笥を修理に出した。岩澤と「X」は柏倉の「裏切り」に怒り、問い詰め、あげくの果て、殺害してしまった——のではないか。

どうも、単純な図式だが、現時点で思い描けるのはその程度の事件ストーリーである。岩澤と「X」のいずれが主犯か従犯かはともかくとして、松重閘門への死体遺棄には二人が関与したことは間違いなさそうだ。

そもそも柏倉にとって、岩澤あるいは「X」という人物は、どのような関係の存在だったのだろう。警察の捜査によって、岩澤が柏倉の自宅に出入りしていたのは、近所の人にしばしば目撃されていることから明らかだが、「X」と思われる人物の情報は、いまのところまったく出てきていないらしい。そのことから、「X」よりは岩澤のほうが柏倉と親しい関係だったと推測される。もともと、岩澤は先々代夫人の親戚という繋りがあるのだから、柏倉としても粗末には扱えなかっただろう。

そういうことから言って、簞笥の「秘密」については、岩澤のほうが「X」よりも知っていたと思われる。そして柏倉殺害の後、その秘密を追って奥松島へ向かった。それはあたかも「X」を出し抜いた行動にも受け取れる。それに怒った「X」が、岩澤を追って奥松島へ行き、殺害してしまった――のかどうか。

この辺りになると、浅見はさっぱり自信がない。さらに、警察の聞き込み捜査や、民宿のおばさんの証言などによると、奥松島では「X」の行動に寄り添うように、女性の姿が見え隠れするのだが、その女性の存在が何を意味するのかも分からない。

こう考えてくると、それまでの過程で「X」が「不等辺三角形」の謎を手に入れるチャンスはどこにもなかったとしか思えない。岩澤ですら井上簞笥工房で簞笥を見ることさえできていなかったのだ。仮に「X」が岩澤を脅し、問い詰めたとしても、岩澤は答えられなかったはずだ。

（いったい、「X」はどこでどうやって、「不等辺三角形」の謎を入手したのか？――）

とどのつまり、その疑問に戻る。

浅見自身が事件に関わり、梅の木にまで辿り着く過程のことを、あらためて想起してみると、そこには、理詰めで浮かび上がったものもあれば、偶然や幸運の所産もある。紆余曲折と言ってもいい。それを「X」は、いとも簡単に謎解きを完成させてしまった――とは到底、信じがたい。

（まさか、身内の中から、秘密が洩れたということはないだろうな――）

　そういう疑惑さえ、ひょっこり浮かんできた。浅見が「梅の木」に辿り着いたのは一昨夜のことである。佑春がふいに思いついて、離家から走り込んで来たのだった。その時、テーブルには浅見のほか、佑直と節子夫人だけがいた。翌日、朝食のテーブルでは佑春の口からその話題が出たらしい。したがって、子供たちを含めて、正岡家内では「梅の木」の話はオープンになっている。佑春が全員に、「この話は誰にも話さないように」とクギを刺してはいたが、はたしてその「威令」が守られたかどうか。美誉はともかく、中学・高校の妹たちの口は抑えられなかったのではないか。だとすると、噂話は際限なく広まってしまった可能性はある。

　そのことを思うと、浅見の目はますます冴えてきた。夢と現《うつつ》が交錯しているような浅い眠りの中で朝を迎えた。

　朝食のテーブルで、浅見は早速、そのことを確かめた。

「梅の木の話、もしかして、学校なんかで、誰かに話してはいませんか？」

　ごく遠慮がちに子供たちに訊いた。

　言下に、「してませんよ」と、佐知と由華は同時に答えた。

「お祖父ちゃまが話してはいけないとおっしゃったのに、話すわけないでしょう」

　まるで抗議する口調だ。美誉までが不信の目を向けている。これには浅見も兜を脱ぐほかはない。「申し訳ない」と謝った。

子供たちでさえこれだから、二人の夫人たちに確かめることなどできるはずがない。諦めかけた時、キッチンのドアから澄恵が出てきた。その瞬間、浅見は胸の痛みのような軽いショックを感じた。

（彼女も梅の木の話を知っている――）

そう思った。正岡家の会話に参加していたわけではないが、お茶を運んだりしながら、食卓での会話を小耳に挟むことは多いにちがいない。

もっとも、澄恵は正岡家に住み込みで働いているのだから、外部の人間との接触はほとんどないはずだ。買い物に出かけた際、店員や顔見知りのご近所さんと会話を交わす程度だろう。仮にそうだとしても、その時に正岡家のプライベートに関わるようなことをペラペラ喋るとは考えにくい。

（しかし――）と、浅見は、たったいまアンテナに引っ掛かった、ごく微弱な電波を捕らえ、記憶した。

第九章　「X」の正体

梅の木の下を掘るかどうかは難しい問題であった。庭師は一目見て、「これはあかんですな」と言った。傷つけられた根から病原菌が入る危険性があるというのである。とりあえず手当てを施《ほどこ》し、いったん埋め戻して、この先、何日か後に掘り進むかどうか判断することになった。

それまでのあいだ、犯人に再度、掘られる可能性があるので、陽奇荘に警備員を置くことにした。

1

土曜日、浅見も久しぶりの「休日」が取れた。正岡家を出て、白壁界隈を歩いてみることにした。

まったく「白壁」とは言い得て妙だと感心するほど、白い壁や塀の多い街だ。黒い瓦屋根を載せた塀も少なくない。塀の中にはみごとな植栽がなされ、見越しの松もある。日本独特の街並みの美しさを堪能する。

とはいえ、その街並みもそれほど続きはしない。じきに尽きて、ふつうの新建材を使った民家や店、大小のビルやマンションが立ち並ぶ雑駁《ざっぱく》な街に出た。ヨーロッパの統一性のある街や村の風景には、はっきり見劣りするのだが、それはそれで、親しみ易さを感じることもできる。

「浅見さーん」と声が聞こえたので、その方角を振り向くと、喫茶店の前で女性が手を振っている。黒のインナーと黒のストレートパンツにベージュのジャケット。地味だが、それが却《かえ》って爽《さわ》やかで鮮烈な印象を与える。少し短めの髪が躍るほど、伸び上がり伸び上がり、手を振っている。

しかし浅見には彼女の記憶がなかった。ひょっとして人違いかと周囲を見回したが、自分以外に該当しそうな人物はいない。

女性はもう一度「浅見さーん」と呼んだ。間違いなく自分のことである。浅見は当惑しながら、彼女に近寄った。

大きな目。にこやかな白い歯。真っ直ぐこっちを見て、「こんにちは」と小さく頭を下げた。もはや間違いや勘違いではない。浅見もどこかで会ったことがありそうな気がしてきた。

「どうも、しばらくです」

とりあえず挨拶した。

「いやだ、しばらくだなんて」

女性はおかしそうに身をよじって笑った。ということは、どうやらごく最近、会っているらしい。しかし記憶には——。

（あっ——）と気がついた。驚いた。彼女は正岡家のお手伝い、萬来澄恵だ。そういえば今日の朝食のテーブルでは、彼女の姿を見ていない。昨夜会って以来ということになるけれど、「しばらく」は相応しくない。

「ははは、僕にとっては一日《いちじつ》が千秋《せんしゅう》のような気分なのですよ」

笑って誤魔化したが、驚きの色を隠せたかどうか、疑わしい。それほどに彼女の変身ぶりは鮮やかなものだった。お仕着せのメイドのコスチュームと私服とのあいだには天と地ほどの開きがある。しかもじつに美しい。

「今日は、どうしたんですか？」

驚きのあまり間抜けな質問をした。しかし意味は通じたようだ。澄恵はあまり気にした様子もなく、「今日と明日、土曜と日曜はお休みです」と言った。

「あ、そういうこと」

浅見家でも、お手伝いの須美子は週に二日、自分の都合のいい日に休みを取っていいことになっている。もっとも、須美子は休みの日でも外出するわけでもなく、何となくいつもどおりの生活パターンで過ごしてしまうことが多いのだが。

「お休みの日は何をしてるんですか？」

「自分のお洗濯とか、掃除とか。気が向くとドライブとか。でも、ほとんど家でゴロゴロしています」

「えっ？　家というと？」

「この少し先に、マンションを借りていただいているんです」

澄恵は街の向こうを指さした。週の内、五日間は正岡家に住み込みだが、土曜と日曜だけは自宅に帰っていいのだという。須美子よりは恵まれていると言うべきだろう。

「車の運転をするんですか？」

「ええ、しますよ。正岡さんのとこの採用の条件が、運転免許証を持っていることだったんです。今日もドライブでもしようかなって思ってました」

「ほうっ、車もあるんですか」

「とんでもない。レンタカーですよ。高くて買えないし、車庫だってないし、たまにしか使わないんだから、それで十分」

「なるほど」

「浅見さんはこれから、どこへいらっしゃるんですか？」

「いや、どこへも行きません。名古屋のことはあまりよく知らないので、この辺りを少し散策してみようかと思っています」

「だったら、お茶でも飲みませんか。いま、喫茶店に入ろうとしたところです」

「いいですね。僕もそのつもりでした」

目の前の喫茶店に入った。澄恵の馴染みの店らしく、店員のさりげない挨拶に親しさが感じ取れる。男性連れだったことに、少し驚きの表情が浮かんでいた。気を遣ったのか、隅のほうの静かな席に案内してくれた。

二人ともコーヒーを頼んだ。

「浅見さんは名探偵なんですってね。尊敬しちゃいます」

「ははは、それはかなり間違った情報です。僕はただのルポライターにすぎません」

「そのことも聞いてます。うわべはルポライターを装っているけれど、その実体は探偵さんなんだって。それに、お兄さんが警察の偉い方だそうですね」

「困ったな。そんなことまで伝わっているんですか。誰から聞いたんですか？」

「誰っていうことはありませんけど。あそこでお仕事をしていれば、何となく耳に入りますから」

コーヒーが運ばれて、会話が途絶えた。コーヒーカップの脇にクッキーが添えてあるのに驚いたが、名古屋ではこういうのがスタンダードらしい。コーヒーの専門店というわけではないらしいが、コーヒーそのものも旨い。浅見がそのことを言うと、「ね、おいしいでしょう」と、澄恵は自分のことのように自慢した。

「正岡さんのお宅でも、一生懸命、工夫してみるんだけど、どうしてもおいしくないんですよね。ここのマスターに言わせると、二百杯も淹れれば上手になるそうですけど。もう二百杯以上淹れてるのに、ちっともうまくなりません。豆や水のせいではないらしいんです。やはりセンスの問題でしょうか」

真剣な顔で話す。真面目な人なんだな――と浅見は思った。

「萬来さんはどういうきっかけで、正岡さんのところにお勤めになったんですか？」

「叔父の紹介です。あ、それから、私のことは澄恵って呼んでください。萬来って呼ばれるの、何だか堅苦しくて、いやなんです」

「分かりました。しかし、萬来っていう名前は珍しいですね。確か、ご親戚ぐらいしかいないと聞きましたが」

「ええ、そうなんです。もともとは松阪の商家の出だそうですけど、千客万来で縁起がいいから、先祖がそういう名前にしたんじゃないかって教わりました」

「叔父さんと正岡さんとは、何か関係があるのですか？」

「あ、叔父って言っても、遠い親戚だって言われているだけで、よく知りません。名前も河村と萬来では、ぜんぜん違いますし」

「えっ、叔父さんというのは、あの河村さんのことですか」

「ええ、そうです。子供の頃から叔父さん叔父さんて言ってましたけど、漢字で書く叔父なのか、ただの平仮名のおじさんなのか、ほんとのことは知らないのです」

「そうだったんですか。それじゃ、正岡さんのお宅の信頼も篤《あつ》いのでしょうね」

「信頼って、私のことですか？　さあ、私はどうか知りませんけど、叔父――河村さんは信頼されてますね。もう四十年近く、ご先代の頃から二代にわたってお勤めしてるんですもの、正岡家のことは何でも知ってるみたいです。私にも、一生懸命、お勤めするように、何かあったらすぐに知らせるようにって、うるさいくらい言うんですよ」

「じゃあ、正岡さんのお宅であったことは、逐一、河村さんに報告しているんですね」

「ええ、そうしないと叱られますから」

「そうですか。河村さんと二人三脚なら、心強いですねえ」

言いながら、浅見は別のことを考えていた。奥松島で岩澤が殺害されたのは、九月二十六日、土曜日の夜だった――。

「お休みの日のドライブは、遠くまで行くんですか？」

「そうですね。けっこう遠くまで行くことがありますよ」

「むろん、誰かと一緒？」

「えっ、あ、いやだ。浅見さん、変なこと考えているんでしょう。残念ながら、そういう人はいません。岐阜のほうに帰ると、高校時代の友達なんかもいるんだけど、名古屋には友達も知り合いもほとんどいないんです。ドライブは一人で気儘に出掛けます」

「ご実家は岐阜ですか？」

「ええ、郡上八幡《ぐじょうはちまん》です」

「そうだったんですか。郡上八幡はいいところですね。水がきれいだ」

「ええ、でも、私のうちはそこから山のほうに入った田舎です」

「じゃあ、お休みのドライブはご実家へ帰ることが多いのですか」

「いいえ、実家には滅多《めった》に帰りません。早く嫁に行けとか、いろいろうるさいことを言われますから」

「なるほど。それで、ご本人としてはどうなんですか？」

「あまり考えていません。その気がないんです。それは、浅見さんみたいにすてきな男性がいれば、話はべつですけど」

澄恵は少しコケティッシュな目になって、浅見を見つめた。

「ははは、僕なんかは駄目ですよ。三十三にもなって、いまだに居候ですからね。まったく甲斐性なしだ」

「ほんとですか？　信じられない。でも名探偵なんですから、かっこいいです」

「だから、その名探偵は嘘だと言ったでしょう。それはともかく、今日はドライブ、どうするんですか？」

「そのつもりでしたけど、浅見さんと会ったから、どっちでもよくなりました。浅見さんが付き合ってくださるなら行きますけど」

「うーん、残念ながら、僕はこの後、予定がありますが。しかし、僕がドライブを邪魔したことになりますね」

「そんなことありませんよ。ドライブなんか、いつだってできます。浅見さんとこうやってお喋りするチャンスなんて、絶対にありませんもの」

「ははは、僕なんかより、ドライブのほうがいいに決まってますよ。最近はどこへ行ったんですか？」

「最近ですか？……えーと、いつだったかなあ……」

「先週はどうですか？」

「先週は家で洗濯して、映画を観に行きました。その前の週も違うし……あ、その前の土曜日に伊勢へ行きました。伊勢神宮にお参りして、赤福を食べてきました。独りのドライブなんて、食べるくらいしか楽しみがないんですよね」

澄恵は陽気そうに言ったが、ふと遠くを見た目が寂しげだった。

2

鳴瀬署の捜査本部に電話したが、倉持部長刑事は留守だった。「お戻りになったら、お電話を」と頼んでおいたが、倉持から浅見のケータイに連絡してきたのは、それから二時間以上も経ってからである。

「何かありますか？　こっちはさっぱりですよ」

倉持は浅見が訊く前に弱音を吐いた。

「いえ、大したことはありません。今日は、ちょっと調べていただきたいことがあって、お電話しました」

「はあ、どういうことでしょう？」

「岩澤氏が殺された日ですが、その日、現場近くで女性が運転する車が目撃されていましたね。民宿のおばさんが見た車は宮城ナンバーだったのですが、その日、仙台周辺のレンタカー店で、車を借りた女性がいないかどうかということです」

「レンタカーを借りた女性ですか？　そんなのは沢山いるんじゃないですかね」

「あ、住所が岐阜県……いや、愛知県かもしれませんが、そのいずれかの住所の女性に限定していただきたいのです」

「なるほど。で、氏名は分かりますか？」

「名前は萬来澄恵。萬来は旧字体の難しい萬に来ると書きます」

「千客万来の万来ですか。珍しいですね。いいですよ、すぐに調べます」

　その言葉どおり、倉持からの返事は一時間後には入った。萬来という名前で車を借りた人物は、男女ともいないという。

「浅見さんがわざわざ問い合わせてきたというからには、その女性が事件に関係しているってことですか？」

「いえ、そういうわけではありませんが、一応、念のためということです」

「ふーん……何やらありそうですなあ。事件当日、東松島市で目撃されていた女性がその女性ということじゃないのですか？　そもそも、その萬来というのは、どういう女性なんですか？　浅見さんとの関係は？」

「いや、本当に関係はないのです。単に、もしかすると——ということだけのことです」

「どうも怪しいですねえ。それと、レンタカーではなく、マイカーで来ていた可能性もあるんじゃないですかね」

「その女性はマイカーは持っていません。とにかく関係はなさそうです。どうもお騒がせして、申し訳ありませんでした」

電話を切って、浅見はほっとした。萬来澄恵に多少なりとも疑いを抱くのは、浅見としては本意ではなかった。もちろん、推理に私情を挟むのはいいことではないけれど、あの澄恵と殺人事件を結びつけるのは辛いものがある。倉持に言ったとおり、念のための確認だったのだが、取り越し苦労に終わって、救われた思いがした。

この日の夕食のテーブルには、やはり澄恵の姿はなかった。「今日と明日、土日は澄恵はお休みなんですよ」と、節子夫人が解説した。代わりに美誉や妹たちがキッチンの手伝いをするらしい。

「だから、お料理がおいしくないのは、我慢してくださいね」

美誉が言ったが、そんなに謙遜《けんそん》することはない。ハンバーグステーキなど、けっこう上手にできていた。それに、コンビニやスーパーで仕入れたお惣菜でないところは、立派なものである。

食事を終えて、しばらく佑直と雑談をしていると、ポケットのケータイが振動した。宮城県警の倉持からだった。「ちょっと待ってください」と席を外し、自室に戻ってから話を聞いた。

「さっき、報告した後、少し気になったので調べたんですが、仙台周辺だけでなく、宮城県内全域に範囲を広げても、どのレンタカー屋にも、萬来澄恵という客の名前は記録されていませんでした」

「そうでしたか。分かりました。ありがとうございました」

浅見は電話を切りかけたが、倉持は「ただですね」と話を続けた。

「一人だけ、愛知県の女性がレンタカーを借りてはいました」

「はあ……何ていう人ですか？」

「須原里実《すはらさとみ》という名前です。住所は受知県名古屋市瑞穂《みずほ》区惣作町《そうさくちょう》。年齢は四十六です」

もちろん、聞いたことのない名前だ。浅見はもう一度、礼を言って電話を切った。

ダイニングのテーブルに戻ると、佑直が気懸かりそうに「何か、問題でも起きましたか？」と訊いた。

「いえ、ただの編集者からの連絡です」

まさか、萬来澄恵のことで調査をしたなどと言えるわけがない。

「編集者からというと、原稿の催促ではありませんか？」

「はい、おっしゃるとおり、彼らは催促するのが仕事なのです」

「うちのために、出版社に不義理をするようなことになってはいけませんな」

「大丈夫です。それなりに仕事は進めておりますから」

「それならいいが、本当に無理はしないでくださいよ」

浅見自身、原稿の遅れは気になっていたから、佑直に言われたのを汐に自室に戻り、パソコンに向かった。書きかけの原稿の先を続けるつもりだが、考えが集中しない。さっきの倉持からの電話が妙に気になる。須原里実という、まったく知らない女性の名前が、パソコンの画面上にちらつくのである。それは深夜、ベッドにもぐり込んでからも続いた。経験から言うと、こんな風にいつまでも意識から消え去らないのは、何らかの意味がある場合が多い。

翌朝、浅見は中川署に電話して、捜査本部に愛知県警の野崎警部がいるかどうか訊いた。日曜だったが、野崎は捜査本部に詰めていた。捜査の進展に目処《めど》が立たないことで、責任を感じているにちがいない。「これからお邪魔してもいいですか」と訊くと、「どうぞどうぞ、お待ちしてます」と、真剣みのある声で言った。

浅見を迎えると、野崎はすぐに応接室に連れて行った。若い刑事を一人伴っている。宮治誠人巡査部長と名乗った。若くて部長刑事なのだから、優秀なのだろう。

「浅見さんが朝早くに電話してくるところを見ると、何やら手掛かりが摑めたのでしょうか？」

野崎は期待感十分――という姿勢だ。

「いえ、それほどのことではないのです。じつはちょっと、調べていただきたいことがありまして」

九月二十六日に宮城県のレンタカー店で車を借りた女性の話をした。

「はあ……というと、東松島のほうの事件のからみですか？」

野崎は正直に、拍子抜けした顔になって言った。

「ええ、本来なら向こうの捜査本部に頼むべきなのですが、わざわざ出張してきてもらうほどのことではないし、だからといって僕が調べに行っても相手にされませんから、野崎さんにお願いしようと……」

浅見は頭を下げた。

「なるほど。それで、どういったことを調べればいいのですか？」

「まず職業など、いわゆる個人情報に関わること。それと、宮城県での行動を知りたいですね。誰とどこへ何をしに行ったのかが分かればありがたいです」

「それはしかし、正直に答えるかどうか、分かりませんよ」

「そうですね。それはやむを得ませんが、刑事さんなら、その時の相手の様子で、嘘をついているか、何か隠しているかは分かると思うのですが」

「さあ、どんなもんですかねえ」

野崎は傍らの刑事に視線を送って、「どうかね、宮治君は?」と訊いた。

「自分ですか? 自分は、そうですねえ、少しくらいは分かると思いますが。しかし、相手の心理まで読めるかどうか、あまり自信はないですね」

「まあそんなところだろうね。令状を携えての訊問ならともかく、単なる聞き込み程度では、本当のところは訊き出せませんよ。いっそのこと、浅見さんが行って、自分の目で確かめたらどうです?」

「いや、それはですから、素人が行っても頭から相手にされません。門前払いされるのがオチでしょう」

「刑事と一緒に行けばいいじゃないですか。宮治の後ろについていて、先方を観察したらいいのです」

「えっ、そうさせていただければありがたいですが、問題ありませんか」

「そりゃ、この件を持ち込んだのは浅見さんですから、警察はその要請に基づいて聞き込みに行く。そういうことなら、大して問題にはならないと思いますよ。と言っても、あくまでも非公式のことですから、むやみに吹聴してもらっては困りますがね」

問題にならないことはないのだろうが、融通をきかせるということだ。

若い宮治刑事にお供する恰好で、浅見は聞き込みに付き合うことになった。

瑞穂区惣作町は住宅と商店が混在するような街だ。そこの比較的新しいマンションの四階が、須原里実の自宅であった。須原家は留守で、たまたまドアから出てきた隣家の夫人らしき女性に訊くと、昨日から出掛けているとのことであった。

「車で出掛けられましたから、どこかドライブ旅行じゃないですか」

須原里実は独り住まいで、訪れる客もほとんどいないということだ。「ご近所付き合いが嫌いみたいですよ」と、やや非難めいた言い方をした。口ぶりから察すると、隣同士の関係は、あまり良好とは言えないようだ。

「車を持っているんですねえ」

隣家の夫人が去ってから、浅見は首を傾げた。マイカーがあるのに、宮城県でレンタカーを借りているというのは、浅見の「常識」からは考えられないことだ。浅見なら、北海道でも九州でも、自分の愛車で走りたい。

ドライブ旅行に出掛けたとなると、帰宅は遅くなりそうだ。二人は夕方以降に出直すことになった。

午後四時過ぎ、宮治部長刑事から電話が入った。「いま、電話で確かめたところ、在宅しとるようです」とのことだ。その三十分後に須原のマンション前で落ち合った。

須原里実はなかなかの美人だった。痩せ型で神経質そうな、尖った顎《あご》をしている。

（誰かに似ている——）と瞬間、浅見は思ったが、イメージがまとまらないうちに、須原が言った。

「どういうご用件ですか？」

相手が刑事なので、警戒するのか、つっけんどんな言い方だ。

宮治はまず型どおり、相手を確認する質問をした。須原の職業は会社員で、経理を担当しているという。

「えーと、須原さんは九月二十六日に、宮城県方面に行かれましたね？」

のんびりした口調で訊いた。とてものこと敏腕な刑事には見えない。そういうのが宮治のパーソナリティらしい。

「ええ、行きましたけど、それが何か？」

「レンタカーを借りられた？」

「ええ、借りましたよ。それがどうかしたんですか？」

「じつは、その日に交通事故が発生してましてね。目撃者を探しているところなのです。須原さんはその日、どちらのほうに行かれたのですか？」

「どちらって……初めて行く知らない土地ですからね、風の向くまま、気の向くまま、あっちこっちですよ」

　須原の表情に冷笑が浮かんだ。

「なるほど。気儘なドライブだったのですね。えーと、目的はあっちこっちと……」

　宮治はわざとらしくメモしている。その脇から浅見が言った。

「東松島市のほうは行きましたか？」

「東松島？……いいえ、行きませんよ、そんなところ」

　かぶりを振って否定したが、一瞬、動揺の色が見えた。

「というと、どこへ行ったか、覚えてはいるんですね？」

「それは、少しは……」

「どことどこですか？」

「仙台とか」

「仙台では新幹線を降りて、レンタカーを借りたのですね」

「そう、です」

「それからどこへ行きましたか？」

「さあ、どこだったかな……伊達政宗の銅像を見て、松島を見ました。そのくらいかな、覚えているのは」

「ドライブは、どなたかご一緒だったのですか？」

「誰もいませんよ。一人ですよ、一人」

人指し指を立てて、一人を強調した。

「レンタカーを借りたのは、九月二十六日の何時頃ですか？」

「確か四時頃ですけど」

「その日のお泊まりはどちらでしたか？」

「泊まりは……刑事さん、そんなことと交通事故と、どういう関係があるんですか？　おかしいじゃないですか」

須原はいきり立った。

「申し訳ありません。じつはですね、事故があったのはさっき言った東松島というところでして、その現場近くで、レンタカーに乗った女性を目撃したという情報が寄せられているのです。その女性が事故と関係したかどうかは分かりませんが、それに該当するような人たちすべてにお話をお聞きしているようなことでありまして。もちろん須原さんを疑っているわけではありません。どうも失礼をいたしました。これで結構です」

浅見は宮治を促すようにしてドアを出かかったところで足を止め、振り返った。

「あ、そうそう、いまの質問について、お答えを聞いていませんでした。その日のお泊まりはどちらでしたっけ？」

「泊まりは仙台グランドホテル……そんなことを聞いてどうするんです？　事故とは関係ないでしょう」

　うっかり答えてしまったのを後悔するように、須原は舌打ちと一緒に答えた。

　マンションを出て、宮治が感心したように言った。

「浅見さんは巧いもんですね、刑事そこのけです」

「とんでもない。宮治さんの尻馬に乗っただけです。しかし、彼女は僕のことを刑事だと思い込んでくれましたね」

「まったく。それで、この後、どうするんですか？　やはりあの女性に何かあると見るんですか？」

「分かりません。いずれにしても彼女一人の犯行とは考えられません。主犯は別にいるとしても、共犯関係は疑うに足るものはあると思います。だいたい、ドライブに行って、どこへ行ったか覚えていないというのは、絶対にあり得ませんからね。とりあえず、明日になったら東松島の捜査本部に頼んで、ホテルに聞き込みに行ってもらいます」

「自分のほうは何をしたらいいですか？」

「もしできれば、須原さんの動向をチェックしていただきたいのですが、それは無理なのでしょうね」

「そうですねえ、張り込むのは無理かもしれませんが、勤務先の様子だとか、交友関係なんかは調べられると思いますよ。野崎警部の了解を取って、やってみましょう」

「それはありがたい。ぜひお願いします」

「ははは、感謝するのは警察の側でしょう。こちらこそ、よろしくお願いします」

互いに礼を言って別れた。

3

翌朝、ダイニングルームに出ると、萬来澄恵がいて、「おはようございます」と元気に挨拶した。一昨日の「デート」のことがあるので、彼女の浅見に対する接し方に、微妙な違いが見えるような気がする。正岡家の人々に怪しまれなければいいが——と、浅見は少しうろたえた。

朝食後、浅見は倉持部長刑事と連絡を取った。倉持は浅見の要請を受けて、すぐに行動を起こしてくれた。しかし、成果は期待したほどのものではなかった。フロントに訊いたところ、須原里実が言ったとおり、確かに九月二十六日の夜、仙台グランドホテルに須原は一人で宿泊していた。二十六日の午後三時過ぎにチェックイン、翌日の午前十時過ぎにチェックアウトしている。

「ホテルはフルタイムでオープンになっているので、宿泊客が何時に外出して何時に戻ったかは、把握しきれないそうです。また、レンタカー店のほうですが、須原里実は仙台市内のNレンタカーという店で、二十六日の午後四時三十分頃に車を借り、翌日の朝、九時頃に返却しています。走行距離は百二十キロ。浅見さんが言われたとおり、仙台・東松島を往復するよりやや長い距離を走っています。といっても、仙台・東松島間を往復したかどうかは特定できませんが」

「分かりました。どうも、お忙しい中、ありがとうございました」

「いや、お役に立ったかどうか。ほかにも何かあったら、遠慮なく言ってください」

「それではお言葉に甘えて、もう一つお願いします。仙台グランドホテルに同じ日、須原さん以外に愛知県の人——男性に限定していいと思いますが、泊まっていないかどうか、調べていただけませんか」

「了解しました。いまはまだ、ホテルの近くにいますから、お安いご用です」

その結果は間もなくもたらされた。

「愛知県在住の宿泊客は須原以外に二組ありました。いずれも二十歳代の夫婦で、しかも一組は新婚夫婦だそうです。もう片方は本物の夫婦かどうかは不明ということでした」

二十歳代では、浅見が思い描く「X」のイメージとは遠い。

「どうも違うみたいですね。いや、ありがとうございました」

浅見は倉持の労をねぎらって、電話を切った。

須原里実が単独で行動したはずはない――と思うのだが、それを裏付ける方法が分からない。こういう場合、警察のような捜査権を持たない身が情けない。

浅見はとりあえず野崎警部に仙台での須原の行動について、報告した。

「なるほど、一人でホテルに泊まって、一人でドライブですか。くさいですねえ。どこかで男と落ち合った可能性はありますね」

「ひとつ気になるのは、須原がチェックアウト前にレンタカーを返却していることです。ひょっとすると須原はどこか別のホテルで一夜を過ごし、朝帰りしたのじゃないでしょうか」

「そうか、そうですよ、きっと。そのホテルに男がいたっていうことか。さすが浅見さんですね」

野崎は手放しで浅見の考えに同調した。

「ところで、昨日の聞き込みの結果を踏まえて、今日の夕刻から宮治は須原をマークすることにしました。容疑の対象ではないので、何人もスタッフを投入するわけにはいきませんが、宮治は優秀なやつですから、一人でもかなり働くはずです。何なら、浅見さんも付き合ってやってくれませんかね」

「ほんとですか。じゃあ、宮治さんに必要な時、連絡してくれるよう、お伝えください。それによって対応します」

夕刻五時半、退社時刻を過ぎる頃、宮治からの連絡が入った。

「現在、須原の勤務先であるQ物産という会社前です。いま須原が現れて、名古屋駅の方角へ向かっています。たぶん帰宅するか、どこかに寄り道するかだと思います。また状況が変わったら、連絡します」

次の連絡はそれから三十分後、須原が自宅マンションに帰り着いたという報告だった。

「どうやら今日はこのまま動かないのではないでしょうか。しばらくは張っていますが、十時頃に切り上げ、また明日、張り込むことにします」

その電話の後、正岡家では夕食になった。主の佑直は帰宅が遅くなるそうだ。この夜の献立は天ぷらで、揚げたての天ぷらを節子夫人と澄恵が忙しそうにテーブルに運ぶ。

「毎日こんなにご馳走ばかりですと、当分、居つづけたくなります」

浅見が本気半分、冗談半分に言うと、佑春は真顔で「いつまでもいてくださって結構ですよ」と言った。美誉や妹たちまで、「ほんとほんと」と賛成している。

「ははは、それはお仕事のケリがつかないという意味になりますから、それでは社長さんに叱られちゃいますよ」

「仕事というと、事件のことですかな。それはまあ、事件が解決するに越したことはないが、それとは関係なしに、しばらくゆっくりしてくださいな。第一、事件のほうはなかなか難しいんじゃないですか？」

「ええ、確かに難しいですが、目処がつかないというわけでもありません。少しずつ、見えてくるものもありますし」

「ふーん、そうですか。流石《さすが》ですなあ。どういう風に目処がついたのです？」

「いえ、まだそこまでお話しできるほどではありません。漠然とした靄《もや》のようなものだったのが、わずかに形を成してきた状態といったところでしょうか。まあ、遅くとも今週中には解決したいと思っていますが」

「ほうっ、今週中ですか。それはまた早いですなあ」

「いえ、僕がそう思っているだけで、じつは希望的観測かもしれません」

「そんなに早く解決しないでください」

美誉が言った。

「今度の休みに、みんなでドライブに行こうって決めたんですから」

「おいおい、おまえたちだけで勝手に決めては、浅見さんが迷惑だろう」

「迷惑ではありません」

浅見は言った。

「しかし、事件を解決して、すっきりした気分でドライブへ出掛けたいですね」

「事件なんかどうでもいいから、たまには遊びましょうよ」

末娘の由華が言って、姉たちも「そうよ、そうよ」と声を揃えた。三人姉妹の総攻撃を受けて、浅見は大いに幸福だった。彼女たちの言うように、事件の解決が長引いて、この幸福な日々が続くことを願いたくなる。

しかし、食事を終え、自室に戻ると、きびしい現実を直視しなければならない。

浅見が佑春に「今週中」と、大見得を切ったのは、願望ではあるけれど、裏付けがまったくないわけではない。それもここ一両日で何か進展があるような予感がするのだ。こういう予感めいたものは、事件捜査がある段階に差しかかったところで、しばしば浅見を襲う。そうして、その予感どおりにことが運ぶのを、これまでに何度も経験している。

今回の「予感」は、一《いっ》に須原里実の動向にかかっている。あの痩せ型の美人がどう動くか。（必ず動く——）と浅見は信じた。それも一両日中に、である。彼女の表情には、強気と虚勢の裏側に、不安と焦りが隠されていると思った。

刑事の唐突な出現は、彼女の想定にはまったくなかったことにちがいない。彼女が「X」によって操作されていたとすると、この思わぬ事態を迎え、「どうしてくれるの」と嚙みつきたい心境だろう。いや、すでに嚙みついているはずだ。女心に精通しているわけではない浅見にも、彼女の心理状態は手に取るように分かる。嚙みつきたい思いを、電話やメールだけでは抑えきれず、行動に出ないではいられなくなるのが、ここ一両日のあいだにちがいない——と信じている。

翌日、浅見は最初から宮治刑事の張り込みに同行した。正岡家には帰りの時間が分からないことを伝えておいた。

須原の勤務先は名古屋駅から歩いて七、八分のところにあるオフィスビルだった。最寄りの駐車場に車を置いて、宮治の待つ喫茶店に向かう。オフィスビルの正面玄関と、幅十メートルほどの道路を挟んで向かい合う、ビルの一階にある喫茶店で、宮治は道路に面した席に坐り、観葉植物の葉の陰から、向かいの様子を窺っていた。飲食代は前払いして、いつでも飛び出せる態勢だ。

　五時半を過ぎて間もなく、須原が玄関から現れた。バッグを小脇に抱え、尖った顎を突き出すような姿勢で、颯爽と歩く。周囲には数人、同じビルから出てきた人々がいるのだが、別会社の人間なのか、それとも日頃からそういう性向なのか、超然として正面を向いたまま、誰にも挨拶する気配がない。

　浅見と宮治はすぐに須原の後を追った。二人とも面が割れているので、少し距離を置いて追尾するのだが、彼女が振り向く心配はなさそうだ。

　名鉄《めいてつ》名古屋駅は地下にある。名古屋は日本で最も早く地下街が発達した都市というふうに記憶しているが、地下にターミナル駅を造ったのも、かなり早かったにちがいない。住民の生活に馴染んだ印象がある。

　須原は雑踏の中を、肩をそびやかすようにして、颯爽と歩く。見失わないように追尾するのに苦労する。須原は真っ直ぐ名鉄の改札口へ向かって、歩みを止めることなく構内へ入った。宮治は駅員に警察手帳を示し、背後の浅見に目配せして、そのまま改札口を通過した。

　須原はすでに発車のベルが鳴っている急行列車に乗った。宮治と浅見も二つ離れたドアから飛び乗った。

列車は走りだして間もなく地上に出て、高架を走る。窓のはるか向こうに、二本の塔がライトアップされているのが見えた。黄色みを帯びた中世の建物のような塔が、夕暮れの空に映えて美しい。

「あ、あれは松重閘門ですね」

浅見は、隣で吊り革に摑まっている宮治に囁いた。

「そうです。あそこから事件は始まったのです」

浅見はいくぶんロマンチックな雰囲気を感じたのだが、宮治は警察官らしく、あくまでも厳粛な口調で答えた。

ほんの十分足らず走って、列車は堀田《ほりた》駅に停まり、須原が降りた。宮治と浅見もそれに続く。

六時十五分過ぎに須原は自宅に着いた。マンション四階の彼女の部屋に明かりが灯るのを見届けて、二人の「捜査員」はようやく緊張を解いた。

「彼女が動きだすとしても、八時より早い時間はないと思います」

浅見はそう断定した。これを山勘と言ってしまえばそれまでだが、そういう勘の鋭さに浅見は自信がある。

「僕は車を取ってきます。それまで、もし動きがあったら、知らせてください」

しかし浅見の勘は当たった。名古屋駅前の駐車場から車を出して、現場に戻って来るまで、須原家の窓に変化はなかった。カーテンは閉まったままだし、誰かが訪ねて来た様子もないという。二人は車に乗り込んで、マンションの入口から五十メートルほど離れた路上で張り込みを続けた。

4

九時半過ぎ、須原の家の明かりが消えた。まだ就寝する時刻ではない。「出ますね」と宮治が言った。しかし、三分を経過しても、須原は玄関から現れない。

「おそらく車ですね」

浅見は囁いた。その言葉が終わるか終わらないうちに、マンション脇の、たぶん奥の駐車場に繋がると思われる通路からヘッドライトの光が出てきた。白っぽい色のセダンである。左右を確認してから、道路を右折して走りだした。幸いこっちの車が向いている方向だ。浅見はすぐに追尾した。この辺りの道路は交通量が少ない。百メートル離れても、あいだに車が入り込むことはなかった。

表の広い通りに出ると、がぜん車が多くなった。テールライトが頼りだから、接近していないと見失う危険性が高い。逆に、他の車に紛れて、こっちが怪しまれる可能性は低くなる。浅見は須原の車を常に二台先に置くように配慮しながら追った。

どこをどう走っているのか、浅見には地理は分からないが、須原がこっちの存在に気づかず、安全運転をしているかぎり、振り切られる心配はなかった。とはいえ、映画のカーチェイスほどの迫力はないが、それなりに緊張はするものである。

須原の車は左折のウインカーを出して、Kホテルの駐車場に入った。それを見届けたところで、浅見はいったん車を停めた。すぐに追随すれば、駐車場入口のゲートの辺りで追いついて、怪しまれかねない。

「どうします？」

宮治が訊いた。

「宮治さんはフロントへ行って、様子を見ていてください。僕は少し間隔を取って、駐車場に入ります」

宮治は「了解」と言って車を出た。浅見は須原が車を駐車スペースに入れたであろうタイミングを計って、駐車場に乗り入れた。

地下一階にゲートがあって、そこで駐車券を抜き取る仕組みだ。その先、地下二階と三階が駐車場になっている。二階は満車状態で、浅見は地下三階まで下りた。その時、駐車場からエレベータホールへ入ろうとしている須原の後ろ姿が見えた。

エレベータを待って佇む須原を、ガラスの壁の向こうに見ながら、浅見は駐車スペースの空きを探した。車を停め、エンジンを切った時、須原はちょうどエレベータに乗り込むところだった。

浅見は大急ぎで車を降り、エレベータホールへ走った。エレベータの位置を示すランプはロビーのある一階で停まった。駐車場専用エレベータは三階の宴会場までしか行かないようだ。やや長い時間、一階で停止したままでいる。須原がロビー階で降りたことが分かって、ほっとした。そこには宮治が張っているはずである。

そう思った時、ケータイが唸《うな》った。宮治からだ。

「いま、須原はフロントにいます。どうやらチェックインをする模様です」

掠れた声で言った。

これは意外だった。常識的に言えば、先に部屋を確保しておくのは男の「仕事」だと、浅見は思っていた。しかしこのことは、「X」の用心深さを示すものではある。「X」はホテルに自分が存在した形跡を残したくないのだ。それは仙台でも同じだったのだろう。

「いま、フロントを離れエレベータホールに向かいました」

宮治の実況報告を聞いて、浅見はエレベータのボタンを押した。

火曜日の夜更けということもあるのか、ロビーは閑散としていた。浅見の姿を見て、宮治が近寄って来た。

「テキは八階で降りたみたいですよ。どうやら、これから男がやって来るのでしょうね。張り込みますか？」

「そうですね。うまいこと部屋が取れるといいのですが」

「訊いてみましょう」

宮治はフロントに行って、警察バッジを示し名刺を渡した。いまチェックインした女性の名前を確かめると、名前は「細川《ほそかわ》ひとみ」、住所は岐阜県になっていた。

「偽名です」

宮治は硬い表情を作って、犯罪の臭いを相手に伝えた。フロントの女性は驚いて、上司を呼んで来た。上司は杉山茂一《すぎやまもいち》といい、名刺の肩書はフロントマネージャーだった。杉山はさすがにこういうことに慣れているのか、さほど慌てず、二人の「捜査員」をオフィスに案内した。

「事件捜査にご協力をお願いしたいのです。さっきチェックインした女性――細川ひとみと名乗ったようですが、本名は須原里実。彼女の部屋の向かいの部屋か、その部屋のドアが見通せる部屋をお借りしたいのですが」

宮治が言うと、杉山は少し思案して、「どういう事件なのでしょうか？」と訊いた。明らかに難色を示している。

宮治は浅見を見た。断定的なことを言ってもいいものかどうか、逡巡している。

「殺人事件です」

浅見はあっさり言った。杉山はギョッとした。事件といっても、売春か、せいぜい麻薬がらみ程度に考えていたらしい。

「殺人事件とはまた、穏やかではありませんが……あの、捜査令状はお持ちなのでしょうか？」

「捜査令状はありません。まだ内偵の段階ですから」

「それですと、私の一存では判断いたしかねますので、支配人に相談しませんと」

「そうですか。では支配人さんにお話ししましょう」

「それがですね。あいにく支配人は海外出張中でして」

「でしたら、あなたのご判断でお決めいただけませんか。ことは緊急を要するのです。いまこうしているだけで、遅きに失することになりかねません」

「そう言われましても……」

「もしどうしても必要なら、捜査令状を出しますが、その場合は刑事が大挙して押しかけるし、指紋採取など、鑑識の作業もすることになります。むろんマスコミも騒ぐでしょうし、ホテルにとって、ご迷惑になるのではありませんか。内偵で済まして、何事もなく終わったほうが得策だと思いますが」

「分かりました」

杉山マネージャーは額の汗を拭った。

二人は須原が入った向かいの部屋・八〇八号室に入った。ボーイの案内もなしに、ひっそりと忍者のように歩き、鍵の音も極力抑えた。部屋はツインで、さして広くはない。向かいの八〇七号室も同じタイプだそうだ。「X」か須原のどちらかが、庶民的な金銭感覚の持ち主なのかもしれない。

それから交代で、ドアスコープを覗く作業に勤しむことになった。大の男がやや背を丸くして、直径五ミリほどのレンズを覗くスタイルは、何も理由がないと、ずいぶん間抜けなものに見える。ドアから離れている時も、テレビを観るわけでもなく、息をひそめ、ただひたすら待つばかりである。

時刻は午後十時半を回った。中途半端な姿勢での「覗き」もなかなか楽ではない。目の前を泊まり客らしい人物が何人か通過して、そのつどドキリとさせられる。

二回目の交代で浅見が覗いている時、右手、エレベータホールの方角から男が視界に入って来た。廊下の明かりはかなり落としぎみにしているのと、ドアスコープの精度があまりよくないので、はっきりしないが、年齢は五十歳代か。紺色のジャンパーに黒いダブダブズボン。髪が異様なほど長い。サングラスをかけ、マスクを着用し、俯き加減で、明らかに人目を避けている。一見した印象では暴力団の幹部——といった感じだ。

（怪しい——）

直観的にピンときたのだが、男はあっさりドアの前を通り過ぎた。

しかし、その直後、向かいのドアが細めに開いた。ドアはすべてオートロック式だから、完全に閉まっている状態だと鍵なしでは開けられない。須原が「来客」のために内側からドアを開け、浮かせぎみにしたのだろう。案の定、数秒後、逆方向から男が現れ、須原の部屋のドアを引き開けた。背中しか見えていなかったが、部屋に入る寸前、廊下の左右を確かめるために顔を振った。長い髪が風を受けたように揺れた。

その瞬間、浅見はなんとも形容しがたい不吉なショックを感じて、ドアから身をのけ反らせた。

「何かあったんですか？」

宮治が飛んで来た。

「ええ、来ましたよ、男が……」

宮治は慌ててドアスコープにしがみついたが、むろん男の姿は消えている。

「で、どんなやつでした？」

浅見は見たままを説明した。しかし、見たまま以上の、説明不能なショックについては何も言いようがない。浅見自身にも説明がつかないのだ。「非破壊検査」の会社のテレビCMに「見えないものを見る」というのがあるが、まさにそれに近い。現に見えているのとは違う、異質のもの――本質と言ってもいいものが見えたようなショックだ。(どこかで見たことがあるのでは？――) という、記憶のかけらを覗き込んだような気分である。しかもそれは、得体の知れぬ不快な予感を伴っていた。

「そうですか、暴力団員風の男ですか。やはりそいつが本ボシですかねえ」

宮治は腕組みをした。

「いや、あれは間違いなく変装しているのだと思います。実体は暴力団員などではなく、ふつうの会社員かもしれません」

「ふつうの会社員が殺人、しかも連続殺人なんか犯しませんよ。とんでもない凶悪犯にちがいない。令状があれば踏み込めるんですが……出て来るのを待って、ホテルの外で職質をかけるしかないですかねえ」

いまいましそうに言ったが、宮治の言うとおり、それ以外の方法はなさそうだ。

「となると、何時まで待たされるか、分かったもんじゃないですね」

宮治はぼやいた。

「案外、早いかもしれません。須原は会社がありますからね。小さなバッグしか持っていなかったので、着替えは用意していないでしょう。早朝にはいったん自宅に戻って、車を置いて来るはずです。それより、男のほうが問題です。須原より後から部屋を出るとは考えられません。かと言って、あまりにも早朝すぎては、ホテルの従業員の目に止まりやすいから、おそらく午前零時前にはホテルを出るつもりでいますよ。間もなくです」

浅見は時計を見ながら、言った。

宮治は半信半疑だが、ふたたびドアスコープ覗きの作業に取りかかった。向かいの部屋の中で行われているであろうことを想像すると、アホらしくもなる。

十一時半になったところで、宮治は一階に下りて行った。浅見からの連絡を待って、男を待ち伏せ、職務質問をかけるつもりだ。

そして浅見の予言どおり、まさに零時五分前。向かいのドアが開いて男が出て来た。男は相変わらずサングラスにマスクを着用、長い髪が顔にかかるほど俯いている。素早く左右を確認して、細めに開けたドアをすり抜けるように廊下に出ると、背を丸めて足早に立ち去った。その姿を見た瞬間、またしても浅見は意味不明のショックを覚えた。

浅見はケータイで宮治に連絡した。

「間もなく、テキは出て行きます」

宮治は「了解しました」と言った。心なしか声が震えていた。若い彼としては、あまりこういう経験はないのだろう。不慣れな職務質問を、しかも単独でやるのは危険だ。

不吉な予感に追われるように、ほとんど間を置くことなく浅見も部屋を出た。宮治のもとへ急ぎながら、（うまくやってくれるかな——）と、不安と焦燥に駆られた。

ロビーには客の姿は一人もいない。すでに宮治の姿も、もちろん男の姿もなかった。フロント係が浅見の顔を見て、無言で玄関の方角を指さした。宮治は男を追って出たにちがいない。浅見も後を追うようにエントランスへ向かった。

その時、玄関の向こうから宮治がやって来るのが見えた。腹を押さえて、苦しげな歩き方だ。自動ドアが開くのと同時に、ドアのレールの上に前のめりに倒れ込んだ。

浅見は駆け寄って、「宮治さん、しっかりしろ！」と怒鳴った。宮治は歪めた顔を上げて言った。

「浅見さん、やられた。刺された。救急車を頼みます」

腹を押さえた手が真っ赤に染まっている。

第十章　閉ざされた秘密

1

宮治が男に追いついたのは、ホテルを出て三十メートルほど行ったところだった。背後から小走りに近づいて声をかけた。

「すみません、警察ですが、ちょっとお話をお訊きしてもいいですか？」

男は一瞬、ギクリとして、ゆっくりと振り向いた。その鼻先に、宮治はバッジを突きつけた。

「何でしょう？」

男は言った。風体に似合わぬ、やや甲高い声だった。

「お急ぎのところ申し訳ありません。お名前とご住所を聞かせていただけませんか」

「田中《たなか》です、田中正《ただし》。住所は……なんなら名刺を上げましょうか」

「そうですね、そうしていただければありがたいです」

男はジャンパーのポケットに手を突っ込んで名刺入れを出し、名刺を一枚抜き取って宮治に渡した。宮治は街灯の薄明かりの下で名刺を確かめようとした。

一瞬の油断であった。

男は名刺入れを戻したポケットから手を出す時に飛び出しナイフを握っていた。気づく間もなく、宮治は腹部にナイフの一撃を食らった。男の腕を摑もうとしたが、激痛が走って、タイミングがずれた。男は飛びすさり、「ちきしょう、ちきしょう」と、悲鳴のような声で言いながら、しばらく宮治の様子を見ていたが、宮治がうずくまったまま追いかける気配がないのを見届けると、渡した名刺をひったくり、身を翻《ひるがえ》して走り去った。

「確かにあれは悲鳴でしたよ」

救急病院のベッドの上で、麻酔から覚め、意識を回復した宮治は、そう証言している。「悲鳴というより、泣き声に近かったかもしれません」とも言った。宮治の傷は出血量の割りにはさほどのことはなく、全治三週間と診断された。

宮治を救急車で運び、病院に預けるのと同時に、浅見は野崎警部に状況を報告した。野崎は自宅にいたが、急遽《きゅうきょ》、病院に駆けつけた。浅見の報告を聞くと、ただちに、傷害事件として捜査を開始する手続きを取った。

幸い、深夜だったために、ホテルの客はほとんど騒ぎに気づかなかったようだ。浅見が野崎と部下二名を伴ってホテルに戻ったのは午前二時過ぎ。八〇七号室を訪れたが、須原里実の姿はなかった。恐らく事件直後、男からの連絡が入り、脱出したのだろう。

　宿泊料はチェックインの際、やや多めの金額をキャッシュで預けていたそうだ。ホテルの説明によると、イチゲンの客にはそうしてもらうシステムだという。駐車場の車も消えていた。ロビーでの騒ぎに気を取られて、ホテル従業員は誰も、そのことに気づいていなかった。

「浅見さんとしては手抜かりでしたね。すぐに女を押さえておくべきでした」

　野崎は宮治の「失態」のこともあって、少なからず機嫌が悪い。そんなことを言われても、あの場合、傷ついた宮治を放っておくわけにはいかない。

「大丈夫ですよ。女性の素性も居場所もはっきりしているのですから」

　浅見は慰める口調で言った。素早く対応して逃げ出したものの、あの男も須原も、いったい何が起こったのか、把握できていない可能性がある。刑事の職務質問にしても、通常の、挙動不審者に対するものだと思っているかもしれない。そう思いながら、それが気休めでしかないような気もしている。勘のいい相手なら、事態が差し迫ったものであることを察知するにちがいない。

　浅見は男が発したという「ちきしょう、ちきしょう」という悲鳴のような声のことが気になってならない。刑事に対する憎しみというより、自分を襲ってくる不運と、おのれ自身に向けた怨嗟《えんさ》の叫びに思えた。彼は「なんでこうなるの？」と言いたかったのではないだろうか。することなすこと、イスカの嘴《はし》の食い違いのように、思うようにいかない。齟齬《そご》だらけの人生を想像させる。

正岡家には午前六時前に帰った。玄関で出迎えた澄恵が浅見の顔をひと目見て、「どうなさったんですか？」と言った。

「えっ、何か変ですか？」

浅見は顔を撫でながら、問い返した。

「ええ、だって、すっごく疲れて、憔悴《しょうすい》した顔ですよ」

「ああ、そうかもしれません。一睡もしないで取材活動をしていましたから」

「一睡もしてないなんて……どこで、何をしてたんですか？」

まるで、朝帰りの亭主に問いただすような口ぶりだ。

「ははは、それを話すと長くなります。とにかくいまは眠い。お嬢さんたちが起きてこないうちに眠らせてください」

浅見は自室に入ると、手と顔だけ洗って、ベッドにもぐり込んだ。昂《たかぶ》った気持ちが収まるとすぐ、泥のような眠りに沈んだ。

浅見が目覚めたのは一時過ぎだった。熱いシャワーを浴び、衣服を整えてリビングルームへ出て行った。家人の姿はなく、気配を察知して、キッチンから澄恵が現れた。

「おはようございます……という時間ではありませんか」

浅見は照れ臭そうに挨拶した。

「そんなことより、浅見さん、大丈夫なんですか？」

「ええ、いたって爽快です。今朝は早くからお騒がせして、ごめんなさい」

「よかった、ほんとに……あ、お昼、召し上がりますよね。いまお支度しますから、ちょっと待っててください」

澄恵は心なしか、いそいそとキッチンへ向かった。ふだんなら遠慮するところだが、浅見の胃袋にその余裕はなかった。昨夕、喫茶店でサンドイッチをパクついたきり、何も食べていない。

澄恵はみごとなオムライスを作って運んで来た。タマゴの黄色にケチャップの赤が眩しいくらい鮮やかだ。しかも大きい。インスタントかレトルトか、ポタージュスープも添えてある。「やあ、感激ですねえ」と、浅見は子供のようにはしゃいで見せた。

オムライスを食べ終わるタイミングを計ったように、澄恵はコーヒーを淹れてくれた。至れり尽くせりで、つい、浅見家の須美子を連想してしまった。須美子の場合は特別なサービスでなく、毎日、こんな風に尽くしてくれるのだから、居候の次男坊としては、もっと感謝しなければならないのだ。ああいう女性を妻にしたら男冥利に尽きるだろうな——と、ふと思った。

その邪念を打ち破るように、ケータイが振動した。野崎警部からだった。

「今朝早く、出勤前の須原里実に任意で事情聴取したのですが、昨夜、男と会ったことを否定しています。それどころか、ホテルに行ったことまで認めようとしないのですよ。まったくしたたかな女ですなあ。やむなく、明日からは令状を取って、強制捜査に踏み切ることにしました」

「明日、ですか」

浅見は明日では遅すぎるような気がした。理由は？——と訊かれても説明できないが、そういう予感は当たることが多い。しかし、警察のやることに、素人が意見を挟むのは差し出がましいというものだ。

電話を切るのを待っていたように、澄恵が訊いた。

「また明日もお出掛けなんですか？」

「ああ、たぶん、そういうことになりそうです」

「お忙しいんですねえ。あ、そうそう、今朝、河村さんがお迎えに来た時、皆さんにご挨拶してました。今日でお勤めを引退するんですって」

「えっ、引退……お辞めになるんですか。ずいぶん急ですね」

「ええ、そうなんです。社長は前々からお聞きになってはいたみたいですけど、いざとなると、やっぱり急だなあ、何かあったのかなあって、びっくりしてらっしゃいました。でも、本当はずっと前に定年は来ていたんですよ。もう六十三歳の誕生日ですものね。三年も長く勤めさせていただいたことを、感謝してました。浅見さんには改めてご挨拶するって言ってました」

「そうですか、お辞めになるんですか……今後はどうなさるんですかねえ」

「私も訊いたんですけど、名古屋を離れて、少し遠いところへ行くみたいですよ」

「遠いところ……」

浅見は不意に不吉な予感に襲われた。何かとんでもない錯覚に陥っているような、意味不明の不安感でもあった。

「いま、河村さんはどこですかね?」

「まだ会社じゃないんですか。引退って言っても、すぐにいなくなるわけではないのでしょう?」

「そう、ですよね。しかし、叔父さんの河村さんが近くにいなくなると、澄恵さんも寂しくなりますね」

「そんなこともないですけど。でも、私もそろそろ身を引く頃かもしれません。もう二十九ですもの、いつまでもお世話になっているわけにはいきません」

「ご結婚ですか」

「ええ、まあ。あてはありませんけどね。こちらのお宅にいると、幸せすぎて、いつまでも社会復帰ができなくなりそうです」

「なるほど、分かるような気がしますね」

　言いながら、浅見は須美子のことを考えていた。彼女も澄恵と同じようなお年ごろのはずである。いつも明るく振る舞っているけれど、じつは悩み多い日々なのかもしれない。こっちはいい気なもので、わがまま放題にものを頼んでいるのが、いまさらながら申し訳ないことに気づいた。ハナから、須美子は浅見家にずっと存在するものとして、高をくくっていた。いなくなるなどということは、考えもしなかったのだ。

　それにしても、河村の身の引き方は唐突すぎて、違和感を覚える。まだ付き合って何日も経っていないけれど、陽奇荘で張り込みをしている時も、そんな様子はおくびにも出さなかった。それどころか、社長の佑直にも、辞めるその日になって突然、辞表を突きつけた恰好である。あの実直そのもののような河村が、そういうルール無視をするのは、いったいなぜなのだろうか？

そう問い詰めていて、またしても浅見は、黒雲が襲ってくるような、不吉な胸騒ぎに襲われた。

自室に戻って、パソコンを開き、画面を眺めたが、思考がまとまらない。まとまらないのではなく、あらぬ方角へ暴走するのを感じた。思ってもみなかった仮想の世界へ、どんどん思索が広がってゆく。いや、思ってもみなかったというのは、自分に対する言い訳であって、じつはハナから考えようとしなかったにちがいない。須美子のケースとまったく同じだ。当然、気がつくべき、あるいは考えるべきことを、最初からネグレクトしていた。そういう甘さが自分にあることを、いやというほど思い知らされた。

思いついてみれば、結論は明らかなのだ。「X」は河村忠治——驚くべき事実が目の前にあった。

といっても物的証拠があるわけではない。唯一、決め手と言えるのは、陽奇荘の梅の木が掘られた夜のことである。「在不等辺三角形之重心」が、梅の木の位置を指していることを知り得たのは、正岡家の人々以外には、誰もいないはずであったのだ。そして、正岡家の人間が外部にその「秘密」を洩らすはずはない——という固定観念が浅見にはあった。現に、朝の食卓でその話を持ち出して、三人の娘たちに総スカンを食らった。

しかし、蟻の一穴のような漏洩《ろうえい》の因子が、じつは正岡家には存在した。萬来澄恵がそれである。

澄恵に確かめたわけではないが、澄恵があの晩のうちに河村に話したことは間違いないと、浅見は断定した。彼女自身がそう言っていたように、正岡家での出来事を逐一、叔父の河村に報告するのは、ふだんどおりのことなのだ。陽奇荘の梅の木の話は、その中の一つの情報にすぎない。もちろん澄恵には犯意はもちろん、悪意のかけらもなかっただろう。

だが、陽奇荘に張り込みに行く車の中で、河村はそんなことがあった気配はまったく見せなかった。もし澄恵から「情報」を仕入れていたとすれば――いや、それは間違いのない事実なのだが――それにもかかわらず知らない素振りを装ったことで、すでに決定的にクロであることが証明される。

そういう前提で考えれば、その夜、陽奇荘の門内に侵入してきた「懐中電灯」の謎も説明がつく。おそらくあの人物は須原里実だったにちがいない、河村はあらかじめ彼女に命じて、その時刻に「侵入」を演じさせたのだろう。何という巧妙さか。しかも、侵入者が退去したのは、「車の排気臭のせいだ」などと、もっともらしいことを言って、浅見の疑惑を払拭させた。

浅見は結論に達していながら、なぜか充足感も達成感もなかった。むしろ、ただひたすら悲しかった。犯人が河村だったという、意外性どころか、最も望ましくない結論を導き出してしまった自分が呪わしかった。

2

浅見は正塚屋百貨店の役員秘書室に電話して、河村が在籍するかどうか尋ねた。「河村は本日をもって当社を退職いたしました」という答えが返ってきた。不吉な予感がますます募った。一刻も早く手を打たないと——と思う反面、何もしたくないという気持ちに囚われた。何度もケータイを開いて、野崎警部の番号を眺めては、発信ボタンを押さないままケータイを閉じた。

午後四時、ケータイが震えた。ストラップのフィギュアが、浅見の臆病を嗤《わら》うように揺れている。思いがけず、河村からだった。

「すでにお聞きになっておいでかと思いますが、本日をもって、私は職を辞することになりました。つきましては、浅見さんにご挨拶いたしたいのですが、お時間、取れませんでしょうか？」

例によって慇懃な口ぶりだ。その畏《かしこ》まった口調が、浅見の疑念をいっそう確定させた。

「もちろん、大丈夫です。どこへ行けばいいのでしょうか？」

「誠に申し訳ありませんが、マリオットアソシアホテル五十二階にございます、ミクニナゴヤというレストランにお越しいただきたいのですが」

「分かりました。時間は？」

「午後六時ということでいかがでしょう」

「了解です」

「ありがとうございます。河村の名前で予約を入れてありますので、そうおっしゃってください。あ、それから、恐れ入りますが、浅見さんお一人でお越しくださいますよう」

「はい、承知しました」

マリオットアソシアホテルといえば、名古屋駅の超高層ビルにあるホテル。そこのレストランでディナーというのは、居候暮らしの浅見としてはかなり分不相応だ。そういう意味でも緊張が強いられる。東京から持ってきた服の中で、最もフォーマルなジャケットにネクタイを着用することにした。

出がけに、リビングにいる節子夫人に、今晩も人と会うので、夕食には参加しない旨を伝えた。傍らには澄恵が控えていた。

「地理不案内な場所に一人で行って、迷うといけないので、少し早めに出掛けます」

わざわざ「一人で」を強調して断りを言ったのは、むろん河村に伝わることを期待してのことだ。もっとも、この時間に澄恵が河村に連絡するとは思えないのだが。

ホテルのビルの地下駐車場に車を置いて、約束の時刻より二十分も早くミクニナゴヤに着いた。「河村さんと約束した者ですが」というと、「まだお見えになっていらっしゃいませんが」と、すぐに案内してくれた。予想どおり高級感ただようフロアに、十分な間合いを取ってテーブルが配置されている。その中でもとりわけ、ほかから離れた席を予約してあった。

六時丁度に、河村はやって来た。

「お約束どおり、お越しいただきまして、ありがとうございます」

浅見が一人で来たことに対する感謝を述べている。おそらく、周辺の様子を確かめていたにちがいない。もっとも、それだけで安全かどうかは断定できない。こういう形で浅見と会うのは、河村としても、一種の賭けに出たのだろう。

ウエーターが来てメニューを渡し、飲み物の注文を訊いた。

「私はグラスワインの白にしますが、浅見さんはお車でしたね。ガス入りのお水でよろしいでしょうか？」

河村が言った。

「はい、それで結構です」

料理の注文はあらかじめ決めてあったようだ。ウエーターは肉の焼き加減を確かめただけで去った。

水とワインで乾杯して、あとは何が出てくるのか、お楽しみといったところだ。

「浅見さんはどの程度までご存じなのでしょうか？」

河村は世間話でもするような口調で訊いた。

「ほぼすべてと申し上げていいでしょうね。差し当たっては、梅の木をさらに掘り進めるにはどうしたらいいかと、考えているのでしょうか？」

なるべく距離を置いた、冷やかな言い方をしたつもりだ。

「なるほど……さすがに名探偵と言われるだけのことがありますな」

河村は苦笑したが、すぐに笑いを収めて、心配そうに言った。

「刑事さんの傷の様子はいかがですか？」

「あ、宮治さんのことですね。幸い、大きな傷ではなく、全治三週間だそうです」

「そうでしたか。それはよかった。あの方には申し訳ないことをしました」

「顔見知りだったのですか？」

「はい、以前、正岡家に野崎警部さんとお見えになった時、私が応対しました」

「そうですか。しかし、彼はあなたであることに、気づいてはいませんでしたよ」

「そのようですね。では、浅見さんもまだ、そのことはお話しになってないので？」

「ええ、話してません。誰にも」

誰にも——を強調した。

「そうですか、ありがとうございます。私が思ったとおりのお方でしたなあ」

料理が運ばれる合間を縫うように会話を交わす。逆に言えば、会話の合間に料理が運ばれるようにも思えた。お客の食事の進み具合と厨房の動きとが、阿吽《あうん》の呼吸というのか、絶妙なタイミングで演出されているのかもしれない。

「何からお話ししたらよろしいですか？」

「もちろん、柏倉さん殺害のことから、話してください」

「分かりました……」

河村は天井を仰ぎ、ナイフを置いた右手を拳にして、額を叩く仕種をした。遠くにいるマネージャーが、何か不手際でもあったのかと、こちらを窺う様子を見せている。

「まず、そもそものことからお話ししなければなりません。私が正岡家、といいますか、陽奇荘にお勤めするようになったのは、いまからもう四十年近く前のことでした。すでに陽奇荘には一つ年上の柏倉さんがいて、いろいろ指導していただいたものです。その頃の正岡家は大所帯でしてね、男手は柏倉さんと私の二人でしたが、お手伝いやらばあやさんのような女性は五人もおりました。もっとも、別棟の寮には、私と柏倉さん以外にも常時、いわゆる文人墨客と呼ばれるような人が何人も、数日から、長い時には何ヵ月も滞在していましたから、そのお世話もあったのですがね。その正岡家に錦恵お嬢様という、柏倉さんより少し年長のお嬢様がいらっしゃった。いまも面影はありますが、当時はまだ二十代のじつに美しい方でした」

「いま病院に入っていらっしゃいますね。このあいだ、お目にかかりました」

「そのようですね。入院と言っても、たぶん、別にどこもお悪いのではないはずなのですがね。そういうヤンチャなところは、昔とちっとも変わっておりませんなあ」

河村は笑った。マネージャーは愁眉を開いた。

「そういうお嬢様ですから、縁談は降るようにあったと思います。しかし、なぜかご結婚なさる意思はまったくないようでした。そのお嬢さんを巡って、私どもは心穏やかでないものがありました。とりわけ柏倉さんはお嬢様に心酔してましたね。大げさでなく、女神に対するようにお仕えしてましたよ。それは錦恵お嬢様のお母様、先々代の奥様に対する敬愛の念から繋がっていたものです。

浅見さんはもうご承知ですが、柏倉さんは戦災孤児でして、赤ん坊の頃から正岡家で育てられていました。錦恵お嬢様とは、姉弟のような関係に見えますが、実際はそこには天と地ほどの開きがあるわけで、そういう意味で、柏倉さんは悩まれたと思います。そこへゆくと、まだしも私などは、そういうしがらみがないだけ、気楽な面はあったかもしれません。柏倉さんにしてみれば、そんな私が羨ましくも、憎らしくもあったでしょう。時々、理由もなく私に辛く当たることがありました。そういう仕打ちを受けると、かえって私のほうは反発心を刺激されて、お嬢様への想いをかき立てられたものです。柏倉さんの女神を、もしこの手で奪うことができたら――などと、大それたことを思いつきましてね。

それからというもの、積極的にお嬢様の歓心を買うような態度を示すようになりました。まったく、若気の至りで、いま思うと汗顔のきわみですが。もちろん、錦恵お嬢様は私たちの気持ちを察していたと思いますよ。察していながら知らない素振り。かと思うと、女っぽいコケティッシュなポーズを見せたり。悪く言えば、私どもを手玉に取って、楽しんでいるようでした」

浅見は病院にいた錦恵のことを思い浮かべた。確かに、そういう話を聞くと、その片鱗はいまでも残っているような気がする。

「しかし、そういう状態でも、柏倉さんは自分こそが本命だと信じていたようです。その理由は、赤ん坊の頃から一緒に育ったという自負があったからでしょうね。とくに、宮城県丸森というところにある奥様のご実家や、奥松島へのドライブのことなど、私には絶対に及びようのない体験談をよく聞かされました。それこそ羨ましくもあり、憎らしくもありましたよ。私がそれに対抗するにはどうしたらいいかを日々、考えました。休みを利用しては、何回か奥松島へも行って来ました。錦恵お嬢様と歩いたという、野蒜築港跡などもぶらついてみましたが、独りの侘しさが募るばかりでしたね。

その結果、得た結論は金持ちになることでしたね。金持ちになって、錦恵お嬢様と対等の地位になったら、柏倉さんといえども諦めざるを得ないだろうと思いました。そうは言っても、私が得ることのできる収入など、高が知れております。蓄財など、到底、及びもつかないことなのですが、いつかはきっと――という野望は片時も忘れませんでした。年とともに、蓄財の野望のほうが膨らんで、本来の錦恵お嬢様に対するものよりも、蓄財そのもののほうに目的が移って行きました。そうして、二十年前にそのチャンスがやってきました。正岡家が陽奇荘からいまのお屋敷に移られたのです。正直なところ、私も柏倉さんも、陽奇荘の暮らしから離れたくなかった。それはお嬢様も同じだったようで、最後まで反対なさっておられましたが、とうとう陽奇荘は捨てられることになったのです」

河村が「捨てられる」と表現したことで、浅見はその時の、陽奇荘や、そこに住む錦恵や柏倉や河村の運命がより理解できたような気がした。

「文字どおり、捨てられたように、陽奇荘にはそれまで使われていた家具や什器類の多くが残されていました。正岡家は新居に相応しいお道具をすべて新調なさったのです。そして、そのことはむしろ、錦恵お嬢様のご希望でもあったようです。とくにお母様のお形見でもある仙台簞笥はそのままのお部屋で、そのままの形で置かれることになりました。信じられないことかもしれませんが、お着物はもちろん、宝石類までも残されていたのですよ。お金持ちの方々のなさることというか、正岡家のご家風なのでしょうか。われわれ庶民には考えられないことです。近頃、総理大臣がお母様から十億ものお金を贈られたことに気づかなかったとおっしゃっているようですが、実際、そういうことがあっても不思議ではないと思いました」

河村の話は食事を進めながらなので、途切れ途切れだし、ウエーターがサービスに近づいた時には中断もする。話のほうはともかくとして、ナイフとフォークを使う手が疎かになるのは避けられない。日頃は早食いのほうの浅見も、河村に合わせてゆっくりと料理を口に運んだ。

「正岡家の皆さんが新居に移られてから半月ほど、陽奇荘の後片付けやらで、使用人たちが残っておりました。その間に、私はひそかに、陽奇荘にあった目ぼしい物を運び出したのです。私が付き合っている女にその役割を担わせました。彼女はかつてあった聴松閣という館の跡に遺《のこ》っていた入口から、地下トンネルを通って伴華楼——つまり、あなたがご存じの館ですが、そこに入り込んで、私が用意しておく品物を持ち去りました。

ところがある晩、お手伝いの一人がたまたま地下に下りて、あの部屋を覗いたんですよ。そして彼女と鉢合わせしてしまった。お手伝いはびっくりしたでしょうなあ。私のところに飛んで来て、ご注進に及んだのだが、私はそんな女がいるはずがないから、幽霊でも見たんだろうと言って、口封じをしておきました。しかし、お手伝いは疑いを抱いたのか、それとも本気で幽霊を信じたのか、その話をあちこちで吹聴し始めた。幽霊は先々代の奥様にそっくりだったという尾鰭までつけたようです。じつはその女がまんざら似ていないこともなかったので、これはまずいと思っていた矢先、私の彼女が、どうしてもこのままでは不安でならないというので、私がお手伝いに睡眠導入剤を飲ませ、二人でお手伝いを運河に突き落として、殺してしまったのです」

河村はいともあっさり殺人事件を「解説」した。たんたんとした語り口は、まるで他愛のない噂話でもしているようだ。たぶん、ウエーターたちにもそう見えただろう。

「さて、正岡家が陽奇荘からお移りになったのを機会に、柏倉さんは銀行のほうに勤めが変わりました。正岡社長の身の回りのお世話は私がすることになったのです。それは柏倉さんにとっては辛かったようです。その後も柏倉さんは、陽奇荘にやって来ては、自らボランティアで管理するようになりました。そして、どうやら陽奇荘の財物が、自分の知らないうちに運び出されていることに勘づいたのでしょうね。私の留守中に、トンネルをコンクリートの壁で塞《ふさ》いでしまった。

じつは丁度その日、私は当時、社長だった佑春様のご依頼で、丸森町の岩澤家にご挨拶に伺っておりました。陽奇荘を引き払うに当たって、雅子様の遺品のネックレスをお届けするようにと言われましてね。その際に、岩澤家の親戚筋に当たる岩澤良和という男と知り合いました。岩澤は零落した岩澤家の道具類を古物商に売る役を頼まれているということでした。それを聞いて、いずれは私の役にも立ちそうな人物だと思いました。むろん陽奇荘にある骨董品やら什器類などを古物商に持ち込ませる役です。岩澤にとっても、本家本元の岩澤家からの出物が底をついてきていましたから、渡りに船だったという事情もあったようです。そして間もなくそれは現実のこととなり、岩澤はしばしば名古屋を訪れて陽奇荘の品物を運んで行きました。彼は東京の日暮里駅近くに居を構え、近くの古物商に品物を持ち込むのです。さすがに陽奇荘から出る物を名古屋で捌くのは具合がよくありませんからね」

河村は少し悪戯っぽい顔をした。そういうところに、律儀で実直そのもののように装う彼に隠された、狡猾《こうかつ》な一面を垣間見たように思えた。

「ところで、浅見さんは意外に思われるでしょうが、じつは最初にそのきっかけを作ったのは柏倉さんだったのですよ。ある日、物置の片隅に転がっていたような茶碗を引っ張り出してきて、どうしようかと悩んでいましてね。そこで早速、知り合ったばかりの岩澤に骨董屋へ持って行かせたところ、これがなんと、百万円で引き取られたのです。先方の言うには、何でも室町末期の作なのだそうです。私と岩澤はこれに味をしめましたが、柏倉さんはかえって恐れをなした。こういうことはもうやめたほうがいいと言いましてね。

しかし、いったん知ってしまった甘い汁の味を、やめるなんてことはできるはずがない。とくに私は蓄財という大望がありましたからね。それからも折りにふれて、岩澤を使って古物商に品物を持って行かせた。また、これはある意味、故買のようなものですね。もちろん柏倉さんは賛成はしなかったが、さりとて、最初のことがあるから、声高に反対もできなかったのでしょう。

品物は高い物もあればさほどでもない物もありました。めぼしい物はだんだん少なくなりましてね。私はあの仙台簞笥に目をつけていたのですが、柏倉さんが、これだけは絶対に駄目だと顔色を変えて拒否するのです。例の『幽霊』の彼女の話では、簞笥の中にはかなりいい物があるというので、確かめたところ、中には先々代の奥様の遺品が詰まっていました。私が狙っていることに気づいた柏倉さんは、それを全部、自分のマンションに運び込んで、簞笥の中を空にしてしまいましたよ。後で、岩澤が何度か訪ねて行って、なかば脅しのようにして、小出しに品物を出させていましたが、柏倉さんのガードは固かったです。それはそれとして、問題は仙台簞笥にありました」

河村はグラスを取って、一息ついた。長話をしているから、食事のほうは進みが遅い。厨房との関係で、ウエーターたちは気が気ではないだろうと、浅見は気を揉んだ。

「河村さん、少し食事に専念しませんか。折角の料理が冷めてしまいますよ」

「は？　ああ、そうですね。これは申し訳ありません。喋ってばかりいて、つい手を動かすのを忘れてしまいます」

そう言ったのも束の間。ひと口ふた口、料理に手をつけると、また話を再開する。

3

「私が奇妙な漢詩の存在に気づいたのは、仙台簞笥の中身が空っぽになったのを知った時でした。隠し棚を発見して開けてみると、そこに漢詩を書いた紙が入っている。これは何だろう？　と思いましたが、陽奇荘と岩澤家の名を織り込んだ漢詩だろうなと、あっさり見過ごしていました。ところが、その話を柏倉さんにしたところ、血相を変えて『あの漢詩を見たのか？』と詰め寄るのです。『ええ、見ましたが、あれは何なんですか？』と訊きました。柏倉さんの動揺を見れば、これは何かあるんじゃないかと思いますよね。

柏倉さんはしまった――という顔をして、仕方なさそうに、汪兆銘の話をしました。汪兆銘が陽奇荘に遊びに来た時に、戯《たわむ》れに書いた詩だというのです。しかし、それだったら、詩を見たくらいで怒ることはなさそうなものです。これはおかしい。ほかに何か理由があるな。ひょっとするとあの篳篥や漢詩には、かなりの財産価値があるのでは？と疑問に思った矢先、仙台篳篥が消えてしまった。

柏倉さんに訊くと、ついさっき、修理に出したところだという。そんな話は聞いていなかったので、なおも問い詰めると、あんたらの目に曝しておくと、売り飛ばされてしまうから、安全な場所に移したのだと、人を小馬鹿にしたように笑うのです。私はもちろん岩澤も怒りましてね。私はあの漢詩のことも訊きました。あれには財産的な価値があるのではないか――と。柏倉さんはさらにせせら笑って、そんなことはあんたたちに言う義理はない。それどころか、今後は陽奇荘の品物を持ち出すことはやめることにする。さもないと、これまで骨董品や財物を売り飛ばしたことを、正岡社長に洗いざらいバラすと言うのです。私と岩澤は頭にきましたよ」

河村はスズキのムニエルを上手に食べ終えて、上品な仕種でナイフとフォークを揃え、皿に載せた。すぐにウエーターがきて、空いた皿を下げて行った。

「怒り狂ったのは、私より岩澤のほうでした。彼は柏倉さんの胸ぐらを摑んで、そんなことをしたら殺すとすごみましてね。柏倉さんもさすがにその剣幕には辟易《へきえき》したのか、『分かった、分かった』と折れた様子を見せました。岩澤はさらに、『それじゃ、汪兆銘の漢詩にどんな意味があるのか言え』と迫りました。しかし柏倉さんは『それは言えない』と撥《は》ねつけた。それは却って、漢詩に重要な意味が秘められていることを示唆することになります。その時期、岩澤は口説いている最中の女がいたりしたので、差し迫ってかなりのカネが入用な理由があったものだから、焦っておったのです。

岩澤と柏倉さんは激しい言い合いになって、最後に柏倉さんが『岩澤一族の恥さらしめが』と毒づいたことで、岩澤の怒りに歯止めがかからなくなりました。いわゆる、キレたというやつですな。岩澤は傍にあった護身用の金属バットで柏倉さんを襲ったのです。むろん殺す気はなかったし、後で冷静になって思うと、なぜそこまで暴走してしまったのか、岩澤本人でさえ説明がつかなかったでしょう。とにかくその時のその場の勢いと言うほかはありません。そしてそのまま、柏倉さんは亡くなった。場所は、ほら、浅見さんと張り番をした、陽奇荘の玄関ホールの上の、あの部屋ですよ」

ウエーターが恭《うやうや》しく、メインディッシュのステーキを運んで来た。極上の松阪牛を使ったフィレステーキである。

「おお、旨そうですねえ」

河村は嬉しそうに、ウエーターに笑顔を向けて「ありがとう」と言った。

確かに、ステーキは最高の味にはちがいないが、人殺しの話をしながらレアのステーキを食べる心理が理解できない。

「いや、そういう結果になるとは、もちろん想像していませんよ。善後策をどうするか。しばらく呆然としておりました。結局、松重閘門の運河に遺体を捨てる方法を選びましたが、それで逃げ切れるとは思えない。柏倉さんのお宅には、陽奇荘の財物を取りに、岩澤がたびたび行っていて、当然、近所の人に目撃されているでしょう。室内から指紋も採取されるにちがいない。岩澤が容疑者として特定されるのは時間の問題だと思いました。もっとも、当人はまったく心配しておりませんでしたけれどね。それどころか、岩澤は仙台簞笥の行方を追うと言うのです。

簞笥の修理を頼んだ先は、柏倉さんの名刺入れにあった『井上簞笥工房』であることが分かりました。しかし、いくらなんでもそれは危険すぎます。私は絶対に駄目だときつく戒《いまし》めましたよ。だが、やつは止められなかった。無茶苦茶ですな。岩澤が動けば、たちまち捜査の対象になることは目に見えているのです。私はすぐに岩澤を追いかけました。あの日がたまたま土曜日でなければ、状況も変わっていたかもしれませんが、まあ、そういう運命にあったのでしょうか。私はすぐに奥松島へ向かい、私が付き合っている女性——たぶんすでにお分かりかと思うが」

「須原里実さんですね」

「やはりな。そうですか、浅見さんはすべてお見通しですな。昨夜のことも、警察だけではあそこまで追って来られるはずはないと思っていました」

河村は軽く頭を下げて敬意を表した。

「岩澤とは、その里実の運転する車で落ち合いました。幸い岩澤はまだ簞笥を見ていませんでしたが、もし見ていれば、状況は変わっていたかもしれません。とにかく私は一応、文句は言いましたよ。出し抜くのは許せないとね。しかし表面上は友好的に振る舞い、この後、簞笥にどう接触するか。また、例の漢詩の意味するところをどうやって解くかを相談するという建前で話し合ったのです。その時、彼の飲む缶ビールに睡眠導入剤を混入させました。そして眠り込んだところを、里実と二人がかりで野蒜築港の運河に投げ捨てました。二十年前のお手伝いの時と同じ……いやあ、じつに旨い肉ですねえ」

河村はナイフを置いて、ワインを旨そうに飲んだ。

それきりで、話は途絶えた。

浅見はしばらく待ったが、河村は料理とワインの余韻を楽しむように目を細めて、あらぬ方角を眺めている。

「それで、河村さんはこの後、どうするつもりですか？」

浅見はステーキの最後の一切れを嚥下《えんげ》し、口を漱《すす》ぐようにして水を飲むと、訊いた。

「旅に出るつもりでした」

「どちらへ？」

「遠くへ」

「ああ、正岡さんのお宅の皆さんにも、そうおっしゃったそうですね」

「そうです。正岡家のご迷惑にならない程度に、遠くへ行かなければなりますまい」

「警察は近すぎますか？」

「は？……ははは、浅見さんはジョークがお上手ですなあ。警察は最悪でしょう。里実は誇り高い女でしてね。男に養ってもらうような形の結婚を嫌って、私のプロポーズも断りつづけたほどです。とにかく、自分の惨めったらしい姿は見たくないのです……さて、デザートは何になさいますか？」

「いえ、僕はもう、これで十分です。後は帰りに、正岡家の近くの喫茶店で、旨いコーヒーを飲むことにします」

「ああ、あの店ですな。確かにあそこのコーヒーは旨い。澄恵に教えてもらったのだが。とくにブルーマウンテンが絶品です。ぜひ試してみてください」

「澄恵さんは、今回のこと、何もご存じないのですか？」

「知りません。あの娘はいまどき、珍しいくらい、うぶないい子ですよ。こんなことがなければ、浅見さんにぜひとお勧めしたいところなのですがね」

浅見は答えようがなかった。

4

河村とは、エレベータで、十五階にあるホテルのロビーに降りたところで別れた。浅見がご馳走になった礼を言うと、河村は「とんでもない」と手を横に振った。

「こんな具合に、私の一存でセッティングしたというのに、快くお受けいただいたばかりか、まったく邪魔者を介入させなかったことに、深く感謝申し上げます。この上は、どうぞ、哀れなやつと思って、失礼の数々をお許しいただきたいものです」

言葉どおり、深々とお辞儀をして、人込みの中に去って行った。

正岡家に帰り着いたのは十時を過ぎていた。例によって澄恵が出迎えて、「今夜も遅かったのですね」と言った。

「じつは、例の喫茶店でコーヒーを飲んできたんですよ」

「そうだったんですか。コーヒーなら私がお淹れしましたのに」

「いや、今夜は試しに、ブルーマウンテンが飲みたくなったもんだから」

「ああ、あそこのブルーマウンテンはおいしいって、叔父が言ってました」

「そうですか、河村さんも行くんですね」

リビングに佑春、佑直親子が屯《たむろ》していた。どうやら河村のことを話し合っていたらしい。浅見の顔を見るなり、佑直が「河村が辞めましてね」と言った。

「ええ、そのことは澄恵さんからお聞きしました。定年を三年ほど過ぎていたのだそうですね」

「そうなんですがね。前からそろそろとは聞いていたが、それにしても、こんなに急に辞めることはないのだ。いったい何があったのか、気になりますよ」

「あれは四十年も実直に仕えてくれたのだがなあ。困ったやつだ」

佑春は物憂げに嘆いた。

浅見もやむなく椅子に坐り、話に加わることになった。そこに澄恵がお茶を運んできて、会話が中断した。

「澄恵はもういいから、お休み。後は私らで片づけるよ」

佑春がそう言って、澄恵は自室に引き下がった。

「急なもんで、退職金やらボーナスやらを渡していないのだが、今後はどうするつもりなのか、それもはっきりしたことを聞いておらんのですよ。遠くへ行くとか言っとったそうだが、何を考えているのやら。いい歳をして、分別もない」

佑直も、口から出るのは愚痴ばかりといったところのようだ。

浅見は言うべきか言わざるべきかで、大いに悩んだ。言わなければ、佑直に依頼された「仕事」は完結しない。しかし、話してしまえば、浅見の負担は軽くなるが、その荷物を佑直が背負い込むことになる。警察に通報すべきかどうかで、新たな悩みを抱えるわけだ。これが警察沙汰になれば、これまでどころではない、大騒ぎになるだろう。マスコミの恰好の餌食になるであろうことは、目に見えている。

何しろ、名門デパートの、信頼厚い社長秘書役が、じつは殺人事件に関わっていたというのである。しかも、掘り下げてゆけば、戦前の汪兆銘との因縁話まで浮かび上がる。事件ストーリーとしては、これほど奥行きの深いものは滅多にないだろう。下手なミステリー作家なら、すぐに推理小説仕立てに創作してしまいそうだ。

結局、浅見は口を噤《つぐ》むことにした。この場で話さないということは、未来永劫、誰にも話せないことを意味する。浅見一人が重大な秘密を抱え込んで、生涯、原罪のように負って行かなければならないが、それもまたやむを得ない。自分がそうやって、損な役回りを演じるのを、浅見はこれまでに幾度、経験してきたことか。これはもう、宿命と諦めるほかはなかった。それでも、イエス・キリストが世界中の人々の罪業を一身に背負ってくれているのを思えば、ちっぽけなものだ。そうとでも思わなければ耐えて行けない。

翌日、朝っぱらからケータイがブルブルと震えるのを聞いて、浅見は目を覚ました。野崎警部からだった。

「浅見さん、逃げられたようですよ」

いきなりそう言った。

「ああ、須原里実が消えたんですね」

懸念していたとおりだ。「明日では遅すぎる」だったのである。

「えっ、分かっていたんですか？」

「まあ、そういうこともあり得るかなとは思っていました」

「なんだ、だったらそう教えてくれればよかったじゃないですか」

「はあ、どうもすみません」

「いや、浅見さんに謝ってもらうのは筋違いですがね。不明なのは警察……いや、私本人なんだから」

警察庁刑事局長の弟を前にして、警察そのものを誹謗《ひぼう》するのは差し障りがある。野崎もそこに気がついたらしい。

「そうなると、宮治を刺した男の行方も探しにくいですな。とりあえず、その男を氏名不詳のまま、傷害容疑で手配することになりますが、どうなんでしょう、その男が松重閘門の事件や、宮城県の事件の主犯格と断定して間違いありませんかね」

「おそらく、そうなのでしょうね」

「その男と須原の共謀で、しかも一緒に逃げたというわけですか」

「たぶん」

「なんだか浅見さん、あまり気乗りがしないみたいだが、もはや事件に興味を失ったというわけですか」

「あ、いえ、決してそういうわけではありませんが。こうなっては警察の力に頼るしか、僕のような素人の出番はないと思っておりまして……」

「まあ、それはそうなんですがね。しかし、須原を割り出したり、その男を炙り出したのは、間違いなく浅見さんの働きによるものなのだから、今後も力を貸していただかなければ困りますよ。ほんと、頼りにしているのですからね」

最後は外交辞令のようなことを言って、野崎は電話を切った。

朝食のテーブルには、全員の顔が揃っていた。美誉が「ああよかった、浅見さんが久しぶりに一緒になりましたね」と言った。久しぶりというのはあまりにもオーバーなのだが、そう言われると、悪い気はしない。

「河村さんが辞めちゃったんですけど、浅見さん、知ってました？」

「ええ、昨日、お聞きしました。残念ですねえ」

「そうなんですよね。いなくなるなんて思ってなかった。河村さんって、お行儀にやかましかったけど、とってもいい人だったのに。どうして辞めたりしちゃったのかなあ」

「そういう時期なんだから、仕方がない」

佑直が言った。

「もう六十三。定年をとっくに過ぎとったんだからね。だけど、これからも時々はやって来るだろう」

それを結論に話は終わった。しかし、河村には「これから」がないことを、浅見は予感している。正岡家の人々が河村に会うことは永遠にないのだ。

娘たちが出掛けた後、佑春と佑直と、それに浅見が何となくテーブルについていた。

「じつは、一昨日の夜のことですが」と、浅見は切り出した。

「警察は、柏倉さんの事件に関係していると思われる男を特定して、刑事が路上で職務質問をかけたところ、男がナイフで刑事を刺して逃げるという事件が発生したのです。その後、警察はその男を傷害容疑で手配する一方、男とホテルにいた女性を含めて、松重閘門と宮城県奥松島の事件の参考人として手配することになったと、先ほど、警察から連絡が入りました」

「ほうっ、その男と女が柏倉を殺した犯人ですか。どんなやつです？」

佑直が訊き、佑春も浅見のほうに首を伸ばした。

「女は須原里実というOLです。それは分かっているのですが。彼女が犯人であるかどうかは分かりません。犯人と目される男はヤクザ風の中年男で、髪は長く、サングラスをかけ、マスクをして、人相ははっきり摑めていない状況、だそうです」

「ふーん、われわれとはまったく別の世界の人間のようですな。ともあれ、そこまで分かっているのなら、事件解決は時間の問題でしょうね」

「そう思います。日本の警察力を信用するほかはありません」

「しかし、浅見さんが来てくれたお蔭で、早くも事件解決ですか。やはり名探偵と言われるはずですなあ」

「いえ、僕などは大したお役に立っていません。すべては警察の働きによるものです」

「いやいや、ご謙遜なさることはない。あの晩、浅見さんが夜を徹して働いてみえたことは、想像がついておりますよ。すべてはその成果だったのでしょう。また、何はともあれ、これで事件は収まって、正塚屋にも銀行にも、わが家にもとばっちりが来る心配はなくなりました。終わりよければすべてよし、ですな」

「はあ、僕も心置きなくお暇《いとま》できます」

「あ、そうか、浅見さんは帰ってしまわれるか。となると、ドライブはお預けということですね。それはそれで寂しいことですなあ。娘たちも、それに澄恵も寂しがるでしょう。せめて今夜は盛大にパーティを催しますか。どうです。浅見さんがお好きなものを言ってください。何が食べたいですか？　寿司でも鰻でも、フランス料理のコースでも、何でもケータリングできますよ」

「そうですね、僕はもう一度、澄恵さんの巨大オムライスが食べたいですね」

「えっ、オムライスですか？　ははは、それはいい」

大きな笑い声に、澄恵が顔を覗かせた。

「スミちゃん、浅見さんが、最後の晩餐《ばんさん》にスミちゃんのオムライスが食べたいとさ」

澄恵はキョトンとした目をして、それから恥ずかしそうに笑顔を見せた。


午後、浅見は一人で病院に錦恵を見舞った。あらかじめナースセンターに断りを入れておいたので、錦恵はそれなりの装いをして浅見を迎えた。

「さっき、兄から電話があって、柏倉の事件が解決の方向へ向かっていると言ってましたけど、本当ですか？」

挨拶が済むのを待ちかねたように訊いた。

「はい、警察はそう連絡してきました」

「警察なんかどうでもいいんです。浅見さんがどうお思いになるか、それを聞かせていただきたいわ」

「警察の発表がすべてと考えますが」

「浅見さん……」

錦恵は嘆かわしそうに首を振った。

「兄や佑直たちはそれで納得するかもしれないけど、私はそうはいきませんよ。私には見えとることがあるんです」

「はあ、見えていることと言いますと？」

「柏倉と河村に葛藤があったことです。いえ、それくらいはあなたも承知しているかもしれないけど、その先に、あなたの知らないことがあるのです」

「それはもしかして、生い立ちに関わることではありませんか？」

「えっ、どうして？……」

「うすうすは感じていましたが、いまあなたのお話を聞いていて、やはりそうだったのかと思い当たりました」

「何を、何がどうだとおっしゃるの？」

「柏倉さんの生い立ちです。何か公にはできない秘密が隠されていたのですね」

「…………」

錦恵は不気味な怪物を見るような目で、浅見を見つめた。

「もし、僕の推測が間違っていたら許してください。柏倉さんはあなたにとって、お父さんの異なる弟だったのではありませんか？　戦時中の一時期、あなたのお母さんは丸森の岩澤に、疎開という名目で身を寄せておいでだった。その時に密かに産まれたのが、柏倉さんだったのではありませんか?」

「もうおやめになって」

錦恵はピシリと言った。しかし表情は悲しげだった。

それからかなり長い時間、二人は黙りこくって向かい合っていた。

「母からその話を聞いたのは……」

錦恵は掠れ声で、呟くように言った。

「母が亡くなるほんの数日前でした。その当時、父は三年あまり満州の鉄道会社に行っていて、終戦の時は上海にいました。帰国したのはその翌年──つまり一九四六年の春。その留守中の一九四四年の秋、母と兄と私は丸森の岩澤本家に疎開したのだけど、その時に母は奥松島の海軍航空隊の中尉と会ったのね。母の昔の恋人だったんだそうです。そして、中尉が特攻の基地へ行くという前の晩、二人は結ばれたの。たったひと夜のことだけど、母は懐妊して、翌年の夏の終わり、岩澤家でひそかに出産しました。それを聞いた時の私のショックはお分かりになるわね。母が柏倉にことさら優しくしていた理由も、その時にはっきり知りました。このことを知っているのは、私以外ではたぶん、岩澤家の人々と、もしかすると祖父母もうすうすは勘づいていたかもしれないけれど、誰も口を噤んだまま、この世を去って行きました。私もそのつもりでいましたけど……あなたは恐ろしい人だわ」

「ご心配なく。僕も死ぬまで、口を噤んだままでいます」

「そう、ほんとにそうしてくださいね。母の名誉のためにもお願いします」

錦恵は長いこと頭を下げた。彼女がそんな風に頭を下げることは、これまでの人生の中でも、これからも、滅多にないことにちがいない。

「柏倉と河村のあいだには、そういう背景がありましたの」

姿勢を元に戻して、錦恵は話を続けた。

「もちろん、二人ともそういう事情があることなど、まったく知りませんでしたよ。それでも、柏倉には母や、それに母の遺志を継いだ私の、ほかの人に対するのとは違う、目に見えない愛情が感じられていたでしょう。それがついつい表れるのね。折りにふれて、無意識に河村を見下す態度になっていたのじゃないかしら。河村はああいう人だから、じっと耐えていたのでしょう。いつかきっと、取り返しのつかないことが起きるような不安がありました。それがこんな形で現れるなんて……恐ろしいことですよ」

浅見は驚いた。柏倉殺害の犯人が河村であるなどと、ひと言も言ってないのに、錦恵は既定の事実であるかのごとく喋っている。その洞察力は浅見の推理など、遠く及ばないような気がする。

「錦恵さん……」と、浅見は思わず彼女のファーストネームで呼んだ。

「そうおっしゃるのは、この場限りにしてください。さもないと……」

「分かっておりますよ」

錦恵はモナリザのような不可解な笑みを浮かべて、浅見を見た。

「これは私の勝手な思い込み。ここからはひと言も洩れることはありません。そう、あのベッドの上からはね」

白い毛布に覆われたベッドを指さして言った。

浅見が別れを告げ、引き上げようとしたとき、「あ、そうそう、浅見さん」と錦恵が呼んだ。

「あの、母の箪笥はどうなりました?」

「まだ東松島の箪笥職人のところにありますが、それが何か?」

「あの箪笥の隠し棚の蓋の裏をご覧になった?」

「ええ、『不等辺三角形』と書いてありましたが」

「そう、ご存じなのね。じつはね浅見さん。その文字を書いたのは母なのよ」

「えっ……」

浅見は驚いて、錦恵の近くまで戻った。

「黙ってましたけど、このあいだの漢詩のことも、私は知ってました。母がまだ少し元気だった頃、隠し棚を開けて、あの漢詩の紙と、そして棚の蓋の裏を見せてくれたの。『この詩は汪兆銘さんが、そしてこれは私が書いた文字』と言ってね。もう何の役にも立たないからと、二つの文章の意味は教えてくれなかったけど、その事実だけはあなたの胸に蔵《しま》っておきなさいって言ってました。私も誰にも話さないつもりでしたけど、いま言わないと、永久に秘められたままになってしまいそうだから、あなたにだけ話しておきます。それだけ。ありがとう」

少し早口に言い終えて、錦恵は小さく会釈すると、目を瞑《つぶ》った。

浅見はしばらく佇立《ちょりつ》していたが、黙ってお辞儀をして、踵《きびす》を返した。すでにその「秘密」が明らかになったことは、それこそ永久に秘めておこうと思った。

エピローグ

野崎警部から須原里実所有の車が、富士山麓青木《あおき》ヶ《が》原《はら》近くの路上で発見されたと連絡があったのは、浅見が東京に帰って三日後のことである。

「現在も捜索が続けられていますが、地元の関係者の話によると、死体の発見などは困難なようです。それとですね、車の中から、男性のものと思われる、かなりサイズの大きい靴の足跡が採取されているので、ひょっとすると共犯者が同行している可能性があります。要するに、覚悟の心中行ということではないでしょうか。偽装の疑いもありますが、その点が明らかになれば、本事件は被疑者死亡で決着がつくと思料されます」

電話を切ってから、浅見は苦い笑みを浮かべた。河村は最期の時まで、「演出」を忘れていないのだ。警察はそのサイズから男の身長を推定し、虚像を追い続けることになるだろう。河村は陽奇荘の梅の木の下を掘った時にも、大きな靴を履いて、大男を演じている。しかも不案内を装って庭を彷徨うなど、なかなか芸が細かい。

それからさらに三日後、正岡佑直から電話で、梅の木の下を掘ったと言ってきた。

「何が出てきたと思いますか？」

少し茶目っ気のある口調で言った。

「そうですねえ、臍《へそ》の緒とか、ですか？」

「臍の緒？……何ですかそれ？　どこからそういう発想が出るんですかね？」

「ははは、たとえばの話です。そうでなければ、何かの書類とか。いずれにしても以前、考えていたような単なる財宝やお金ではなさそうですね」

「ほうっ、どうしてそう思うのかな？」

「汪兆銘氏はむしろ、難局に当たって、行く末を憂えていたのではないでしょうか。自分や一族郎党、さらには政治的な同調者たちの身分保障に繋がるような約束事があって、それを証明する書類こそが、汪兆銘氏にとってはかけがえのない宝物だったにちがいありません」

「ふーん、驚きましたなあ……」

佑直はしばらく絶句した。

「当たっているんですか？」

「ああ、いや、まったくそのとおりというわけではないが、似たような物ではあります。

汪兆銘氏と当時の日本の権力者とのあいだで交わされた、一種の密約のようなものを記載した書類でした。どういう内容かというと、まあ、端的に言って、終戦後……と言っても日本が勝利したという仮定に立っての話ですがね。その際の領土の割譲に関する取り決めです。それも、当時の常識から言えば、かなり日本側に不利な条件になっています。汪兆銘氏は中国では漢奸と呼ばれ、国賊扱いされていますが、彼なりに中国の主権を守ろうとした愛国者であったのかもしれませんな。まあ、時に利あらず、非業《ひごう》のうちに最期を遂げたわけだが、せめてひっそりと、陽奇荘の梅の木のほとりに、小さな慰霊碑でも建てようかと思っております。この件はそれでもう、終わりにしましょう。書類は公開しないで、梅の木の下に埋め戻しておきました」

浅見は「それがいいですね」と言った。そんな書類が世に出れば、要らぬ物議を醸《かも》しかねない。埋もれたままで忘れ去られる歴史があってもいいのだ。世の中にも人にも。

事件から五ヵ月あまり経って、各地から梅の見頃のニュースが届く三月の頭に、思いがけず、奥松島の井上邦香から電話が入った。「明日、お会いできませんか？」というのである。若い女性からいきなりそう言われて、浅見はドギマギした。

「ええ、もちろんお目にかかりますが」

「ああ、よかった。じつは明日、例の仙台箪笥を名古屋へ届けるんです。その途中、東京に寄り道して、浅見さんに見ていただきたいって、父が言ってるんです。もちろん私も同じ気持ちです」

「それはいい。ぜひ拝見したいですね。東京のどこを通過するんですか？　僕はどこへ行けばいいですか？」

「あ、あの、浅見さんのお宅にお持ちしてはいけませんか？」

「えっ、うちに寄ってくれるんですか？　それはありがたい。だったら、うちの連中みんなに見せてもいいですかね。明日は土曜日だし、兄以外は全員が揃うはずですから」

「もちろん、見ていただければ、父は大喜びしますよ」

なんだか浮き立つような気分になった。仙台箪笥が見られると聞いて、母親の雪江も「それは楽しみだこと」と喜んでくれた。

翌日、昼前に井上箪笥工房のライトバンが浅見家の前に到着した。箪笥は二つに分けて梱包されていて、井上親子の手でしずしずと運ばれた。

「少しゴミが落ちるかもしれませんが」

井上孝夫は挨拶の時にそう断ったが、毛布にくるんだ梱包《こんぽう》だから、荷解きしてもさほどのことはなかった。玄関を上がったところにある小さなホールほどの空間に、箪笥が組み上げられた。浅見家の連中は玄関に下りて、まるで舞台を眺めるように箪笥を仰ぎ見た。

「きれいねえ！」

雪江が嘆声を発したのが、全員に共通した感想だった。とにかく美しい。修理する前の姿を見ている浅見の目には、なおのこと鮮やかに見えた。渋い、紫がかった焦げ茶色とでも言うのだろうか。漆特有の、微妙に変化するグラデーションが、「匂い立つ」という表現がぴったりの、輝くばかりの日本の美を、誇らかに表現している。

そして仙台箪笥独特の黒光りする金具が、女性的な本性を守り抜かんとばかりに、剛直さを主張する。

「よくここまで生まれ変わるもんですねえ」

浅見は心底、感心した。

「大切に使えば、仙台箪笥は一生もの、いや二代にも三代にも使っていただけますよ」

井上は自慢そうに言った。

「正岡さんがおっしゃってましたけど、この箪笥、陽奇荘に飾られるみたいです」

邦香が言った。

「陽奇荘は全体が公園化されて、建物は資料館や催し物会場に生まれ変わるんですって」

「なるほど。陽奇荘も二世代、三世代と受け継がれてゆくんですね」

「あ、ほんと、そうですね……」

改めて篳篥を眺めた邦香の瞳が、篳篥の色に映えて輝いた。

篳篥を積んだライトバンを、浅見家の人々が見送った。別れ際に邦香が思い出して、浅見の耳元で囁いた。

「あの漢詩も、あの『不等辺三角形』の文章も、元のまま、隠し棚に納めました」

「そうですか。それはよかった」

浅見は心からそう思った。すべてのものが納まるべきところに納まって、この世は何事もなかったかのように流れてゆくのだ。

井上親子が引き上げてリビングに戻ると、須美子が「坊っちゃま、お昼、何になさいます？」と訊いた。

「えっ、オーダーできるの？　だったら、そうだな、オムライスがいいな」

咄嗟《とっさ》に思いついて言った。萬来澄恵のあのみごとなオムライスが脳裏に浮かんだ。

背後から甥の雅人が「僕もオムライスがいいな」と言った。姪の智美も、それに雪江までが「私も」と相乗りした。

「はいはい、みなさんオムライスですね」

須美子は楽しそうにキッチンに消えた。その後ろ姿を見送りながら、浅見はひそかに、あのオムライスに負けない作品ができるのかどうか、気がかりなことではあった。

あとがき

何よりもまず、この作品はフィクションであることをお断りしなければなりません。作品の主たる舞台となっている「陽奇荘」というのは、名古屋市に実在する施設をモデルにしていますし、そこに描かれた登場人物も、何となく似たような実在の人物を連想させるかもしれません。しかし、言うまでもないことですが、これはあくまでも想像の産物なのであって、モデル小説ではないのです。作中には汪兆銘という、中国ばかりでなく、日本の昭和史にも記録されるほどの人物も登場します。史実に比較的、則して描いたのは、唯一、汪兆銘にまつわる事跡ぐらいなものでしょう。ちなみに、「陽奇荘」のモデルになった施設は、名古屋市の史跡公園として再開発される計画が進められております。

また、宮城県東松島市の「野蒜築港跡」も実在する史跡です。「貞山堀」などの運河で石巻や松島湾と結ばれ、交通の要衝になるはずだったのが、台風被害などで事業が挫折したというのは、作中で書いたとおりです。近くに「仙台箪笥」の工房があるというのも事実。もう一つ、宮城県丸森町の「岩理屋敷」と書いたのはじつは「齋理《さいり》屋敷」といい、これも実在します。近くの阿武隈川の舟下りと併せて、浅見クンが取材したとおりの、きわめて面白い観光事業なので、ぜひ一度、お訪ねになることをお勧めします。

右の三ヵ所が本書『不等辺三角形』の舞台になっていますが、当初はこの三地点を結ぶラインで形成する不等辺三角形を想定していました。ところが、執筆中に汪兆銘の事跡に着目し、同時に「漢詩」を発掘しました。そのことから急遽、方針転換。取材時に思い描いたのとは、まったく違う方向へとストーリーを展開することになったのです。その漢詩もまた、実際にある中国の古い詩を借用したもので、「陽奇荘」の名前の由来になっているというのも事実です。

このように、作中には現実に存在するものが数多く出てくるために、作者自身、書いていて、事実と虚構の区別がつかなくなりそうでした。しかし、くどいようですが、『不等辺三角形』はあくまでもフィクションにすぎません。そのことを踏まえた上で、虚実ないまぜたミステリーをお楽しみいただけたらと願うものであります。

もう一つ、賢明な読者はすでにお気づきかもしれませんが、これまでに講談社から刊行された作品の内、題名の文字が一つずつ増えているものが六つあります。『鐘《かね》』から始まって『箱庭《はこにわ》』『蜃気楼《しんきろう》』『不知火海《しらぬいかい》』『中央構造帯《ちゅうおうこうぞうたい》』そして今回の『不等辺三角形』。当初は意図的なものではなかったのですが、途中から気づいて、『不等辺三角形』に至っては、最初からこのタイトルで書こうという発想がありました。この先、七文字の題名があり得るかどうか、これは難しい。もし妙案があったらご教示いただきたいものです。

『不等辺三角形』は、奥松島と名古屋への最初の取材から刊行に至るまで、五年の歳月を要しました。取材にあたっては、東松島市職員の大江公子さんほか、多くの方々のご協力をいただきました。紙面をかりて厚く御礼申し上げます。

二〇一〇年春

内田康夫

あとがきのあとがき

『不等辺三角形』のあとがきを書いたのは二〇一〇年の春、正確にいうと三月の初旬頃のことでした。それからちょうど一年後、東日本大震災が発生して、未曽有の巨大津波が東北地方の太平洋岸を中心に押し寄せ、想像を絶する被害を受けました。『不等辺三角形』の舞台の一つである宮城県東松島市は、まさにその真っ只中にあったのです。とりわけ野蒜地区の被害は大きく、テレビのニュースにしばしば映し出された、野蒜駅近くで電車が「く」の字に流された様子など、なまなましい記憶が蘇ります。取材時にお世話になった大江公子さんや、簞笥職人の「井上孝夫」のモデルに使わせていただいた木村和年さんご夫妻など、皆さん被災されました。幸いご無事ではあったのですが、周辺には犠牲になられた方々が少なくありません。野蒜築港跡も惨憺たるありさまでした。

あれから一年経った今、この「あとがきのあとがき」を書きながら、取材当時のことや、テレビでしか見ることのないあの悲劇の模様、お見舞いに訪れた時のことなどのあれこれが思い浮かびます。被災地の人々のことを思うと、こうして曲がりなりにも平和な日々を送っているのが申し訳ない気持ちになります。

『不等辺三角形』の取材では、前後四年にわたって東松島市周辺を歩き回りました。どこも美しい風景に恵まれ、カキやアナゴなど、特産のおいしいものに舌鼓を打った当時のことが懐かしく思い出されます。復興にはまだまだ長い日々と大変な労苦が予想されていますが、一日も早く、あの頃の、いやそれ以上に素晴らしく魅力的な東北が、あざやかに花開く春を迎えることを祈ってやみません。

二〇一二年春

内田康夫

参考文献

「人われを漢奸と呼ぶ——汪兆銘伝」 杉森久英（文藝春秋）
「我は苦難の道を行く——汪兆銘の真実」上・下 上坂冬子（講談社）
「漢奸裁判史」 益井康一（みすず書房）
「来日中国著名人の足跡探訪」 崔淑芬（中国書店）
「揚輝荘、アジアに開いた窓」 上坂冬子（講談社）
「揚輝荘と祐民」 NPO法人揚輝荘の会編著（風媒社）

本作品はフィクションであり、実在のいかなる団体・個人ともいっさい関係ありません。

この作品は二〇一三年三月講談社文庫に所収されたものです。

幻冬舎文庫

●好評既刊
靖国への帰還
内田康夫

昭和二十年、夜間戦闘機「月光」で出撃した海軍飛行兵・武者滋中尉が辿り着いたのは、現代の厚木基地だった――。時空を超えた〝英霊〟が問いかける生きる意味。感動の歴史ロマン。

●好評既刊
砂冥宮
内田康夫

「金沢へ行く」。そう言い残した老人が、石川県「安宅の関」で不審死を遂げた。彼の足跡から見えてきたのは戦後の米軍基地問題を巡る苦い歴史。浅見光彦が時を超えて真実を追う社会派ミステリ。

●好評既刊
坊っちゃん殺人事件
内田康夫

浅見家の「坊っちゃん」浅見光彦は、松山の取材中に美女「マドンナ」に出会うが、後日、彼女の絞殺体が発見される。疑惑は光彦に――。四国路を舞台に連続殺人事件に迫る傑作ミステリ。

●好評既刊
悪魔の種子
内田康夫

秋田県西馬音内と茨城県霞ヶ浦で、二人の男が謎の死を遂げた。お手伝いの須美子の依頼で調べ始めた浅見光彦は、巨大な利益を生む「花粉症緩和米」が鍵を握ると直感する。傑作社会派ミステリ。

●好評既刊
風の盆幻想
内田康夫

老舗旅館の若旦那が謎の死を遂げた。浅見光彦と軽井沢のセンセは、独自に真相を探る。八尾、飛驒高山、神岡を辿るうちに見えてきた恋人たちの過去。浅見光彦の推理が冴える傑作長編ミステリ。

不等辺三角形《ふとうへんさんかくけい》

内田康夫《うちだやすお》

平成28年10月10日　初版発行

発行人――石原正康
編集人――袖山満一子
発行所――株式会社幻冬舎
〒151-0051東京都渋谷区千駄ヶ谷4-9-7
電話　03(5411)6222(営業)
03(5411)6211(編集)
振替00120-8-767643

印刷・製本―中央精版印刷株式会社
装丁者――高橋雅之

幻冬舎文庫

ISBN978-4-344-42529-3　C0193　う-3-12

幻冬舎ホームページアドレス　http://www.gentosha.co.jp/
この本に関するご意見・ご感想をメールでお寄せいただく場合は、
comment@gentosha.co.jpまで。